Klara G. Mini

Künstlerdämmerung

Kassel-Krimi

Prolibris Verlag

Für meine Lieben und Liebsten,
auf dass wir heiter und mit wilder Kraft
unser Leben meistern.

Besonders für meinen Bruder.
Du weißt, warum.

In Kassel hat Kunst Tradition. Und so könnte es eine Foruminarte geben, die Besucher aus aller Welt in die Fuldametropole locken würde. Die Abkürzung steht übrigens für »Forum animalium mundi in arte«. Laut Ausstellungskonzept will die Foruminarte der Natur, insbesondere den Tieren dieser Welt, einen Platz in der Kunst geben und ein Sprachrohr für sie sein.

Kunstfreunde mögen mir eine laienhafte Schnodderigkeit nachsehen, wenn ich über den Kunstbetrieb schreibe. Die erwähnten Kunstwerke sind ebenso wie die Künstler und andere Personen dieser Geschichte erfunden, Ähnlichkeiten mit noch oder ehemals lebenden wären völlig zufällig und keineswegs beabsichtigt.

Klara G. Mini

»Als ich Kind war, hatte ich zwei verschiedene Teller. Sie glauben ja gar nicht, wie schnell ich die Suppe ausgelöffelt habe, um herauszufinden, welches Bild jeweils zum Vorschein kam. Mit derselben Vorfreude gehe ich heute in Ausstellungen – besonders, wenn etwas von mir dabei ist.«
Daniel M. Ritzelbeck

15. August

Xenia:

»Kein Blitz! No flash, please.« Ich fasste den japanischen Touristen am Arm und versuchte, meiner Bemerkung durch ein versöhnliches Lächeln die Schärfe zu nehmen.

Weiß nicht, welcher Teufel mich geritten hatte, mich als Aufsicht zu bewerben. »Die Abteilung Aufsichtsdienst der Foruminarte stellt für die Bewachung der Kunst weiterhin ein. Die Arbeitsstunde wird mit 8,50 Euro entlohnt. Gearbeitet wird in zwei Schichten von jeweils fünf Stunden. Absolut erforderlich ist die Bereitschaft, auch an Wochenenden zu arbeiten. Interessenten, die über Englischkenntnisse verfügen, richten ihre Bewerbung an: Foruminarte, Aufsichtsdienst, Friedrichsplatz 18b.« Falls Sie diese Adresse jemals suchen, das ist neben dem Sexshop. Hätte man mir das so erklärt, hätte ich gleich gewusst, wohin ich musste. So war ich etwas zu spät. Trotzdem wurde ich prompt genommen. Nur leicht eingestaubtes Schulenglisch, ein freundliches, zuvorkommendes Wesen. Meistens jedenfalls.

Milan, mein Freund, arbeitet wie ein Wilder, auch an den Wochenenden. Der hat nämlich ein gut gehendes Restaurant am Königsplatz in Kassel Stadtmitte. Statt dauernd im »La Paloma« zu kellnern, bewachte ich nun Kunstwerke. Und recherchierte dabei. Ich war entschlossen, einen Krimi zu schreiben. Auf so einer Kunstausstellung bekommt man eine Menge interessanter Leute zu sehen und viele Buchideen frei Haus geliefert.

»No flash, please.«

»Why?«

Warum wusste ich eigentlich auch nicht. Hier gab es ja nur wenige alte Meister, deren Farben unter Lichteinfluss leiden konnten. »It's not allowed.«

Farid trabte herüber. Er ist 1,85 Meter groß, und das Leibchen mit der Aufschrift »Guard« spannte sich über seinen imposanten Brustmuskeln. »Everything's okay?«

»Oh, yes.« Der Japaner packte schnell den Fotoapparat ein und ging weiter.

»Thank you, ich meine, danke.« Ich schenkte Farid ein strahlendes Lächeln. Er ist ein Schatz. Intelligent (er hat gerade sein Abi mit 1,0 gemacht), aufmerksam und zudem noch eine echte Augenweide mit schwarzen Haaren, braunen Samtaugen und durchtrainiertem Body. Etliche Besucherinnen streckten den Busen heraus und zogen den Bauch ein, wenn sie an ihm vorbeigingen. Ich dachte, dass das nicht viel nutzte. Ich beobachtete nämlich immer wieder, wie er Männerpärchen beim Herumschlendern vor den Exponaten mit Blicken verfolgte. Irgendetwas zwischen Freude, Angst und Sehnsucht.

Wir waren im ersten Raum links im Museum Fridericianum. Farid sollte »Hölle, Arsch und Hirn« bewachen, ein ziemlich wüstes Machwerk in Öl von einem Mann namens Nandor Schneider. Im Vorfeld hatte dieses Kunstwerk für großen Wirbel gesorgt. Besonders bei Fundamentalisten, die die Darstellung nackter Körper in nicht ästhetisierter Weise inmitten furchteinflößender Fabelwesen auf das Schärfste ablehnten. Gucken wollten trotzdem alle. Viele Leute standen mit blitzenden Augen davor und guckten still oder regten sich auf über den »Schweinkram«. Ich würde mir das nicht ins Wohnzimmer hängen. Aber malen konnte der Kerl.

Eines meiner Lieblingsbilder hing auf der Rückseite dieser Wand. Von Che Rubino. »L'amore che cos'è?«, eine Frage, die ich mir mitunter auch stellte. Ein Mann und eine Frau waren darauf in einem etwas surrealen Wald in verschiedensten Grüntönen zu sehen. Je nachdem wie man gerade drauf war, konnte man unterschiedliche Stimmungen in dem Bild finden. Heute war ich geneigt, ein Liebespaar zu sehen, dass der Freude an- und übereinander Raum gab. Mit Entdeckerlust. Wie Milan und ich letzte Nacht. Wir waren jetzt schon längere Zeit zusammen und immer noch schwer verknallt.

Ich schlenderte zurück zu meinem eigentlichen Standort. Vorbei an den filigranen Webarbeiten, die eine Künstlerin aus den Haaren ihrer Maine Coon Katzen in zahlreichen Naturtönen gefertigt hatte, zum Eingang. Dort stutzte ich. In der überdimensionierten »Mausefalle« saß ein Löwe, ein Plüschtier unten auf dem Metallgerüst, das in eine der leeren Bierflaschen linste, die überall herumlagen und soweit ich wusste, zur Installation gehörten. In einer befand sich tatsächlich ein Mäuseskelett und wurde in der Beschreibung des Werkes als Fundsache des Künstlers auf einem Kalkhalbtrockenrasen ausgewiesen. Den Todeskampf der armen Kreatur mochte ich mir gar nicht vorstellen und hoffte, dass ein gnädiger Herzinfarkt sie dahingerafft hatte.

»Guck mal, wie süß.« Ein kleines Mädchen zupfte seine Mutter am Ärmel und zeigte auf das Stofftier, dem man in der Tat am liebsten über die Mähne streicheln wollte. »Den würde ich gerne mitnehmen.«

»Das geht nicht, Emily.«

»Warum nicht?«

»Das ist Kunst und gehört zur Ausstellung.«

»Sieht aber genauso aus wie der von Sophie.«

»Es gibt Alarm, wenn du den wegnimmst.« Das überzeugte Emily endlich.

Als Mädel und Mutter sich den Katzenhaarstoffen zuwandten, bückte ich mich und hob den Plüschlöwen auf. Der stand definitiv nicht im Foruminarte-Katalog. Er sah billig und niedlich aus, der Typ, der mitunter in Discountern massenweise angeboten wird. Aus China, wie auf dem Streifen zu lesen war, der aus dem Ohr heraushing. Hatte ihn einer der tausendeins Landsleute von Ai Weiwei seinerzeit hier vergessen? Wohin damit? Ich konnte meinen Posten nicht verlassen. Ich beschloss, das Entsorgungsproblem zu verschieben und lagerte das Objekt hinter der Gardine auf der Fensterbank. Was kümmerte mich eigentlich die »Werktreue« der Installation? Mir sagte das Ganze mit oder ohne Kuscheltier herzlich wenig. Die Mausefalle war ein originalgetreues, allerdings etwas größeres Modell als man es im Baumarkt kaufen kann. Vielleicht zwei mal vier Meter. Innendrin hingen Fotos an durchsichtigen Fäden. Touristenhotels in der Steppe, vermutlich irgendwo in Afrika. Grinsende weiße Jäger mit ihren Trophäen, Holzfäller im Regenwald bei der Arbeit und solche Sachen. Ich hatte mir als Interpretation zusammengereimt, dass die Menschen durch ihre Eingriffe nicht nur den Löwen und Antilopen ihren Lebensraum klauten, sondern auch sich selbst. Keine Ahnung, ob das der Intention des Künstlers entsprach. Was wohl die anderen Besucher davon hielten? Gerade rollte eine Busladung an.

»Kein Blitz! No flash, please.«

Einer der Kunstbegeisterten stellte sich flink in die Installation.

»He, das geht nicht. Raus da! Würden Sie bitte aus dem Gerüst klettern!«

»Schon gut, schon gut.« Ein Kumpel hatte das Bild bereits im Kasten. Mit Blitz natürlich. Ich knirschte mit den Zähnen.

»Wissen Sie, der ist etwas impulsiv, Sternzeichen Löwe«, erklärte der Fotograf.

»Ich auch«, entfuhr es mir, »aber das ist noch lange kein Grund …«

»Henner, mach doch ein Foto von zwei Löwen vor der Mausefalle.«

Flugs hatte der Typ seinen Arm um mich gelegt und Henner die Digitalkamera im Anschlag.

»Ohne Blitz, bitte!«

Bis zum Abend blieb es turbulent. Als die letzten Besucher den Raum verließen, kam Farid herüber.

Mir fiel das Stofftier wieder ein. »Ich muss dir was zeigen.«

Als ich die Gardine zur Seite zog, war der Löwe weg. »Merkwürdig.«

Farid runzelte seine schöne Stirn, als ich ihm die Geschichte erzählte. »Kann ich mir keinen Reim drauf machen. Vielleicht wollte jemand das Kunstwerk etwas aufpeppen.«

»Es geht doch immer um die Frage: Was ist das Leben, wenn man es freilegt von allen Konventionen und Verpflichtungen?«
Daniel M. Ritzelbeck

17. August

Luise:

Von Osten her kroch ein zartoranges Licht über den Berg. Ein Versprechen für Sonnenschein? Es wurde Zeit. Die letzten Tage hatten uns nicht gerade mit sommerlichen Temperaturen verwöhnt. Ich fröstelte in meiner Leinenjacke bei gefühlten zehn Grad Celsius und hoffte das Beste.

»Komm! Wir müssen zur Arbeit.« Fricko hob die Nase vom Boden und legte den Kopf schief. Ich habe stark den Verdacht, dass er das von Kommissar Rex abgeguckt hat, dem er ohnehin ähnelt.

»Jetzt komm endlich! Wir latschen seit einer Stunde durch den Wald. Mir ist kalt.« Fricko stupste kurz die Schnauze an meine Hand und tapperte brav los. Er ist ein Drogensuchhund und bestens erzogen. Von Ferdi, meinem Lieblingskollegen. Der war jetzt schon fünf Wochen in einem Undercover-Einsatz und hatte mich gebeten, den Vierbeiner währenddessen zu betreuen. »Er kennt dich, und ich finde, es ist sowieso an der Zeit, dass er sich noch mehr an dich gewöhnt.« Wie sollte ich das denn wohl verstehen?

Von Ferdi hatte ich bisher nichts gehört. Ich hoffte, dass es ihm gutging. Seitdem ich die Verantwortung für den Hund übernommen hatte, spazierte ich viel öfter und ausgedehnter draußen herum. Ich genoss das und fuhr meist mit dem Auto ein Stück raus. Heute war ich im Habichtswald unterwegs. Als ich den Corsa aufschloss, sprang Fricko gleich auf den Beifahrersitz. Sein Lieblingsplatz. Es gibt weiß Gott sicherere Plätze für Tiere, aber da muss man die erst mal draufkriegen. Ich gab klein bei – schließlich sah Ferdi das auch locker –, schnallte den Hund an, so gut es ging.

Ein Blick auf die Uhr. Recht spät. Ich startete zügig, musste jedoch nach der nächsten Kehre wieder bremsen. Ein LKW zog mit etwa siebzig Stundenkilometern eine Kolonne hinter sich her. Natürlich konnte man auf der kurvenreichen Piste nicht überholen. Ich schaltete einen Gang zurück und fügte mich in das Unvermeidliche. Der alte braune Mercedes vor mir spuckte eine schwarze Rauchwolke aus dem Auspuff. Stinker. KS-VM-irgendwas.

Fricko neben mir bellte aufgeregt. Sekundenbruchteile später wusste ich warum. Instinktiv bremste ich etwas. Ein dackelgroßes rotbraunes Tier lief, von rechts aus dem Graben kommend, in das Vorderrad des Mercedes. Tock. Es prallte ab und fiel am Straßenrand nieder. Armer Fuchs. Nach circa zehn Metern schaltete der Fahrer die Warnblinkanlage ein, fuhr an den Rand und rollte langsam aus. Kurz spielte ich mit dem Gedanken anzuhalten. Vielleicht brauchte der Mann Hilfe. Ich sah ihn im Rückspiegel aussteigen. Aber ich war sowieso schon zu spät. Sollten doch die Kollegen vom Streifendienst übernehmen.

Als Polizistin hatte ich eine Menge gesehen. Trotzdem ließ mich das Bild von dem hübschen Tier, das sich in Sekundenbruchteilen von einem springlebendigen in ein totes Wesen verwandelt hatte, eine ganze Weile nicht los. Mittags in unserem »Betriebsrestaurant« wurde ich wieder daran erinnert.

Ein schmaler, von Kunstlicht beschienener Gang führt dorthin. Unser Küchenmeister und Diätkoch bietet ab sechs Uhr morgens verschiedene Köstlichkeiten an, auch einen durchaus trinkbaren Cappuccino aus einem neuen Kaffeeautomaten. Mir war gerade noch rechtzeitig eingefallen, dass die Kantine freitags eine Stunde früher als sonst schließt. Und so stellte ich mich um zehn vor zwei in die Schlange. Etwas weiter vor mir unterhielten sich lautstark Schulze, Krause und ein anderer Streifenbeamter.

»Da kam dieser Spinner aufs Revier. Wollte eine Bescheinigung wegen 'nem Wildschaden an seinem alten Porsche nachts auf der Rasenallee. Die Kollegen, die vor Ort der Sache nachgegangen waren, hatten aber kein Wild gefunden, auch keine Spuren und keine Haare. Also habe ich ihm erklärt, die Versicherung würde einen Gutachter bestellen, der ermittelt, ob er mit seinem Auto auf einen harten oder weichen Gegenstand geknallt ist. Da wurde der Typ fuchsteufelswild. Wollte Anzeige erstatten, gegen unbekannt. Ein Mercedesfahrer hätte angehalten und das tote Tier einfach geklaut, während er geguckt hat, was am Porsche kaputt war.«

»Jemand hat das Vieh aufgelesen? Na ja, wundert mich nicht. Wisst ihr, was man hinlegen muss für ein anständiges Wildschweingulasch?«

»Hör uff! Nahezu unbezahlbar. In diesem Fall war es aber wohl kein Sonntagsbraten, sondern ein Waschbär. Der Porschefahrer hat das ganze Revier zusammengebrüllt. Den Mercedesfahrer würde er zusammenschlagen. Der sei schuld, wenn er auf seinem Schaden sitzen bliebe, weil er das Beweisstück geklaut hat. Und uns, die Bullen, wollte er versohlen, weil wir die Bescheinigung nicht so einfach ausstellen würden. Dabei hatte ich einen Moment lang überlegt, ob ich ihm den Zettel gebe – die Spuren am Auto sahen ziemlich typisch aus –, aber als der so anfing, habe ich natürlich auf stur geschaltet. Nun hat er eine Anzeige wegen Beamtenbeleidigung am Hals.«

»Die Wilderei haben wir auch zu den Akten genommen. Rauskriegen können wir da nichts. Die Angaben zum Täter waren zu vage. Ein älterer Mann. Ein dunkler Mercedes mit Kasseler Kennzeichen. Da müsste er uns schon etwas mehr bieten.«

»Und jetzt?«

»In ein paar Wochen kriegt der Porschefahrer einen Brief, dass die Ermittlungen eingestellt sind, und fertig.«

Die drei lachten herzlich und trugen ihre Brötchen mit Rührei und Räucherlachs zu einem Tisch.

Ich drückte gedankenverloren auf den Knopf und beobachtete, wie zuerst Milch und dann eine verschwindend kleine Menge starker Kaffee in den Becher lief.

»Alles ändert sich immerzu, so einfach ist das. Manche nennen das den Fluss des Lebens und behaupten, sich nicht hineinzutrauen, weil sie das Wasser zu kalt finden. Dabei merken sie nicht, dass sie eigentlich schon drin sind und ständig gegen die Strömung schwimmen.«
Daniel M. Ritzelbeck

23. August

Xenia:

Kurz vor der Schließung des Museums saß der Löwe wieder da. Elektrisiert musterte ich die Leute. Zur Bewachung der Kunstwerke im hinteren Teil des Raumes war heute Moritz eingeteilt, ein schlaksiger Kerl, der Mathe und Physik auf Lehramt studierte und von einer etwas weltfremden Aura umgeben war. Von ihm war keine Hilfe zu erwarten. Eine Horde Senioren lauschte andächtig den Ausführungen einer Kunststudentin über die verwobenen Katzenhaare. Es habe bei einer der letzten Weltkunstausstellungen eine Künstlerin gegeben, berichtete die Expertin, die die eigenen Haare zu Stickgarn umfunktioniert habe. Ungläubig schüttelte die ein oder andere Frau den silbergrauen Kopf, auch eine sehr junge ihren hellbraunen. Sie hörte heimlich zu, führte ihre Hand nach oben, vielleicht um zu sehen, ob die Frisur noch komplett war. Ein Mann machte ein Foto von »L'amore che cos'è?«, sogar ohne Blitz. Die Familie stand daneben und wartete geduldig. Ein älterer Herr wäre beinahe über die auf dem Boden stehenden niedrigen Skulpturen »Traumtiere« von Grace Collister gestolpert, wurde aber in letzter Sekunde von seiner Begleiterin am Arm zurückgehalten. Der tönerne Lindwurm mit außenkiemenartigen Ausbuchtungen und einem weit aufgerissenen Schlund konnte unversehrt weiterschlängeln, ebenso wie verschiedene andere Wesen, die allesamt einem Albtraum entsprungen zu sein schienen.

Ich nahm das Plüschtier heraus und erschrak. Jemand hatte mit Nadel, Faden, Schere und Farbe das Maul verändert.

»Das sieht ziemlich echt aus, so als hätte der Löwe gerade was gefressen«, befand Grete, als wir in meiner Küche bei einem Tee zusammensaßen. Sie ist meine beste Freundin, Geigenlehrerin und wohnt in der Etage über mir. Uneingeweihte halten sie oft für meine Mutter. Seelenverwandt sind wir auf alle Fälle. Und sehen uns auch etwas ähnlich. Beide haben wir braune Augen und Haare, Grete kurze und ich lange. Das Jugendstilhaus in der Pestalozzistraße, in dem wir leben, habe ich von meiner Oma Xenia geerbt. Außer uns wohnen hier noch mein Freund Pünktchen, ein Computerspezialist, und Familie Maier, die zudem die Metzgerei im Erdgeschoss betreibt.

»Vielleicht wäre es besser gewesen, das Tierchen deinem Chef zu übergeben.«

»Und was soll der dann damit machen?«

Kasimir, mein weißpfotiger schwarzer Kater, sprang auf den Tisch und wollte erkunden, was wir für Pralinen aßen. Ich nahm ihn auf den Schoß und streichelte ihn. Er leckte meine Hand.

»Ich frage mich, welchem Zweck das Ganze überhaupt dient. Anfangs ein niedliches Tierchen und heute ein blutrünstiger Jäger? Was kommt als Nächstes?«

Ich verschluckte mich fast am Tee. »Als Nächstes?«

»Das sieht verdammt nach Progression aus. Erst ein scheinbar harmloses Wesen, das sich dann als reißende Bestie entpuppt.«

»Gegen die Bilder von Nandor Schneider ist das gar nichts.«

»Mag sein, aber der hat im Gegensatz zu dem Stofftierliebhaber die Erlaubnis, seine Ölschinken auf der Foruminarte auszustellen. Was, wenn hier jemand unter Einbeziehung der vorhandenen Kunstwerke eine nicht genehmigte Performance durchzieht, die sich sukzessive steigern wird?«

»Meinst du nicht, dass du etwas übertreibst? Vielleicht will irgendwer die Mausefalle beleben. Und Löwen fressen nun mal andere Geschöpfe.«

»Hoffen wir, dass du Recht hast. Aber ich habe da meine Zweifel, denn warum stellt er ihn dann nicht sofort als blutrünstigen Jäger dar? Ich glaube, dahinter ist eine Botschaft verborgen. Der Löwe, König der Tiere.«

»Dieser nicht«, meinte ich, »vor so einem Plüschteil hat doch niemand Respekt.«

»Stimmt, aber warte mal ab, was noch kommt. Allerdings, fällt mir gerade ein, jagen Löwenmännchen überhaupt? Lassen die nicht die ganze Arbeit von den Frauen machen?«

»Manche Leute behaupten ja, jedes noch so banale Bildchen der zeitgenössischen Kunst würde stets von Kritikern hochgelobt. Also, mit meinen Erfahrungen deckt sich das meist leider nicht.«
Daniel M. Ritzelbeck

1. September

Xenia:

»Due Cafe latte.« Antonio grinste, als er uns die zwei Tassen über den Tresen reichte. »Die Brote kommen gleich.«

Wir balancierten unseren Kaffee zu einem Tisch und ließen uns nieder. Ich war heute Spätschicht-Ordnerin. Da konnte ich mal wieder mit Grete in der Markthalle bei »Busuito Pizza und Pasta« frühstücken gehen. Jemand hatte die HNA liegen gelassen. Aufgeschlagen die tägliche Foruminarte-Seite.

»Da vergeht einem ja der Appetit.« Voll Abscheu studierte Grete das Farbfoto, das die Installation von Daniel M. Ritzelbeck zeigte. Es handelte sich um einen alten BMW, dessen ursprüngliche Farbe nicht mehr zu erkennen war, da er übersät war mit Gemälden überfahrener Tiere. Im Untertitel wurde darauf hingewiesen, dass entsprechende Farbfotos die Vorlage für dieses Werk gewesen seien. Das Ganze stand auf einem grauen PVC-Bodenbelag, der asphaltmäßig gestylt und mit Mittel- und Randstreifen versehen war.

»Das Foto ist harmlos gegen das Original«, befand ich. Ich musste es wissen, denn schließlich hatte ich das Machwerk schon öfter bewacht. »Der Typ hat angekündigt, im Laufe der Foruminarte das Szenario durch ausgestopfte Viecher zu ergänzen. Zum Glück ist er damit noch nicht so recht vorangekommen.«

»Der hat sie doch nicht alle.« Energisch legte meine Freundin die Zeitung auf den Tisch.

»Wer?«, fragte Antonio, duftende Brote vor uns abstellend.

»Der Ritzelbeck. Großer Foruminarte-Künstler.« Grete tippte auf das Foto des Herrn. Schüttere, längere, ziemlich graue Haare, schwarze Klamotten. »Hast du nichts davon gehört?«

»Der war hier und wollte, dass ich ihm seine Würstchen mit Rosinen und Fenchelsamen und den Rotwein spendiere, weil er plötzlich so berühmt ist.«

»Und, hast du?«

Antonio grinste und ging zum Tresen zurück.

Grete rührte gedankenverloren in ihrem Milchkaffee und konnte es nicht lassen, den Artikel zu überfliegen.

»Sag mir wenigstens, was drin steht«, forderte ich.

»Ritzelbeck ist ein Kasseläner. Deshalb ist ihm die HNA äußerst wohl gesonnen. Vor Jahren wurde er entdeckt mit einer Fotoserie von Kasseler Ansichten. Die außergewöhnlichen Perspektiven sollen für eine neue Sicht auf bekannte Sehenswürdigkeiten gesorgt haben. Mit zwei Bildern, die er nach nächtlichen Fotos vom Bergpark gemalt hatte, war er noch ziemlich erfolgreich. Dann wurde es still um ihn, bis er in der letzten Zeit erneut auf sich aufmerksam machen konnte. Seine umweltpolitischen Werke werden in Kunstkreisen geschätzt. Ritzelbeck will darauf hinweisen, wie zerstörerisch Menschen mit Mitgeschöpfen umgehen, und drängt auf eine Verhaltensänderung hin zu mehr Gleichberechtigung der Tierwelt.«

»Ziemlicher Blödsinn«, befand ich kauend. »Wenn er Tiere schützen will, sollte er lieber wie einige Buddhisten mit einem Besen den Weg fegen, um keine Ameisen totzutreten, statt Würstchen zu essen.«

Um zehn traf ich im La Paloma ein. Zur Zeit der Foruminarte war schon morgens geöffnet. Der Laden brummte wie verrückt. Milan hatte Ringe unter den blauen Augen.

»Da bist du ja endlich«, begrüßte er mich und gab mir einen flüchtigen Kuss. Ich hörte einen Unterton von Du-könntest-mir-ruhig-mehr-Helfen heraus. Vorsichtshalber sagte ich nichts, sondern band meine Servierschürze um.

»Sie wünschen?«, fragte ich den Herrn an Tisch dreizehn, während ich mit einer Handbewegung unauffällig ein paar herumliegende Krümel auf den Boden beförderte.

»Die Frühstücksplatte nach Art des Hauses, bitte.«

»Was darf ich Ihnen bringen?« Drei amerikanische Touristen an Tisch zwölf verstanden mich nicht. »What do you want to eat?«

Sechs Bestellungen in der Küche abliefern. Enzo stöhnte. Frühstücksplatte nach Art des Hauses enthielt ein kleines Steak, was zusätzliche Arbeit bedeutete. »Wie?«

»Wie was?«

»Das Steak.«

»Medium«, vermutete ich. Hatte glatt vergessen, danach zu fragen. Wenig später verteilte ich nach Gutdünken die verschiedenen Bestellungen auf die Tische.

»Ich wollte eigentlich Brötchen mit Quitten-Zitronen-Gelee«, sagte eine zierliche Frau schüchtern, als ich ihr das Fleisch vor die Nase stellte.

»Oh, Entschuldigung.« Ich hätte mir das alles lieber aufschreiben sollen.

»Das ist das Foruminarte-Frühstück«, behauptete ich, als ich einem mittelalten Herrn einen Teller servierte.

»Beim letzten Mal war aber Lachs dabei.«

Es gibt so Tage. Der Herr von Tisch dreizehn winkte mich heran. Strengen Blickes. »Das Steak hatte ich rare bestellt.«

Zum ersten Mal guckte ich mir den Typen genauer an. Das war doch – Ritzelbeck! Sofort war mein Widerspruchsgeist geweckt. »Haben Sie nicht. Sie haben gar nichts gesagt. Ich habe daraufhin angenommen, dass Sie Ihr Steak medium wünschen.«

»Nein, ich möchte ...«

»Neunzig Prozent unserer Kunden wünschen ihr Steak medium, neun Prozent well-done«, improvisierte ich unerschrocken, zeigte noch einmal meine Zähne und schritt von dannen.

»Lass den mal in Ruhe essen. Hat er sich gerade ausbedungen«, informierte ich Luca, den festangestellten Kellner. Milan und Enzo waren zum Glück mit Kochen und Anrichten beschäftigt. So konnte Ritzelbeck herumwinken, wie er wollte. Erst als er brav aufgegessen hatte, ging ich zu seinem Tisch. »Hat es Ihnen geschmeckt?«

»Danke«, knurrte der Meister. »Sie erwarten doch wohl nicht, dass ich das voll bezahle.«

»Aber selbstverständlich. Die Qualität ist bestens. Frühstücksplatte plus Kaffee und Mineralwasser, macht achtzehn Euro.«

»Wissen Sie, wer ich bin?«

»Daniel Ritzelbeck. Und Sie sitzen nicht auf Einladung von Roger Buergel im el Bulli, sondern auf eigenen Wunsch im La Paloma.«

»Holen Sie mal Ihren Küchenchef. Vielleicht kann ich das mit ihm klären.«

»Nichts dergleichen. Achtzehn Euro bar auf die Kralle. Sonst gebe ich dem Extra-Tip einen kleinen extra Tipp. Und der bringt dann einen Bericht über die Essgewohnheiten großer Künstler.« Ich gab mir Mühe, »groß« mit einem ironischen Unterton zu versehen.

Auf einmal wurde er kleinlaut. »Ich bin im Moment nicht so flüssig. Tut mir leid. Ich gebe Ihnen, was ich habe. Wenn Sie wollen, kann Ihr Chef ein Selfie mit mir machen. Oder soll ich in die Küche gehen und Teller spülen?«

Er lächelte zerknirscht, erstaunlich charmant. Ich guckte mir den Mann genauer an. Sah ziemlich abgerissen aus. Abgestoßene Schuhe, schwarze, ausgebeulte Hose, schwarzer Pullover, schwarzes Jackett, an den Ellbogen fast durchgescheuert.

Aber bei Künstlern muss das nichts zu bedeuten haben. Die finden es womöglich chic, so herumzurennen. Hatte der wirklich keine Kohle, oder wollte er mich verklapsen?

»Wie viel bieten Sie denn?«

Ritzelbeck kehrte seine Hosentaschen um. »Fünfzehn Euro fünfundsiebzig.«.

»Na, okay. Ausnahmsweise. Jeden Tag eine gute Tat. Falls Sie noch mal kommen, lasse ich Sie vorher bezahlen, das schwöre ich Ihnen.«

Er ging hinaus, ich unterließ es, ihm einen schönen Tag zu wünschen. »Kein Trinkgeld. Manieren hat der Kerl«, sagte ich kopfschüttelnd zu Luca, der an einem Kaffeefleck auf seinem Hemdärmel herumrieb.

Caro und Paolo trafen ein, um dem Mittagsstress tatkräftig zu trotzen. Ich nahm ein paar Bestellungen auf, gab Essen aus und trank einen megastarken Kaffee. Schließlich sollte mich das Tief, das mich immer am frühen Nachmittag ereilte, nicht davon abhalten, pünktlich zur zweiten Schicht den Besuchern der Ausstellung die Blitzfotos zu verbieten. Milan schenkte mir einen Blick, in dem ich einen stillen Vorwurf zu lesen glaubte. Gut, war gerade totales Chaos, aber meinen Foruminarte-Job konnte ich deswegen nicht vernachlässigen. Als Kellnerin war ich, streng genommen, sowieso noch im Anfangsstadium. Mehr als zwei Teller schaffte ich nicht unfallfrei. Manchmal riskierte ich es, drei zu transportieren. Jedoch nur, wenn nicht so viel Soße drauf war.

Heute sollte ich den »Brückensaal« und die Nebenräume bewachen. Für alle Nicht-Foruminarte-Kenner: »Dieser Raum setzt sich mit Übergängen auseinander. Transparente Polycarbonatplatten und gebogene Stahlrohre überspannen verschiedene Kleinräume, die unsere Lebenswirklichkeit symbolisieren. Hierbei spielt der Künstler geschickt mit der Wahrnehmung des Betrachters, lässt optische Täuschungen entstehen,

Verunsicherung, wenn man sich auf die Ausstellungsplattformen begibt und den Blick in die Tiefe wagt.« So steht es im Foruminarte-Katalog. Das Kunstwerk hatte schon im Vorfeld für Furore gesorgt. Ob die kleinen Plattformen dem Ansturm der Besucher gewachsen wären? Diese Anfrage eines pensionierten Diplomingenieurs in der lokalen Presse, verbunden mit der Androhung einer Klage, hatte eine Überprüfung der statischen Gegebenheiten bewirkt und zu einem verzögerten Aufbau geführt. Schließlich hatte man sich darauf geeinigt, dass nicht mehr als fünf Menschen gleichzeitig eine Metallplatte erklimmen sollten. Es gehörte zu den Pflichten der Ordner, für die Einhaltung dieser Vorschrift zu sorgen, wobei man bei dünneren Gestalten oder Kindern ein Auge zudrücken durfte. Ich hatte die Aussichtsplattformen auch schon betreten. Es gefiel mir. Durch spezielle Beleuchtung wurde beispielsweise die Illusion erzeugt, man befände sich auf einer schwankenden Lianenkonstruktion mitten im Urwald über einer tiefen Schlucht. Quasi auf Augenhöhe mit einer Affenhorde.

In einem Nachbarraum - alt neben neu - hing ein Monet: »Seerosen«. Beeindruckend. Ich habe was übrig für den Zauber eines Augenblicks, das Zusammenspiel von Licht und Farbe. Gegenüber das teuerste Kunstwerk der Ausstellung: »Gänseliesel«. Jedenfalls das teuerste gegenständliche. Vegeta(b)le, der Besuch von hunderteins veganen Spitzenköchen, als Gegenprogramm zum Bratwurstkrieg, war noch kostspieliger. Da schlug das kostenlose Tofugrillen für halb Kassel zu Buche. Natürlich kombiniert mit gesunden Salaten, Gemüse und Sprossen. Wie man hörte, wurde das Event von einer Firma gesponsert, die Biosoja in Italien und Frankreich anbaute.

Eine Führung nahte. Finde ich immer spannend. Ich pirschte mich in Hörweite, nicht ohne weiterhin strenge Blicke um mich zu werfen.

»Hier haben wir Claude Monets Seerosen aus dem Jahre 1899«, erläuterte eine knapp fünfzigjährige, gut gekleidete Rothaarige ihren jungen Zuhörerinnen und Zuhörern. »Dieses Motiv taucht öfter in seinem Schaffen auf, seit er 1883 Paris verlassen und sich im Dörfchen Giverny in der Normandie eingerichtet hatte. Monet hat es zu allen Jahres- und Tageszeiten gemalt, es sieht immer wieder anders aus. Jeder Moment ist einzigartig. Diese besonders üppige Darstellung entsteht auch dadurch, dass die Pflanzen im Wasser gespiegelt werden und der Raum so nach unten erweitert wird. Der Betrachter wird regelrecht in das Bild hineingezogen, in die grüne Fülle, nur an der Brücke kann er sich noch orientieren. Und hier wird es interessant. Schaut euch die Brücke mal an. Wo meint ihr, müsste der Betrachter stehen?«

Mittlerweile war ich zu dem Schluss gekommen, dass es sich um Schüler und ihre Lehrerin handelte. Mit ihnen konzentrierte ich mich auf das Gemälde. Eine lebhafte Diskussion war entbrannt, an der sich ein etwas gelangweilt wirkender, hoch aufgeschossener Junge im schmuddeligen T-Shirt bisher nicht beteiligt hatte. »Was meinst du, Jonas?«, wurde er angesprochen.

»Ist doch klar«, sagte er widerstrebend. »Die Brücke geht quer über das Bild. Es gibt ein linkes und ein rechtes Brückengeländer, das von Pfeilern getragen wird. Wenn man direkt davorsteht, überlagern sich beide Pfeiler und sehen aus wie einer. Also müsste der Betrachter dem zweiten Pfosten von links gegenüberstehen.«

»Prima.« Die Rothaarige nickte aufmunternd, ein Lächeln breitete sich vorsichtig über das Gesicht des Jungen aus.

»Gleichzeitig gibt es noch eine andere Perspektive. Da Monet die Brücke genau quer zur Längsachse des Bildes verlaufen lässt, hat man das Gefühl, mitten im Bild zu stehen. Vielleicht hat der Maler in einem Boot gesessen und ist immer hin- und her gefahren«, meinte Jonas. Alle lachten.

»Das könnte gut sein«, unterstützte ihn die Lehrerin.

»He, kommen Sie mal da runter!« Auf der Plattform standen sieben recht korpulente Leute. Zum Glück nahmen sich zwei von ihnen meine Ermahnung sofort zu Herzen, und ich konnte weiter zuhören. Die Gruppe hatte sich zum nächsten Bild bewegt.

»Das teuerste Kunstwerk hier ist die Gänseliesel. Fünfzehn Millionen hat ein amerikanischer Sammler dafür geboten«, erläuterte die Lehrerin. Einige Schüler lachten. Ich grinste. Fünfzehn Millionen für das Ölporträt einer Gans mit durchaus menschlichen Zügen. Der Bieter hatte wohl sehr spezielle Vorlieben. »Der Künstler Adrian Wilkes hat sich auf einem alten Bauernhof einquartiert, der in der Schleife einer geplanten Autobahnerweiterung stand. Er war von den Besitzern verlassen worden. Bevor nun die Abrissbirne anrückte, kam ein Gänsezüchter auf die Idee, die Wiesen letztmalig für seine Zwecke zu nutzen. Eine große Herde bevölkerte also das Grün, schnatterte herum und wuchs Wilkes so richtig ans Herz. Kurz vor Sankt Martin wurde er dann eines Morgens unsanft aus dem Schlaf gerissen. Wild lamentierende Gänse, laute Stimmen, das bohrende Kreischen einer Kreissäge. Aus dem Fenster schauend bot sich folgendes Bild, das Wilkes seitdem, wie er beteuerte, nicht mehr losgelassen hat: Ein Mann stand an dem Gerät, andere trieben ihm die Vögel entgegen. Er packte mit der rechten Hand den Kopf eines Tieres, mit der linken den Rumpf und führte den Hals an das rotierende Sägeblatt. Zack. Die nächste Gans. Binnen kürzester Zeit war die Weide entvölkert.«

Zahlreiche betroffene Äußerungen aus der Schülerschaft. »Krass.«

»Das ist ja wohl voll der Hammer.«

»Ich ess nie wieder Gans.«

»Wilkes machte Fotos, die er später unter Tränen, wie er sagte, für das eigentliche Kunstwerk in Öl auswertete. Herausgekommen ist die Gänseliesel. Sie liegt auf einem gedeckten Tisch. Ein Tier, das deutlich menschliche Züge trägt. Über den Hals verläuft der Schnitt. Und weil die Gänseliesel liegt, müsst ihr, wenn ihr in ihre Augen schauen wollt, den Kopf neigen, euch quasi selbst verletzlich machen. Im Gegensatz zum Vorbild ist die Gänseliesel auf dem Bild sehr lebendig. Probiert es aus: Egal, wo ihr steht, sie folgt euch mit den Augen.« Ahs und Ohs ließen darauf schließen, dass es funktionierte. Musste ich unbedingt austesten. Zwei Girlies im Randbereich der Gruppe plauderten. »Sonst ist Kunst echt Scheiße, aber die Frau Macke ist voll cool.«

»Stimmt. Nur, dass sie Leon eine Sechs gegeben hat, war total unfair.«

»Wollt ihr auch mal Blickkontakt mit Liesel aufnehmen?«, fragte die Lehrerin und lächelte sie freundlich an. Beide nickten. Die Frau war von ihrem Unterrichtsstoff überzeugt. Das sah man gleich.

»Forscher haben sich die Abmessungen des Gänsegesichtes mal etwas genauer angeschaut, und jetzt wird es ein bisschen merkwürdig. Sie haben nämlich festgestellt, dass die Proportionen Ähnlichkeit haben mit dem Gesichtsschnitt eines etwa vierzehnjährigen Mädchens. Wir kommen also nicht umhin, einen gewissen Lolita-Effekt zu konstatieren.« Die Lehrerin grinste unverhohlen, die Jugendlichen lachten lauthals.

»Das ist doch Quatsch, oder?«, fragte eine Schülerin.

»Nicht ganz«, sagte die Rothaarige. »Ich habe vor Jahren mal über eine Untersuchung gelesen, in der man Männer bat, die Attraktivität von Frauengesichtern einzuschätzen. Am besten fanden sie ein computererzeugtes Bild, das dem Gesicht eines etwa vierzehnjährigen Mädchens entsprach. Diesen Ergebnissen zufolge müssten sich also alle männlichen Wesen um euch reißen«, wandte sie sich an die Mädels in ihrem Kurs.

»Oh, nein«, meinte ein Junge. »Da ist mir doch die Gänseliesel lieber.« Viele lachten.

Mir fiel auf, dass Moritz sich ebenfalls herangepirscht hatte und hochinteressiert lauschte. Cora zupfte ihn am Ärmel. »Los, Kumpel, Kunstwerke bewachen! Ich habe keine Lust, alleine auf Silvian Forsts Punktbilder aufzupassen.« Sie zwinkerte mir zu. »Wenn ich so was seinerzeit im Kunst Leistungskurs abgegeben hätte, hätte ich die Versetzung nicht gekriegt.« Cora war ebenso klein wie resolut. Obwohl sie das zarte Aussehen ihrer asiatischen Mutter geerbt hatte, wirkte sie wenig fügsam. Eigentlich wollte sie Turnerin für die Performance in der Collister-Installation werden – in der Presse als ebenso ästhetische wie artistische Höchstleistung gelobt –, hatte aber die Bewerbungsfrist verpasst. Nun ordnerte sie tapfer Tag für Tag und hoffte darauf, dass sich eine der Athletinnen eine fette Zerrung zulegte und sie einspringen konnte. War bisher nicht eingetreten.

»Man müsste die Gänseliesel klauen.«

»Wie bitte?« Gretes Hand mit dem Vanilletrüffel verharrte kurz über der Pralinenschachtel. Wir saßen gemütlich zum Tee in meiner Küche zusammen.

»Nur im Krimi natürlich. Ich habe gehört, das sei das teuerste Exponat auf der Ausstellung. Fünfzehn Millionen. Wäre doch spannend, einen Kunstraub zu planen.«

»Und wie willst du das machen? Ist wahrscheinlich mordsmäßig gesichert.«

»Ich habe es mir heute genau angeschaut. Nur der Rahmen ist an die Wand geschraubt. Wenn es gelänge, die Glasscheibe vorne zu zerschneiden, könnte man das Bild einfach herausnehmen.«

»Dann ginge bestimmt Alarm los.«

»Vielleicht. Aber nur der Rahmen ist verkabelt. Fragt sich, wie stark der erschüttert werden muss, damit es schrillt.«

»Kleiner Stromausfall?«

»Ich fürchte, die haben ein Notstromaggregat.«

»Also mir geht es immer so: Wenn ich etwas nicht weiß, suche ich Leute, die mir das erklären können.«
Daniel M. Ritzelbeck

2. September

Xenia:

»Milan, wie könnte man ein Notstromaggregat sabotieren?« Ich weiß, das ist nicht das optimale Gesprächsthema, wenn man mit dem Liebsten am sehr späten Sonntagabend - oder war es eher frühmorgens am Montag - in verknüllten Laken kuschelt. Mein Schatz war halbwegs ausgeglichen. Montags hatte das La Paloma zu. Zwar hatte Milan erwogen, in der Zeit der Foruminarte sieben Tage die Woche zu öffnen - er mutierte manchmal zum Workaholic - aber zum Glück hatte Enzo Haare auf den Zähnen, wenn es sein musste. Er hatte erklärt, da stünde er nicht zur Verfügung, die anderen seines Wissens ebenfalls nicht. Die nickten erst schüchtern, dann immer überzeugter, und Milan gab nach. Er konnte den freien Tag gut gebrauchen, wie er sich ungern selbst eingestand. Einkaufen, planen, zum Karatetraining gehen und mit mir im Bett liegen.

»Wie könnte man ein Notstromaggregat sabotieren?«, wiederholte ich.

»Ich überlege. Vielleicht die Zündkerzen herausdrehen oder den Diesel ablassen. Warum?«

»Im Fridericianum, da ist das Aggregat doch bestimmt gesichert.«

»Extraraum im Keller vermutlich. Abgeschlossen. Was hast du eigentlich vor?«

»Die Gänseliesel klauen. Keine Angst. Nur im Roman.«

»Da bin ich ja ungemein beruhigt. Du müsstest nur noch dem Hausmeister den Schlüssel entwenden. Kaum ein Problem bei deinem Charme.«

»Gibt es ein kleines handliches Gerät, mit dem man Glas schneiden kann?«

»Glasschneider.«

»Kriegt man damit auch Sicherheitsglas kaputt?«

»Keine Ahnung. Vielleicht hat ein Dremel mehr Power. Da ist ein Akku dran. Du kannst verschiedene Vorsätze anbauen. Frag doch mal deine Schwester. Die kennt sich bestimmt besser aus.«

»Die Zeiten, wo Kunst zum Dekorieren da war, sind zum Glück vorbei.«
Daniel M. Ritzelbeck

3. September

Xenia:

Heute hatte ich wieder einen tollen Job. Seufz. Ich durfte Ritzelbecks Installation bewachen. Jetzt, wo ich den Künstler persönlich kennengelernt hatte, gefiel sie mir noch weniger als vorher. Der Typ hatte seine Drohung wahr gemacht. Neben dem bemalten Auto standen schlampig ausgestopfte, schlecht riechende Tiere mit deutlichen Blessuren. Möglicherweise inspiriert von Peter Friedls Giraffe, die sich seinerzeit in der documenta-Halle mit ihren vier Beinen steif aufrecht gehalten hatte. Der Fuchs schielte, dem Waschbär hing ein Ohr halb nach unten, und ein ziemlich kleines Wildschwein zeigte seine Zähne. Farid hatte erzählt, dass Ritzelbeck die Viecher am Samstag mit großem Tamtam dort aufgestellt hatte. Und nun zückten die Besucher ihre Apparate. »Kein Blitz! No flash.«

In einer ruhigeren Phase ging ich zu Cora hinüber. Sie war eingeteilt, Riesenleichtplastikfiguren von Waldemar Karst zu beaufsichtigen, die eine Menschengruppe mit ihren Hunden darstellten und irgendwie wirkten wie eine Familienaufstellung nach Hellinger. Dauernd wollten Leute sich dazwischenstellen, was natürlich nicht gestattet war. »Nur darum herumgehen.« Und zu mir: »Wie ich das hasse. Ist denen nicht klar, dass sie eine Figur umschmeißen könnten?«

Ich musste zurück auf meinen Posten. Ich hoffte nur, dass der große Meister Ritzelbeck nicht persönlich auftauchen würde, solange ich hier Dienst tat. Vor seinem ausgestopftem Zoo ballten sich mal wieder Massen.

Es blitzte. Das »No flash« blieb mir jedoch im Halse stecken. Es gab Zuwachs. Ein Plüschlöwe lag da, ziemlich malträtiert. Als hätte jemand ein paar Mal mit dem Hammer draufgehauen oder so. Und ein Foto bildete, in den Auspuff des BMW gesteckt, die Abgaswolke. Darauf war eine Kakerlake zu sehen. Adrenalin flutete durch meine Adern. Mir fiel Gretes Prophezeiung mit der Progression ein. Was, wenn sie Recht hätte? Als die Leute weg waren, nahm ich beide Gegenstände an mich.

»Menschen können meist nicht damit umgehen, wenn etwas radikal formlos ist. Und wenn es eine Form hat, die ihnen nicht passt, ist es noch viel schlimmer.«
Daniel M. Ritzelbeck

4. September

Luise:

Meine Schwester kommt vielleicht auf Ideen. Ob man Sicherheitsglas mit einem Dremel schneiden kann? Sollte sie doch im Baumarkt nachfragen. Ich hatte gerade genug Stress. Lebloser Mensch im Wald aufgefunden. Der Tote war etwa fünfzig Jahre alt, komplett in schwarz gekleidet, hatte angegraute, schüttere, längere Haare, keine Papiere bei sich und lag sicher schon ein paar Tage zwischen einer Eiche und einem großen Stein aus Basalt. Offensichtlich war der Typ erschossen worden. Ich hätte gern mehr gewusst. Leider hatte unser neuer Rechtsmediziner an weiteren Informationen gespart. Ein Jungspund, fast frisch von der Uni. So einer von der Hoppla-jetzt-komm-ich-Sorte. Heißt Geier und hatte sich allen Ernstes vorgestellt mit »Großes G und große Eier, höhö.« Ich habe nur eine Leiche gebraucht, um mit ihm aneinanderzugeraten. Pfusch hoch drei. Nun schiebt er meine Fälle immer auf.

Also hieß es warten. Inzwischen berief ich die erste Sitzung der Soko »Ruheeiche«ein, deren Leitung Möllkamp mir übertragen hatte. »Kennst du den Toten wirklich nicht?«, fragte Lewinsky ungläubig. Er trank einen Schluck Kaffee, ehe er die Katze aus dem Sack ließ. »Das ist Daniel Maria Ritzelbeck, Kasseler Künstler, auf der Foruminarte vertreten mit dem Kunstwerk Mordsauto.« Er schlürfte, als er sich selbstgefällig zurücklehnte.

Zu meiner Ehrenrettung muss gesagt werden, dass auch die anderen Mitglieder der Soko Ruheeiche irritiert guckten. Tina schaute zu Huber, der geometrische Figuren auf einen Block zeichnete. Rubischs verlorener Blick wanderte zu dem ehemaligen Stammplatz seines Kumpels Wallner hinüber, der nun leer war. Wallner war nämlich vor zwei Wochen frühpensioniert worden. Wahrscheinlich wäre Rubisch ihm gern nachgefolgt, was aber, da er drei Jahre jünger war, noch etwas Zeit hatte. Außerdem war sein Blutdruck nachweislich niedriger. Fricko hatte den Kopf auf die Pfoten gelegt und zuckte nicht einmal mit den Ohren.

»Maria?«, wunderte sich Rubisch.

»Gibt es öfter bei frommen Leuten. Rainer Maria Rilke«, sagte Tina und ergänzte, als alle sie erstaunt ansahen: »Deutsch Leistungskurs.«

»Rilke! Das ist doch Ewigkeiten her«, protestierte Rubisch.

»Und was ist mit Wolfgang Maria Bauer?«, konterte Tina. »Der dürfte noch nicht so alt sein. Hat in *Die Wand* mitgespielt.«

Rubisch sah sie verständnislos an.

»Und war im Fernsehen jahrelang Kommissar Viktor Siska.«

»Ach der. Mag den nicht.«

Sollten wir jetzt Rubischs Vorlieben unter den deutschen Schauspielern diskutieren? »Was ist dieses Mordsauto für ein Kunstwerk?«, führte ich zum Thema zurück.

»Es geht um die Beziehung zwischen Zivilisation und Natur«, setzte Lewinsky großspurig an. »Ritzelbeck hat ein altes Auto mit Zeichnungen von überfahrenen Tieren bemalt. Und hat angefangen, die Installation durch präparierte Objekte zu ergänzen.«

»Das soll Kunst sein?« Huber hatte aufgehört, geometrische Figuren zu zeichnen und war zu Galgenmännchen übergegangen.

»Warum nicht?« Lewinsky fühlte sich fast persönlich angegriffen. »In der documenta-Halle stand schon mal eine ausgestopfte Giraffe, und im Riesengewächshaus in der Aue gab es sogar kleine Buden aus OSB-Platten. Alles Kunst.«

Huber schnaubte. Tina räusperte sich, sagte aber nichts. Also fuhr ich fort. »Hatte Ritzelbeck Familie? Hatte er Feinde? Wer könnte ein Interesse an seinem Ableben haben? Und das Allerwichtigste: Wir müssen erst einmal verifizieren, dass das tatsächlich Ritzelbeck ist. Lewinsky, kannst du das übernehmen?«

Er nickte. Ich überwand meinen Stolz und wurde direkter. »Kannst du Kontakt aufnehmen zu dem Rechtsmediziner, diesem Geier, und ihm ein bisschen Feuer machen? Wir brauchen schnell die medizinischen Ergebnisse, damit wir nicht im Nebel stochern.«

Lewinsky grinste: »Gerne.« Im Gegensatz zu mir kam er mit dem großeiigen Typen nämlich prima zurecht. Eine Wellenlänge sozusagen.

»Rubisch, kannst du im Internet über unser Opfer recherchieren? Die Presse möchte ich noch nicht danach fragen, die ist zum Glück nicht im Wald herumgetrampelt. Sobald die den Namen Ritzelbeck hören, werden die das groß ausschlachten. Denen sagen wir erst Bescheid, wenn der Kerl zweifelsfrei identifiziert ist. Tina und Huber, könnt ihr beim Einwohnermeldeamt nachfragen? Das Übliche. Findet heraus, ob er Verwandte hatte.«

Als die anderen aufstanden, um ihren Aufgaben nachzugehen, griff ich zum Telefonhörer, um den zuständigen Staatsanwalt Meier-Lampe zu informieren. Die Gespräche mit ihm fand ich immer etwas mühsam. Er wollte alles im abwegigsten Detail wissen und tausendprozentig hieb- und stichfest bewiesen haben, ehe er einen Haftbefehl beantragte. Im Präsidium hatte er zwei Spitznamen: der große Zauderer und Meister Lampe.

»Ein Künstler ist ermordet worden, der auf der Foruminarte ausstellt, sagen Sie? Da ist äußerstes Fingerspitzengefühl geboten.«

»Selbstverständlich.«

»Halten Sie mich auf dem Laufenden.«

Ich holte mir einen Cappuccino zur Erholung und gab bei Google Daniel M. Ritzelbeck ein, weil mir gerade nichts Besseres einfiel. Dabei erfuhr ich Folgendes: Der Typ war Jahrgang 1971, nicht so alt also, wie er bei seinem Auffinden im Wald ausgesehen hatte. Er war ein Kasseläner. Deshalb zeigte sich die HNA besonders stolz, dass er auf der Foruminarte vertreten war. Er hatte eine eigene, ziemlich hochgetunte Homepage, auf der einige Werke zu sehen waren. Ich fand das, was er machte, nicht originell, aber ich habe auch keine Ahnung von Kunst. Ich traue eher meinem gesunden Menschenverstand. Und der sagt dazu: Scharlatanerie. Blödsinn. Des Kaisers neue Kleider. Überfahrene Tiere porträtieren. Da fiel mir der Fuchs wieder ein. Der braune Mercedes und die Geschichte von Krause und Schulze.

Sofort rief ich die beiden an. »Ihr habt doch neulich mal was erzählt von dem Porsche-Besitzer, der einen Mercedes-Fahrer angezeigt hat.«

»Kann sein. Was ist damit?«

»Könnt ihr für mich ein bisschen forschen? Wie hieß der Porschefritze? Irgendwelche Erkenntnisse über den Mercedes?«

»Machen wir, Chefin!«, verlautbarte Krause großzügig. Es war doch eine gute Entscheidung gewesen, ihn wegen des laxen Umgangs mit seiner Dienstwaffe seinerzeit nicht zu hart bei den Ohren zu packen.

»Komm, Fricko.« Sofort erhob er sich und folgte mir aus dem Präsidium. Außentermin mit dem Jagdpächter Urs Rimbach, der Ritzelbeck gefunden hatte. Natürlich hatte ich mich schon ausführlich mit ihm unterhalten, aber es konnte ja nicht schaden, noch einmal nachzufragen.

Rimbachs Dackeldame Bella war läufig und Fricko schwer interessiert. Er stand ein Weilchen winselnd vor dem Auto, dessen Scheiben innen von Bellas Hecheln beschlugen, ehe ich ihn zu einem kleinen Waldspaziergang bewegen konnte.

»Hier, genau hier ist es gewesen. Das wissen Sie ja selbst.« Urs Rimbach wies auf die Eiche, deren untere Äste im Wind fast den moosüberwucherten Basalt berührten.

Leider hatte es geregnet, sonst hätte Fricko vielleicht etwas rauskriegen können.

»Und Sie haben den Toten nie vorher gesehen?«

Urs Rimbachs Mimik war schwer zu deuten, das Gesicht von einem hellbraunen Vollbart überwuchert. Doch seine blauen Augen wirkten ehrlich, als er den Kopf schüttelte.

»Nicht persönlich. Aber … Haben Sie den Toten eigentlich schon identifiziert?«

»Wir haben eine Vermutung.«

»Ich auch. Da gibt es so einen Foruminarte-Künstler, der was mit ausgestopften Tieren macht. Ritzelbeck. Der sieht der Leiche ziemlich ähnlich. Wenn man dem Bild in der HNA trauen kann. Der hat vor einer Weile bei mir angerufen, hat gefragt, ob ich ihm Tiere besorgen könnte. Ich würde doch als Jagdpächter öfter welche abknallen. Der tat gerade so, als sei ich ein Killer, aber das bin ich gar nicht. Ich übernehme nur die Rolle, die Luchs, Wolf und Bär in unseren Wäldern über Jahrhunderte innehatten. Ich kümmere mich um die Natur. Schutzwiesen für Rehkitze …«

Ehe er sich in Rage redete, unterbrach ich ihn. »Ritzelbeck hat Sie angerufen? Um an totes Wild heranzukommen?«

»Ja.«

»Und was hielten Sie davon?«

»Nichts. Ich gebe die Tiere doch nicht für einen solchen Blödsinn her. Da weiß ich was Besseres mit anzufangen.«

Ich war kaum zurück im Präsidium, als Lewinsky mein Zimmer stürmte.

»Der Typ ist Ritzelbeck. Anhand seiner Tätowierung identifiziert. Ich habe der Presse schon Bescheid gesagt. Dann können die morgen einen Artikel bringen, hilft uns vielleicht weiter.«

Das war ja echt dreist. Lewinsky probierte es immer wieder. Ich schluckte. Hätte ich nicht früher oder später die HNA ohnehin informieren müssen?

»Was ist nun? Willst du nicht mal eine Soko-Sitzung einberufen, damit ich erzählen kann, was der Rechtsmediziner bisher rausgefunden hat?«

»Ich wollte gerade alle zusammentrommeln. Gut, dass du gekommen bist. Mach du das bitte.«

Als wir zusammensaßen, legte Lewinsky los: »Bruno hat gesagt ...«, jetzt duzte er das Eierchen auch noch, »... dass der Tod vermutlich am Sonntagabend eingetreten ist. Ursache ist ein Schuss mit einem Jagdgewehr, Kaliber 7x64. Es ist ein Splittergeschoss verwendet worden. Ritzelbeck war sofort tot. Interessant ist: Der Fundort ist nicht der Tatort. Den müssen wir nun ermitteln.«

»Mit etwas Glück ist er irgendwo in der Nähe«, warf ich ein. »Vielleicht gibt es Zeugen, die einen Knall gehört haben.«

»Nicht unbedingt. Der Wald ist groß«, behauptete Lewinsky.

»Außerdem«, setzte ich nach, »wenn Ritzelbeck transportiert worden ist, müsste das Hinweise hinterlassen haben.«

»Theoretisch ja. Die Spurensicherung sucht auch noch. Aber viel Hoffnung haben sie nicht. Es hat in der Zwischenzeit geregnet.«

»Rubisch?«

»Das einzig Spannende, was ich rausgefunden habe ist, dass er sein Logo tätowiert hat, über dem Hintern. Wo andere ein Arschgeweih haben.«

»Tina und Huber?«

»Fehlanzeige, sorry. Der Kerl ist in Kassel nirgends gemeldet, sondern in Berlin-Kreuzberg. Er hat wohl allein gelebt. Verheiratet ist er nicht. Geschwister hat er keine. Nur mit den Eltern haben wir gesprochen. Sie wohnen im Wohnstift am Weinberg, haben aber seit Jahren nichts von ihm gehört. Und auch sonst war nicht viel aus denen rauszukriegen. Sind beide verwirrt. Die Mutter sagte, dass er hier das Albert-Schweitzer-Gymnasium besucht und dort lange eine Freundin gehabt habe. Der Name ist ihr entfallen. Als er sein Studium begonnen hat, ist er von zu Hause ausgezogen, seitdem scheint er mehr oder weniger aus ihrem Leben verschwunden zu sein. Wir könnten mit der Schulzeit beginnen und bestimmt eine Liste bekommen mit allen Abiturienten von Ritzelbecks Jahrgang. Sollen wir die anfordern? Vielleicht kommen wir darüber weiter.«

»Ja, versucht, auf diesem Weg die Freundin zu ermitteln. Fragt beim Foruminarte-Büro nach, welche Adresse Ritzelbeck angegeben hat. Der muss doch irgendwo gewohnt haben. Rubisch, ruf mal bei der HNA an. Möglicherweise haben die was im Archiv. Über die künstlerische Entwicklung von Ritzelbeck. Eventuell ist er irgendjemandem auf die Füße getreten.«

»Und was soll ich machen?«, fragte Lewinsky süffisant.

»Kaffee trinken mit Bruno. Vielleicht erzählt er dir noch mehr.«

Als alle mein Büro verlassen hatten, telefonierte ich mit der Zulassungsstelle. Dort arbeitet meine Schulfreundin Susi. Ich bat sie, für mich einen alten braunen Mercedes herauszusuchen, dessen Kennzeichen mit KS-VM anfängt. Dann funkte ich Krause an.

»Chefin, wollte Sie auch gerade anrufen. Also der Porschefahrer heißt Günter Pollmeier. Er wohnt in der Röntgenstraße. Und ich habe seine Telefonnummer.«

Xenia:

Das Kakerlakenfoto und der platte Löwe lagen in meiner Küche zu Hause. Der Löwe war möglicherweise noch etwas lädierter als vorher. Kasimir hatte ihn in der Mache, nachdem ich zur Foruminarte aufgebrochen war. Vielleicht wäre es doch günstiger gewesen, die Sachen dem Chef zu übergeben. Grete hatte mir jedenfalls deswegen die Hölle heißgemacht. »Ich habe es dir gesagt: Progression. Da ist ein Spinner am Werke. Was, meinst du, kommt als Nächstes?«

Ich ertappte mich dabei, dass ich mich auf meinem Ausstellungsposten – wieso war ich eigentlich wieder bei den ausgestopften Viechern eingeteilt? – genau das fragte. Wenn jemand diese Dinge hier deponierte, musste ich ihn oder sie ja langsam kennen. Ich ließ meine Blicke über die Menschen schweifen. Der Mann, der seinen Freund auf den schielenden Fuchs aufmerksam machte? Die sehr junge Frau, die ihren mittelblonden Schopf ordnete und kritisch auf Ritzelbecks Installation schaute? Hatte ich sie schon mal gesehen? Keine Ahnung. Da rannten tagtäglich so viele Leute an mir vorbei. Der knipswütige Familienvater, der vor jedem Kunstwerk ein Stativ aufbaute, während die Kinder quengelten?

Die zwei Frauen mittleren Alters mit ihren in sehr ähnlichen Blondnuancen gefärbten Haaren? Derweil ich mein inneres Radar durchforstete, stieß eine der beiden einen Schrei aus, der geeignet war, Menschenmassen zu erschüttern. Sie hörte gar nicht mehr auf und starrte wie hypnotisiert auf den Fuchs.

»Seien Sie endlich ruhig!« Die Dame kreischte so lange weiter, bis ich ihr eine Ohrfeige verpasste. »Ruhe, verdammt noch mal!« Mit verschreckten, großen Augen schaute sie mich an, während sich auf ihrer linken Wange ein roter Fleck langsam ausbreitete. »Entschuldigen Sie, dass ich Ihnen eine geknallt habe. Das steht mir eigentlich nicht zu. Aber wenn Sie so rumbrüllen, gibt es hier eine Panik. Was hat Sie denn in Alarmstimmung versetzt?«

»Entschuldigen Sie. Da war was, so ein Krabbelvieh. Dagegen bin ich allergisch.«

Die Menschentraube, die sich zu versammeln begonnen hatte, war schon wieder in Auflösung begriffen. Was war schon daran interessant, wenn zwei Blondinen auf Ritzelbecks Installation glotzten?

»Komm Angelika, wir gehen woandershin.« Ihre Freundin nahm sie fürsorglich beim Arm und führte sie weg.

»Glück gehabt«, sagte Farid, der seinen Nachbarsposten kurzfristig aufgegeben hatte, um mir beizustehen. »Die könnte auch einen Wilden machen und dich wegen Körperverletzung anzeigen.«

»Einen Wilden hat die schon gemacht«, verteidigte ich mich. »Mal gucken, was die so erschreckt hat.«

Ich starrte auf den ausgestopften Fuchs. Dessen Schnurrhaare zitterten, dabei war er gar nicht mehr in der Lage irgendetwas zu bewegen. Ein brauner Fühler tastete hin und her, der zu einem ebenso dunklen, kleinen Körper gehörte. Ich fing das Tierchen in meinen hohlen Händen. Es kribbelte kitzelig.

»Bring das mal zum Chef«, schlug Farid vor. »Ich halte die Stellung.«

Das Foruminarte-Büro ist im zweiten Stock. Ich musste eine Treppenabsperrung überwinden. Fast wäre der Krabbler ausgebrochen, als ich die Kette überstieg, aber dann hatte ich ihn sicher.

»Sieht aus wie eine Kakerlake.« Der Chef musterte das Objekt voller Ekel. Mittlerweile saß es in einem nicht ganz ausgekratzten Joghurtglas mit Schraubdeckel, das er aus dem Mülleimer gezogen hatte. Das Insekt bewegte die langen Fühler in alle Richtungen, während es sich auf die Überreste der Mahlzeit stürzte.

»Ich habe mal gelesen, die können sich mindestens drei Wochen von dem Klebstoff auf dem Rücken einer Briefmarke ernähren«, informierte ich, nur um etwas zu sagen.

»Interessant«, befand mein Vorgesetzter mit bitterbösem Unterton und griff zum Telefon.

Am Arbeitsplatz besuchte mich wenig später ein Mann in einem dezenten, olivgrünen Overall. »Gregor Freimann, Kammerjäger. Ihr Chef vermutet eine Großinvasion. Sieht nicht danach aus.«

»Das können Sie jetzt schon sagen?«

»Ja, ich habe mir das Tier angesehen. Eine australische Schabe. Kein Grund zur Sorge. Die können sich in unseren Breiten nicht vermehren. Zu kalt.«

»Wie kommt die hierher?«

»Importiert. In Obstkisten aus dem Supermarkt zum Beispiel. Oder über Tierfutterläden. Dient anderen als Nahrung. Rennt ein Kakerlakenleben lang hier rum. Das war's dann. Man bräuchte dafür nicht unbedingt einen Kammerjäger zu rufen, aber ich mache sicherheitshalber einen intensiven Kontrollgang und stelle den der Allgemeinheit in Rechnung.« Er grinste und hob das Wildschwein an, um darunter nach Kerbtieren Ausschau zu halten.

»Hast du deinen Chef über die anderen Vorfälle informiert?«, fragte Grete streng, als ich sie in ihrer Küche besuchte.

»Seit wann erzählst du deinem Chef von der Musikschule alles?«

»Na gut«, lenkte meine Freundin ein, »aber wie stellst du dir das weiter vor?«

»Gar nicht. Da hat irgendeine Bananenkistenkakerlake den Weg bis hierher gefunden. Ist doch nicht so abwegig. Auch das von Naturschützern angelegte Bienenpflanzenfeld auf dem Friedrichsplatz ist geradezu kosmopolitisch. Außer den eingesäten Samen einundsiebzig aus aller Welt importierte Pflanzenarten, stand letzte Woche in der HNA. Amaranth und kleine Wolfsmilch …«

»Was ist mit deiner Krimi-Idee?«

»Ich hab recherchiert. Das Glas ließe sich wohl schneiden. Aber die Alarmanlage ist ein Problem.«

»Vielleicht könnte man die Museumswärter für den Gänseliesel-Alarm desensibilisieren. Mal angenommen, dein Täter würde in der Ausstellung ein paar Mal im Gedränge an das Bild tippen, würden die sich dann nicht an den falschen Alarm gewöhnen, oder sogar – noch besser – das System unempfindlicher einstellen, damit nicht dauernd Theater ist wegen nichts?«

»Super Idee. Ich kann das ja morgen ausprobieren.«

»Viel Spaß. Wie willst du das Gemälde eigentlich verschwinden lassen?«

»Es ist ziemlich klein. Dreißig mal vierzig Zentimeter.«

»Fällt trotzdem auf, wenn du es unter den Arm klemmst. Und selbst auf die Gefahr hin, penetrant zu wirken, ich finde, du solltest deine kriminalistische Fantasie lieber an den Plüschlöwen auslassen.«

»Keine Sorge. Die baue ich auch noch ein. Vielleicht als Ablenkungsmanöver für den Kunstraub. Alle starren auf die Tierchen, und plötzlich ist das Gemälde weg.«

»Kunst existiert nicht für sich allein, sondern immer in einem Lebenszusammenhang von Individuum, Gesellschaft und Umwelt.«
Daniel M. Ritzelbeck

5. September

Xenia:

Dieses verdammte Aufstehen zur Frühschicht. Spätestens um zehn im Fridericianum. Bis um drei, wenn die Ablösung pünktlich kam. Einen Vorteil hatte das. Ich konnte die Hauszeitung direkt nach Familie Meier lesen. Ordentlich sortiert wartete die HNA auf mich. Während ich mit der einen Hand zur Tasse griff, entfaltete ich mit der anderen souverän das Blatt. Da hätte ich beinahe den Kaffee drüber gekippt. Auf der Titelseite ein Riesenartikel: Schock! Foruminarte-Künstler tot im Wald!

Kasimir sprang mit Vollgas in die Zeitung, als ich sie komplett aufschlug, seine Art, mir zu zeigen, dass er mit mir spielen wollte. Die Katzeneckzähne schlugen Löcher in den Text. Ich formte einen Ball aus dem Sportteil und warf diesen auf den Kratzbaum, der bis zur Decke reicht. Blitzschnell sprintete Kasimir hoch, apportierte das Bällchen und ließ es auf den Küchentisch fallen. Wer denkt, dass nur Hunde solche Späßchen lieben, kennt meinen Kater nicht. Etwa zwanzig solcher Würfe, und ich hatte mich durch die Titelstory gearbeitet.

> Der bekannte Kasseläner Künstler Daniel M. Ritzelbeck (Foto) wurde gestern erschossen im Wald aufgefunden. Der Körper lag zwischen einer Eiche und einem moos-

bewachsenen Basaltstein. Laut Soko-Sprecher S. Lewinsky (siehe Foto) stehen die Ermittlungen ganz am Anfang. »Wir sind dringend auf die Mithilfe der Bevölkerung angewiesen.« Wer hat Ritzelbeck am Sonntag, seinem Todestag, gesehen, gesprochen, ihn in den Wald transportiert? Wer weiß etwas über Ritzelbecks Lebensumstände? Auskünfte nimmt Luise Wiese entgegen. (Weiter Seite 3, lesen Sie dort auch: Stationen einer künstlerischen Karriere, die mit übler Nachrede begann.)

Luise:

Meine Empörung kannte keine Grenzen: Soko-Sprecher. Dieser arrogante, anmaßende Vollidiot. Nur weil er Bruno duzte, bildete er sich ein, der Nabel der Ermittlungen zu sein. Auskünfte nimmt Luise Wiese entgegen. Ich kam rüber wie eine Team-Assistentin. Dabei war ich die Soko-Leiterin. Verdammt. Da lief was ganz entschieden schief.

»So ein Wichser!« Mein Leihhund schaute auf, als ich so losbrüllte. »Tschuldigung, Fricko, du nicht.« Er leckte meine Hand und warf dann einen Blick in seinen Fressnapf, der ziemlich leer aussah. Mit Wut im Bauch kippte ich etwas Trockenfutter hinein. Füllte Wasser in die andere Schüssel. Und nun? Ich hatte allen Ernstes angenommen, weil ich nominell Soko-Leiterin war, würden alle Kollegen, einschließlich Lewinsky, das akzeptieren und mich auch so behandeln. Und großzügig lächelnd hatte ich um der Sache willen Lewinsky ermöglicht, sich auf meine Kosten zu profilieren. Voller Zorn boxte ich auf ein Kissen ein. Bis mir einfiel, dass Fricko noch nicht draußen war.

Ich zog Laufschuhe an und joggte mit ihm am Heimbach hin und her, entlang der Wehlheider Friedhofsmauer. Natürlich hätte eine Runde im Park Schönfeld mehr Spaß gemacht, aber das war mir heute Morgen zu weit. Diverse Vierbeiner tummelten sich mit ihren Frauchen und Herrchen auf der Grünfläche. Fricko hatte zum Glück eine so beeindruckende Ausstrahlung, dass die in der Gegend berüchtigte, beißwütige Bulldogge auf Distanz ging. Ein paar kleinere Hunde suchten Frickos Nähe.

Seit über einem Jahr war es phasenweise schön ruhig in meiner Wohngegend geworden – ich wohne in der Schönfelder Straße. Der Austausch sämtlicher Gas-, Wasser-, Stromleitungen und diverser Abwasserkanäle hatte wechselnde Fahrbahnsperrungen zur Folge, was deutlich weniger Verkehr bedeutete. Ich genoss das. Eigentlich. Aber im Moment kreisten meine eher düsteren Gedanken um Lewinsky. Was tun? Ich müsste ihn in die Schranken weisen. Unbedingt. Aber zugleich meldeten sich Zweifel. Er hatte nun mal den guten Draht zu Bruno. Ich nicht. Es musste doch möglich sein zusammenzuarbeiten, ohne sich in Konkurrenzspielchen zu verlieren. Zurück in der Wohnung überflog ich den Artikel auf Seite drei.

> *Eine Karriere, die mit übler Nachrede begann*
> Kunst lag Daniel M. Ritzelbeck schon immer am Herzen. Er studierte Kunst in Kassel. Lebte in einer Wohngemeinschaft mit anderen Künstlern, so auch dem Fotografen Erik Lens. Im Jahre 1999 stellte Dani, wie ihn seine Freunde nannten, die Fotoserie: »Kasseler Ansichten« aus. Der international renommierte Galerist Bert Wickel, der zufällig in Kassel weilte, wurde auf den jungen Künstler aufmerksam. »Die Fotos erscheinen auf den ersten Blick unspektakulär. Wenn man genauer hinschaut, ist in ihnen liebevoll auf besondere Art das Kolorit der Stadt eingefangen.« Er nahm Ritzelbeck unter Vertrag und sorgte dafür, dass die Kasseler Aufnahmen auch einem Publikum in London und New York erschlossen wurden. Plötzlich meldete sich Erik Lens zu Wort und

behauptete, die Bilder seien nicht von Ritzelbeck, sondern von ihm. Da sie mit Ritzelbecks Fotoapparat geschossen worden waren und Lens nicht in überzeugender Weise seine Urheberschaft begründen konnte – schließlich hatte er selbst mehrere funktionierende Kameras – wurde das Verfahren eingestellt. Es wurde allgemein angenommen, Lens habe Ritzelbecks Triumph aus Bosheit und Neid herabwürdigen wollen.

Ritzelbecks künstlerische Entwicklung führte ihn schnell von bloßen Fotos weg. »Fotos geben mir nur eine Anregung. Dann beginnt die eigentliche künstlerische Arbeit.«, begründete Ritzelbeck diesen Schritt. Er wandte sich Aktionskunst zu, Performances und Installationen. Keines seiner Kunstwerke vermochte an den Erfolg der »Kasseler Ansichten« anzuschließen. Zwei Gemälde, nach Fotos erstellt, brachten Ritzelbeck noch einen gewissen Ruhm, danach wurde es still um ihn. Erst seine in einer alten Fabrikhalle in Berlin aufgebaute Ausstellung »Auto-know-me« verhalf ihm zu neuer Popularität, so dass auch der Leiter der Foruminarte auf ihn aufmerksam wurde. »Ich freue mich sehr über die Einladung, hier auszustellen. Ein Traum!«, so Ritzelbeck zu unserem Reporter vor Beginn der Weltkunstschau.

Xenia:

Kasimir war das Bällchenspiel leid, sprang auf den Tisch und setzte sich mitten auf die Seite drei der HNA. Zum Glück hatte ich den Artikel soeben zu Ende gelesen.

Konnte sich Wut so lange halten? Hatte Ritzelbeck tatsächlich die Fotos geklaut, und Lens war immer noch sauer? Mir fiel die Schabe ein. Galt die Ritzelbeck? Hatten die Sabotageakte auf der Foruminarte etwas zu tun mit dessen Tod? Nach meiner Schicht sollte ich unbedingt Luise anrufen und berichten. Vielleicht könnte ich mal wieder helfen, ihren Fall zu lösen. Gab es noch mehr Plüschlöwen, Kakerlaken oder sonstige Überraschungen? Hatten eventuell die anderen »Guards« ebenfalls für Ordnung gesorgt und Störfaktoren eliminiert, statt sie zu melden? Ich musste mich mal umhören.

Heute hatte ich die absolute Arschkarte gezogen, schlimmer als Ritzelbeck: Elias Thundermans »My enemy«. Es handelte sich um ein Kabinett mit diversen Zerrspiegeln. Sie hatten die Form verschiedener Tiersilhouetten. Und so wirkte es, als würden Schimpanse und Schäferhund, Elefant und Nilpferd quasi die Besucher, die sich dort hineinbegaben, mit sich selbst konfrontieren. Zusätzlich wurde man berieselt mit durcheinanderquakenden Stimmen, die »no« schrien, flüsterten, röchelten. So viel Ablehnung verträgt kein Mensch. Mir ging das Ganze tierisch auf die Nerven. Ein flüchtig das Exponat in Augenschein nehmender Mann sagte zu seiner Begleiterin: »Man muss nicht alles gut finden und erst recht nicht alles verstehen.« Weise gesprochen. Der Kerl hatte es besser als ich, er konnte weitergehen. In diesem Raum kommt auch kein anderer Ordner zu einem kleinen Schwatz vorbei. Zu laut. Ich rückte aus. Verfolgt von mehrstimmigem »No«. Was sollte hier schon passieren? Die Lautsprecher waren gut getarnt und vor Anschlägen sicher. Ich hörte noch, wie ein Besucher: »So ein Schwachsinn«, rief, dann machte ich mich auf die Suche nach Farid.

»Ob ich Plüschlöwen einkassiert habe? – Kein Blitz! No flash, please. – Nein, das hätte ich dir doch gesagt. Warum fragst du?«

»Nur so. Ich wollte wissen, ob ich irgendetwas verpasst habe im Zusammenhang mit Ritzelbecks Installation.«

Er durchbohrte mich mit Blicken. »Die Kakerlake jedenfalls nicht.«

»Stimmt. Ob jemand die absichtlich dort ausgesetzt hat?«

»Könnte Zufall sein, andererseits ist Ritzelbeck ermordet worden.« Ich erzählte, glaube ich schon, dass Farid das Abi nicht im Lotto gewonnen hat. »Wenn ich dich richtig verstehe, möchtest du wissen, ob es weitere Vorfälle rund um die Installation gegeben hat. Ich höre mich auch mal um und berichte dir dann, okay?«

»No, no, no, no.« Immer noch nichts los hier. Wo war Moritz? Er bewachte die Gänseliesel. Starrte mit verträumten Augen auf das Bild. Es gibt Momente, in denen ist er mir unheimlich.

»Fünf mal sieben?«

»Fünfunddreißig, wieso?«

Na, ging doch. »Irgendwelche besonderen Vorkommnisse? Plüschlöwen, -katzen, -hunde?«

»Jetzt, wo du es sagst.«

Kleiner Adrenalinschub.

»Du erzählst das nicht dem Chef, oder?«

»Natürlich nicht.«

»Merkwürdig war das schon. Vor ungefähr vierzehn Tagen – du kennst sicher den Ölschinken von Peter Paul *Die Wildschweinjagd*, in dem er moderne Jagdmethoden anprangert, – lag davor ein zerrupftes Plüschtier. Keine Ahnung, was das war. Ich habe es in den Müll geschmissen.«

»Sonst noch was?«

»Dann sollte ich Ritzelbecks Werk bewachen, letzte oder vorletzte Woche. Hast du übrigens in der Zeitung gelesen, dass er erschossen worden ist?«

»Wer hätte das nicht?«

»Also da hatte jemand Ketchup auf dem Boden verteilt. Habe ich anfangs für Blut gehalten. Ich hab mir Klopapier geholt und das aufgewischt. Meinst du, das hat etwas zu bedeuten?«

Luise:

»Das hättest du mir ruhig früher erzählen können«, giftete ich, wohl wissend, dass es keinen Grund gab, warum Xenia das hätte tun sollen. Plüschlöwen waren im Prinzip keine Bedrohung für die öffentliche Sicherheit.

»Kann mir schon denken, was mit dir los ist. Ich habe seit Neuestem hellsichtige Qualitäten und sehe – wie eine dunkle Wolke – Neid und Missgunst an deinem Arbeitsplatz.«

»Scheiß-Lewinsky.«

»Als ich sein Konterfei in der HNA gesehen habe, dachte ich mir sofort, dass du knatschig sein würdest.«

Indem ich Xenia die Geschichte erzählte, schickte ich sie quasi durch ein Brennglas. Meine Schwester ist genauso temperamentvoll wie ich, allerdings konsequenter in der Umsetzung der Impulse. Hängt vielleicht damit zusammen, dass sie keiner geregelten Arbeit nachgeht. Sie nimmt sich Freiheiten heraus und hat vor niemandem Respekt, der es nicht wirklich verdient.

»Ich habe eine Idee«, sagte sie, »du könntest vor Ort ermitteln. Beobachten. Die anderen Ordner befragen. Mit Farid flirten. Ach ne, der ist zu jung für uns und außerdem vermutlich schwul. Aber darum geht's ja nicht. Wie wär's?«

»Ich habe einen Job, falls du es vergessen hast.«

»Du könntest dich krank melden.«

»Gibt es allen Miesmachern zum Trotz doch so etwas wie einen gemeinsamen Horizont der Menschheit – ein Leben, das weder durch kulturelle Unterschiede noch durch den persönlichen Egotrip bestimmt ist?«
Daniel M. Ritzelbeck

6. September

Luise:

Das Brennglas war schuld. Alle Bedenken fackelten ab. Der Weg war frei zur Foruminarte-Ordnerin. Pünktlich um zehn fand ich mich im Fridericianum ein, bestens instruiert von Xenia. Hoffte ich wenigstens. Mein Ruhepuls war etwas höher als sonst. Aber eine Polizistin kann das. Schließlich war auch Ferdi in einem Undercover-Einsatz. An ihn musste ich oft denken. Hoffentlich ging es ihm gut. Nach seinen Andeutungen zu schließen, war sein Job nicht ganz ungefährlich. Fricko hatte ich übrigens zu meiner Schwester gebracht. Er ist friedlich, selbst im Umgang mit Katzen. Schätze, er kam mit den beiden klar. Darüber konnte ich jetzt nicht wirklich nachdenken. Ich war Xenia, potentielle Krimiautorin und Ordnerin, in ihren höchsteigenen Klamotten. Und dahinter, Luise, die Polizistin, die Augen und Ohren offen hielt. Wahrscheinlich lag meine Schwester wieder im Bett, glücklich, eine Dumme gefunden zu haben, die ihr die Arbeit abnahm.

Zum Glück durfte ich Ritzelbecks Installation bewachen. Ich positionierte mich direkt daneben und schaute umher. Riesengroße, willkürlich aufgestellte Plastikstatuen von Menschen und Hunden, ein paar kleinere Zeichnungen und ein

Bild von Che Rubino, das mir spontan gefiel: »Gelata«, was so viel wie Frosteinbruch bedeuten sollte. Bäume waren darauf zu sehen, deren surreales Innenleben in kräftigen Farben den kalten Pastelltönen außen trotzte. Der Typ, der in diesem Teil des Raums aufpasste, musste Farid sein. Sehr aufmerksam. Sympathisch. Schlenderte grinsend zu mir rüber. »Morgen Xenia. Bist du heute besonders motiviert? Du tust gerade so, als sähest du den ausgestopften Waschbären zum ersten Mal.«

Die laxe Arbeitshaltung meiner Schwester hätte ich berücksichtigen sollen. Sofort nahm ich etwas Körperspannung raus und bemühte mich um ein Lächeln.

Zum Glück musste ich ihm keine Erklärung abgeben, denn es gab Abwechslung. Eine Seniorengruppe näherte sich. Munter schnuddelnd und rüstig, angeführt von einer elegant gekleideten, ernst blickenden Dame, die die fünfundsiebzig längst überschritten hatte.

»Wenn Sie bitte nähertreten wollen. Hier sehen Sie das Werk des einzigen heimischen Künstlers. Sicher haben Sie in der Zeitung gelesen, dass Daniel Ritzelbeck erschossen im Wald aufgefunden worden ist. Was für ein tragischer Verlust für die Kunstwelt. Ich kann das beurteilen, denn er war früher mein Schüler an der Hochschule.«

Das war ja hoch interessant. Endlich jemand, der möglicherweise fundierte Informationen beisteuern konnte.

»Mit Autolack hat Dani überfahrene Tiere auf dieses alte Gefährt gemalt. Wir lassen gewöhnlich nach einem Wildunfall den Wagen in einer Werkstatt reparieren. Frisch lackiert, trägt er keinerlei Spuren mehr. Die Erinnerung an ein Lebewesen ist ausgelöscht. Danis Wagen hingegen demonstriert sein Potential, ein Mordwerkzeug zu sein. Wenn Sie ganz genau hinschauen, entdecken sie sogar auf der Frontscheibe kleine Farbspritzer. Sie sollen Insekten darstellen, die unvermeidlich bei jeder Fahrt ihr Leben lassen müssen.«

»Hätte es nicht gereicht, sie zu malen?« Eine mollige Grauhaarige rümpfte in Riechweite der Tierpräparate die Nase.

»Dreidimensional ist es einfach plastischer, was ein Fahrer einem Lebewesen mit seinem Auto antun kann«, erläuterte die Expertin ungerührt.

»Frau Professor Wohlgemuth, ist das echtes Wildschweinblut?« Ein älterer Herr deutete auf das Rote an der Keilerschläfe.

»Natürlich nicht. Das ist Autolack. Er symbolisiert das vergossene Blut. Wie ich eben schon erklärt habe.« Eine strenge Lehrerin, die ihren Schüler zurechtwies, um dann fortzufahren: »Ich habe die Ehre, Ihnen weitere Ritzelbeck-Werke zeigen zu können, die er seinerzeit in meinem Seminar angefertigt und mir überlassen hat.« Sie zog aus ihrem Stoffbeutel einige Zeichnungen, die auf Entfernung aber unvollendet wirkten.

»Ich habe seinerzeit die Studenten in den Frankfurter Zoo geschickt, um Studien von Tieren in Gefangenschaft zu machen. Sie sehen, wie Ritzelbeck mit Licht und Dunkel spielt, der Käfig im Dunklen, die Schatten der Metallstangen …«

Es gelang mir, einen genaueren Blick auf die Zeichnungen zu werfen. »Ein Löwe«, entfuhr es mir verblüfft.

»Ja«, sagte die Expertin, »das war sein Lieblingstier.«

Xenia:

Morgens kam Luise mit Fricko. Nicht, dass ich etwas gegen Hunde hätte. Aber Kasimir. Mit der Ruhe war es vorbei. Selbst wenn ich beide in getrennte Räume sperrte, gab es ein wildes Kratzen an den Türen. Kasimir maunzte, was das Zeug hielt, er hat eine ziemlich tragende Stimme. Fricko war friedliebender, hatte jedoch keine Chance. Irgendwann beschloss ich, Gassi zu gehen. »Komm her, du Töle, mein Kater ist schon auf hundertachtzig. Wir machen jetzt einen kleinen Spaziergang.«

Was blieb mir anderes übrig? Kasimir fauchte zum Abschied nachtragend.

Fricko wirkte ganz zufrieden, als ich den Weg zur Goetheanlage einschlug. Zum Glück regnete es nicht. Dass der Sommer hinter den Erwartungen zurückblieb, war schlimm genug, aber Regen hätte mir echt den Rest gegeben. Irgendwann spazierten wir auf dem Weg rund um die Spielflächen, da kam uns ein Typ entgegen, der meiner Meinung nach jetzt im Polizeipräsidium sitzen sollte. Das war doch Lewinsky, wie er leibt und lebt. Ähnelte sehr dem Foto in der HNA. So ein selten dummer Zufall. Da meldete sich Luise einmal krank. Und nun lief sie anscheinend ihrem offenbar ebenso unpässlichen Erzfeind im öffentlichen Gelände in die Arme. Der Versuch abzubiegen, scheiterte an Fricko. Er erkannte Lewinsky, blieb stehen und ließ ein leises Grollen hören.

Luise:

»Woher wissen Sie das so genau?«

»Er hat es mir gesagt. Außerdem war Dani Sternzeichen Löwe. Er hatte am dritten August Geburtstag.«

Ich auch. Was für ein Zufall.

»Danis Aszendent war ebenfalls Löwe«, fuhr die Professorin triumphierend fort. Ziemlich albern. Ich kann diesem esoterischen Trara nichts abgewinnen.

»Bei so viel Löwe-Kraft war zu erwarten, dass Dani eines Tages groß rauskommt.«

Die Gruppe zog weiter. Ich merkte den Namen Wohlgemuth innerlich für eine Befragung vor. Die Dame wäre bestimmt nicht abgeneigt, auf der Polizeiwache von Ritzelbecks Kunstwerken zu schwärmen. Und vielleicht konnte sie ja etwas zur Lösung des Falls beitragen.

Ich plauderte mit Farid, bat ihn, kurzfristig meinen Arbeitsbereich mit im Auge zu behalten, und machte eine Pause, die ich nutzte, um herumzuspazieren. Während ich noch überlegte, wie ich mit den anderen Ordnern über Stofftiere ins Gespräch kommen könnte, gab es plötzlich im Erdgeschoss einen Tumult.

»Du spinnst wohl. Alarm!«, gellte eine Frauenstimme. Ich rannte herbei. Eine kleine Frau, vermutlich Cora, kämpfte mit einem knapp zwei Köpfe größeren Mann, der mit einer blauen Spraydose auf einen Ölschinken zielte. Sie schlug auf seine Hand, so dass die Sprayladung auf den Fußboden ging. Ich sprang hinzu, drehte dem Typen den Arm auf den Rücken und war versucht, »Polizei, Hände hoch!« zu rufen, biss mir aber in letzter Sekunde auf die Lippen.

»Danke, Xenia«, sagte Cora. Sie schaute mich verblüfft an. Klar, ein derart beherztes Eingreifen hätte sie Xenia nicht zugetraut. »Was machen wir jetzt?«

»Die Polizei holen.«

Als sie kam, hielt ich mich im Hintergrund. Es stellte sich heraus, dass ein christlicher Fundamentalist dringend etwas gegen die Sauerei in den Bildern von Nandor Schneider – was für ein verrückter Name – unternehmen wollte. Nun, da ich Gelegenheit hatte, das Werk genauer in Augenschein zu nehmen, tat es mir fast leid, dass ich geholfen hatte, den Sprayer an seinem Vorhaben zu hindern.

»So ein Spinner«, schimpfte Cora, als der Typ abgeführt worden war. »Davon habe ich echt die Nase voll.«

»Gab's noch mehr von der Sorte?«

»Du sagst doch nichts dem Chef?«

»Natürlich nicht.«

»Der würde nämlich gleich zur Polizei rennen, und so schlimm ist es wirklich nicht. Du kennst die Ritzelbeck Installation?«

»Ja, sicher.«

»Vor ein paar Tagen, ich weiß nicht genau wann, da habe ich da ein Plüschtier einkassiert. Einen Löwen vermutlich. Es sah aus, als habe jemand das Maul überklebt, zugenäht und unbrauchbar gemacht.«

»Hast du das Tier noch?«

»Nein, habe ich in die nächste Mülltonne gedonnert. Ist doch pervers, findest du nicht?«

Xenia:

Fricko knurrte wieder. Laut genug, um Lewinskys Aufmerksamkeit zu erregen. Zum Glück bin ich eine ziemlich gute Schauspielerin. »Was machst du hier? Du gehörst ins Präsidium«, ergriff ich streng die Flucht nach vorn.

»Du wohl auch, oder?«

»Dein Ton geht mir auf die Nerven.« Alles, was Luise mir jemals über Lewinsky erzählt hatte, fiel mir ein. Gerechter Zorn durchströmte meine Adern. Die Hundeleine spannte sich, Fricko grollte. »Wo wir uns schon mal gerade unter vier Augen sehen: Deine letzte Aktion mit der HNA war total daneben. Unangemessen und unverschämt. Was der HNA gemeldet wird, bestimme ich, als Soko-Leiterin, ist das klar? Eine weitere Extratour, und ich stelle dich ab zu den hinterletzten Arbeiten. Lasse dich am Rechner stundenlang Artikel in der digitalisierten HNA-Datenbank suchen. Solltest du dich noch einmal als Soko-Sprecher ausgeben, ist die Hölle los. Verstanden?«

»Okay, okay, was regst du dich denn so auf?«

»Keine Egotrips mehr. Unter meiner Leitung gibt es so etwas nicht. Da ist alles dem Dienst an der Sache untergeordnet. Auch deine Aktivitäten, ist das klar? Wenn du nicht in der Lage bist, diese Einstellung zu teilen, werde ich mich bei Möllkamp dafür stark machen, dass du nie mehr in einer Soko mitarbeiten kannst, die ich führe. Und du selbst wirst nie eine kriegen, wie du genau weißt.«

Letzteres fügte ich aufs Geratewohl an und war erstaunt darüber, dass Lewinsky erbleichte.

Luise:

»Xenia, ich habe doch gestern beschlossen, mich umzuhören wegen der Zwischenfälle.«

Farid und ich trafen uns an einem kommunikativen Standort irgendwo in der Raummitte, von dem aus wir die jeweiligen Einzugsgebiete halbwegs unter Kontrolle hatten.

»Kennst du Anja?«

»Nicht wirklich.«

Farid grinste. »Kein Wunder, die spricht lieber mit Männern als mit Frauen. Eine blonde Durchtrainierte. Ungefähr fünfzig. Ist die durch dein Raster gefallen?«

»Ja, komplett.«

»Vor ein paar Wochen, als sie im No-No-Raum eingeteilt war, hat sie gehört, dass es auf einmal eine weitere Ton-Aufnahme gab. Irgendjemand, Frauen- oder Männerstimme war für sie nicht feststellbar, habe dauernd fuck gesagt. Wahrscheinlich von einem Abspielgerät, das jemand versteckt hatte. Sie hat versucht herauszufinden, woher das kam, aber da gerade eine Führung durch die Installation geschleust wurde, war es wohl schwierig. Außerdem halte ich Anjas Engagement für halbherzig. Wahrscheinlich hat sie eher geguckt, ob bei der Menschengruppe ihr Traumprinz dabei war. Den sucht sie nämlich.«

»Fuck? Merkwürdig. Warum macht jemand so etwas?«

»Das Kunstwerk kann einem gewaltig auf die Nerven gehen. Vielleicht hat sich jemand dazu einen Kommentar erlaubt.« Farid grinste breit.

»Möglich. Und du? Wenn du die letzten Tage Revue passieren lässt, ist dir da irgendetwas Besonderes aufgefallen?«

»Sieht man nicht immer das, was man sehen will? Ich beobachte viele schwule Pärchen, die über die Kunstausstellung schlendern.« Er grinste schief. »Aber mal nachdenken. Es gibt öfter skurrile Leute. Da war zum Beispiel ein älterer Herr mit einem Schild um den Hals. Darauf stand: Warum darf ich keine Kunst machen? Er zog eine Quietscheente an einer Schnur hinter sich her. – Vorsicht, die Wände sind frisch gestrichen«, wandte sich Farid an einen jungen Mann, der sich erschöpft dagegen gelehnt hatte und nun erschrocken seine unversehrte Jacke betrachtete. »Kleiner Scherz. Bitte nicht berühren, okay?«

Der Typ suchte schleunigst das Weite.

»Vielleicht sind es ja eher unauffälligere Kleinigkeiten, nach denen wir suchen müssen.«

»Du klingst wie im Tatort.«

»Habe ich dir schon erzählt, dass ich einen Krimi schreiben möchte?«

»Nein, das ist ja spannend. Und da willst du die Plüschlöwen einbauen?«

»Warum nicht?«

Farid grinste. »Was ist eine unauffällige Kleinigkeit? Das, was für einen normal ist, ist für einen anderen merkwürdig. Zum Beispiel habe ich vor ein paar Tagen ein junges Mädchen mit hellbraunen Haaren bemerkt. Sie wirkte nahezu kindlich und etwas linkisch. War aber geschminkt und hatte einen kleinen Bauch, kaschiert durch T-Shirt und Jeansjacke. Etwa fünfter Monat. Sie hat sich benommen wie meine schwangere Schwester. Ständig mit den Händen den Bauch gehalten. Ist das jetzt normal oder merkwürdig?«

Xenia:

Nun hatte ich es geschafft, Luise zu meiner Arbeit zu schicken und dadurch Raum für die Krimiplanung gewonnen, aber mir fiel nichts Gescheites ein. Der Tod von Ritzelbeck ließ mich nicht los. Ich googelte seinen Namen. Ganz oben die Foruminarte-Seite. Ein paar Allgemeinplätze über »Mordsauto«. Interessanter war da schon der Chat, wo jedermann und jedefrau Kommentare loswerden konnte.

»Endlich mal ein Kunstwerk, das auf kreative Art den Autowahn unserer Gesellschaft anprangert«, schrieb Eugen G., der stellvertretende Vorsitzende des Vereins Kasseler Radfahrer.

»Der Künstler ist nekrophil. Die zermatschten Tiere sind extrem unansehnlich«, teilte »ein Kunstfreund« aller Welt mit.

»Wenigstens musste er für sein altes Auto keine Verschrottungsgebühren zahlen. Ist doch ne coole Idee, es einfach ins Museum zu entsorgen«, fand Paul H., ein sehr praktisch denkender Mensch.

»Der Typ ist ein Riesenarsch. Er hat das tote Vieh nach dem Unfall von der Straße geklaut. Da muss jetzt extra ein Gutachten her für die Autoversicherung, nur weil das Beweisstück weg ist. Dauert ewig. Schweineteure Reparatur. Und Ärger mit den Bullen. Der Typ gehört hinter Gitter. Dieser Vollidiot! Man müsste ihm eine aufs Maul hauen!«, geiferte Günter P. aus Kassel.

Luise:

Nach der Foruminarte-Schicht berief ich im Präsidium eine Soko-Sitzung ein.

»Wo ist denn Lewinsky?«

»Hat sich heute Morgen krank gemeldet. Magen-Darm«, grinste Huber.

Ich runzelte die Stirn und berichtete von meinem Undercover-Einsatz bei der Weltkunstschau. »Da verübt ein Spinner Sabotageakte, sukzessiv gesteigert«, fasste ich abschließend zusammen.

»Und du meinst, das habe mit unserem Opfer zu tun?«

»Ich bin kein Psychologe, aber mir kommt es so vor, als habe jemand Hass auf Kunst im Allgemeinen und vielleicht auf Ritzelbeck im Besonderen. Seine Installation ist überdurchschnittlich häufig Ziel der Anschläge. Plüschlöwen, eine Parodie seines Lieblingstieres, Ketchup, Kakerlaken.«

»Der Spraydosentyp war es nicht?«

»Nein, unsere Kollegen haben den verhört. Habe mir gerade das Ergebnis durchgeben lassen. Der hatte gezielt was gegen die pornographischen Darstellungen auf Schneiders Gemälden und denen einiger anderer Künstler. Nein, der hat damit nichts zu tun. Lasst uns mal lieber versuchen, diesem Saboteur irgendwie näher zu kommen. Welche Annahmen können uns weiterführen?«

»Er hat wahrscheinlich eine Dauerkarte«, sagte Tina prompt. »Das wäre zumindest günstiger, wenn er so oft da ist.«

»Zu welchen Tageszeiten haben die Manipulationen denn stattgefunden?«, wollte Huber wissen.

»Da gibt es kein einheitliches Bild. In letzter Zeit mehr nachmittags. Aber genau kann man das auch nicht sagen, da die Plüschlöwen möglicherweise eine Weile herumgelegen haben, ehe sie entdeckt wurden.«

»Würde jemand, der eher kindische Sabotageakte bei der Foruminarte unternimmt, Ritzelbeck erschießen?«, überlegte Rubisch.

»Keine Ahnung. Eine ehemalige Professorin, die sehr viel von ihm hielt, wäre vielleicht eine interessante Zeugin. Frau Wohlgemuth. Könnt ihr das übernehmen, Tina und Huber?«

»Klar«, antwortete Tina für beide.

»Was gibt es sonst noch zu berichten?«

Rubisch meldete sich zu Wort: »Ihr habt wahrscheinlich alle in der HNA von Erik Lens gelesen. Der hat ein Fotostudio in Göttingen. *Lens-Art*. Ich habe da mal angerufen. Er macht Werbefotos für verschiedenste Firmen. Kann davon gut leben, wie er sagte. Am Sonntagnachmittag war er zu Hause und hat sich von einer Party erholt, die er am Samstag in Kassel bei einem befreundeten Fotografen besucht hatte.«

»Kein Alibi. Wie ist er denn von Göttingen nach Kassel und zurück gekommen?«

»Soll ich nochmal nachhaken?«

»Ja, das hättest du ruhig schon machen können, jetzt hatten Lens und sein Kumpel reichlich Gelegenheit, sich abzusprechen.« Ich war sauer, dass Rubischs durchaus wünschenswertes Engagement in den Kinderschuhen stecken geblieben war. »Bestell den Lens hierher! Und den Freund gleich mit.«

»Wir haben versucht, Zeugen aufzutreiben, die im Wald etwas gehört haben. Fehlanzeige«, übernahm Huber. »Die Spurensicherer sind der Meinung, dass der Leichnam vermutlich mit einem Auto transportiert und die letzten Meter getragen beziehungsweise geschleift wurde. Das würde voraussetzen, dass mindestens zwei Männer an der Sache beteiligt waren. Ritzelbeck wog etwa neunzig Kilogramm, war darüber hinaus als Leiche ziemlich unhandlich. Frauen traue ich kaum zu, ihn in diesem Zustand zu bewegen.«

»Mit viel Pech haben die bei Nacht und Nebel den Transport durchgeführt, und niemand hat was mitbekommen«, orakelte Rubisch düster. »Der Ritzelbeck könnte in ganz Kassel ermordet worden sein, warum eigentlich im Wald?«

Gute Frage. Noch ohne Antwort. Vielleicht gab es andere Fakten, die bereits geklärt waren.

»Habt ihr inzwischen rausbekommen, wo sich Ritzelbeck in Kassel einquartiert hat?«

»Bei der Foruminarte hat er nur seine Berliner Adresse angegeben«, wusste Tina zu berichten. »Übrigens hat eine Susi für dich angerufen. Von der Zulassungsstelle. Ich habe dir das aufgeschrieben.« Sie gab mir einen Zettel.

»Brauner Mercedes. Halterin: Vera Macke, wohnt auf der Marbachshöhe«, las ich laut vor.

»Vielleicht hatte ich ja diese Frau Macke in der Leitung. Hat heute Mittag angerufen, wollte dich sprechen. Mehrmals. Aber du warst gerade unterwegs. Klang von Mal zu Mal hysterischer. Wollte gleich vorbeikommen. Wegen Ritzelbeck. Ich habe gesagt, sie solle sich erst mal beruhigen. Du würdest dich bei ihr melden, sobald du kommst«, fiel Rubisch ein.

Ich biss die Zähne zusammen. »Hat die auch eine Telefonnummer?«

»Es tut mir wirklich leid. Der Zettel ist irgendwie unter die Räder gekommen. Guck doch im Telefonbuch!«

K … L… M… Macke, Vera und Dominique. Das musste sie sein.

Xenia:

Ritzelbeck hatte eine eigene Homepage. Eine sehr professionelle. Hätte ich ihm nach seinem abgerissenen Auftreten im La Paloma gar nicht zugetraut. Auf dem neuesten Stand der Technik. Bestimmt nicht billig. Mein Freund Pünktchen begeistert sich dafür. Daher kann ich das einschätzen. Die dargestellten Bilder und Installationen wurden dadurch natürlich nicht besser, aber die Macher der Seite hatten sich wirklich alle Mühe gegeben, die Kunstwerke ins rechte Licht zu rücken.

Interessiert suchte ich im Impressum nach dem Urheber. Unten am Bildrand wurde ich fündig. Ganz klein und kaum zu lesen: N. Römer, Webdesign. Eigentlich nicht ausreichend, aber ich bin ja keine Abmahn-Anwältin. Ich googelte N. Römer, fand jedoch nichts. Nur im Telefonbuch eine Nathalie Römer in Berlin Kreuzberg. Wenn sie die Urheberin der Webseite wäre, könnte sie bestimmt etwas über den Künstler erzählen. Kurz entschlossen griff ich zum Telefon. Niemand zu Hause. Schade.

Ich klickte weiter herum. Ritzelbeck bot Zeichnungen und Skizzen zum Verkauf an. Ziemlich kleinformatig und unvollkommen wirkend, aber dafür wollte er schon vierstellige Summen haben. Vielleicht war er ja gar nicht so arm, wie er vorgab.

Luise:

Vera Macke erwies sich als zierliche Frau um die fünfundvierzig. Ihre sorgfältig in verschiedenen Rottönen gefärbten Haare fielen stufig bis knapp auf die Schultern. Make-up, Lippenstift. Blaue Augen. Sie achtete offenbar auf ihr Äußeres, trug einen geschmackvollen Hosenanzug, ausgefallenen Schmuck. Spontan fühlte ich mich wie ein kleines, graues Mäuschen und hoffnungslos unterlegen. Sie schaute mich jedoch so freundlich an, dass dieses Gefühl verschwand.

»Luise Wiese, Kripo Kassel. Wir haben gerade telefoniert. Dies ist mein Kollege Rubisch. Dürfen wir hereinkommen?« Bei Befragungen nehme ich gern Rubisch mit. Der quatscht nicht dauernd dazwischen.

Auf dem Tisch in ihrer Wohnküche lagen viele Hefte, die Vera Macke schnell stapelte. »Entschuldigen Sie, die erste Matheklausur des neuen Schuljahres.«

»Sie sind Mathelehrerin?«

»Ja. Aber hauptsächlich unterrichte ich Kunst.«

»Sie hatten angerufen wegen Herrn Ritzelbeck.«

»Ich habe in der Zeitung gelesen, dass er …«, sie atmete tief durch, ihre Unterlippe zitterte, »tot zwischen Bäumen gefunden worden ist. Ich hatte mich schon gewundert, dass er so lange zeltete.«

»Zeltete?«

»Er hat am Sonntagfrüh kurz nach acht das Haus verlassen, mit Tasche und Schlafsack, und gesagt, er wolle ein paar Tage im Habichtswald übernachten. Das würde ihn inspirieren.« Ihre Augen glänzten, sie zwinkerte.

»In welcher Beziehung standen Sie zu Herrn Ritzelbeck?«

»Wir sind alte Freunde. Früher lebten wir in einer Wohngemeinschaft. Er war hier für die Dauer der Foruminarte.« Sie verwischte ihr Make-up mit einem Finger und schien es kaum zu merken.

»Wie lange ist das her?«

»Über achtzehn Jahre. Trotzdem ist er für mich ein sehr wichtiger Mensch und ich für ihn. Es ist hart, den besten Freund zu verlieren. Und dann noch so.« Sie wandte sich ab und putzte sich kurz die Nase.

Ich hörte Schlüsselgeräusche, ein Junge schlurfte in die Küche. Ebenfalls zierlich, ich schätzte ihn auf etwa sechzehn. Seine auf den Hüften sitzende Jeans war heruntergetreten und ausgefranst. Er öffnete den Kühlschrank und nahm sich eine Cola heraus. »Mein Sohn Dominique.« Sie verfolgte ihn mit den Augen.

Der Stolz in ihrer Stimme war nicht zu überhören. War sie etwa eine dieser Helikoptermütter, die ihre Kinder ständig umkreisen? Der Junge, der ihr wie aus dem Gesicht geschnitten war, nickte nur kurz, ohne seine Mutter oder mich anzuschauen, und ging hinaus. Er war im »nicht-Fisch-noch-Fleisch-Alter«, wirkte ziemlich weich. Seine Unsicherheit verbarg er in einem formlosen Hip-Hopper-Outfit. »Domi«, rief sie hinter ihm her, »der Herr Kremer vom Supermarkt hat angerufen. Du sollst zum Arbeiten kommen, wenn du kannst. Da ist jemand ausgefallen. – Er räumt Regale ein, im Laden um die Ecke«, erklärte sie mir, während ihr Sohn zurückkam, die Cola auf den Küchentisch stellte und verschwand. Besonders gesprächig war er ja nicht. In dem Alter kein Wunder.

Der Sohn bemühte sich um Coolness und seine Mutter um Haltung. Hinter der Fassade nahm ich eine nervöse Spannung wahr und ein leidenschaftliches Gefühl.

»Warum haben Sie sich nicht gleich gestern gemeldet, als der Artikel in der HNA erschienen ist.«

»Ich war mit der Kunst-AG drei Tage in einem Selbstversorgerhaus in Söhrewald. Zum Malen in der Natur. Am Montagmorgen sind wir hingefahren. Das macht den Schülern Spaß, und sie halten sich sogar an das Handyverbot, um sich ganz auf ihre künstlerischen Prozesse einzulassen. Gestern Abend sind wir spät zurückgekommen. Da war ich ziemlich müde und hatte keine Lust mehr, die HNA zu lesen. Erst heute Vormittag, ich hatte nur zwei Stunden Unterricht, habe ich die Ausgaben der HNA durchgeblättert und bin auf die schreckliche Nachricht gestoßen.« Sie schniefte in ein weiteres Tempotuch.

»Sie haben einen braunen alten Mercedes?«

»Ja, wieso?«

»Hat Daniel Ritzelbeck den auch gefahren?«

»Sicher. Warum?«

»Hat er tote Tiere auf der Straße eingesammelt und sie in diesem Auto transportiert?«

»Ja, er hat die in der Garage ausgestopft für seine Installation.«

Ich staunte, wie cool sie damit umging. »Wissen Sie, dass das verboten ist? Erfüllt den Tatbestand der Wilddieberei.«

»Wirklich? Wem nimmt man denn etwas weg? Wer will denn so ein überfahrenes Tier noch essen?«

»Doch, man nimmt es dem Jagdpächter weg. Und der entscheidet dann schon selbst, was er damit machen will. – Wo waren Sie eigentlich an dem Sonntag, an dem Daniel Ritzelbeck im Wald kampieren wollte?«

»Zu Hause. Habe Schulvorbereitungen gemacht und Opern-CDs gehört.«

»Gibt es jemanden, der das bestätigen kann?«

»Domi war da. Warum wollen Sie das wissen?«

»Reine Routine.«

Vera Macke schwieg einen Moment, putzte unter der Nase lang und straffte die Schultern. »Wenn der Leichnam freigegeben wird, können Sie mir dann Bescheid sagen? Dani hat niemanden außer mir. Seine Eltern sind im Altenheim. Wer soll sonst die Beerdigung organisieren?«

Der Nachbar, der gerade den Abfall raustrug, wusste zu berichten: »Die Frau Macke, das ist eine ganz Nette. Und so tapfer. Wie sie ihren Sohn ganz allein groß gezogen hat, als ihr Mann einen Herzinfarkt bekommen hatte.«

»Ihr Mann?«

»Sagt Ihnen der Künstler und Kunstprofessor Friedrich Macke noch was? Der ist vor ungefähr zwölf Jahren gestorben. War in Kassel bekannt wie ein bunter Hund. Mit dem war sie verheiratet. Na ja, der war auch bedeutend älter als sie. Da muss man schon mal damit rechnen, dass der stirbt. Ich sehe den noch im Garten sitzen mit seinem kleinen Sohn auf den Knien. Eigentlich sah es ja eher aus wie Opa und Enkel. Aber Dominique war es sicher egal. Er hat mit seinen Händchen in Fingerfarben gelangt und sie juchzend auf die Leinwand gedrückt.«

Der Mann neigte offenbar zu Ausflügen in die Vergangenheit und ausufernden Beschreibungen. Ich versuchte, ihn zum Thema zurückzuführen. »Haben Sie zufällig mitbekommen, was Frau Macke am Sonntag gemacht hat?«

»Am Sonntag war ich den ganzen Tag hier und habe nicht gemerkt, dass ihr Mercedes weggefahren wäre. Sie war wohl zu Hause, denn am Nachmittag und Abend sind stundenlang Opernarien aus dem Haus gedrungen. Das macht die öfter. Habe ich mich schon dran gewöhnt. Finde ich nicht schlimm. Sonst noch Fragen?«

»Der Sohn, Dominique?«

»War vermutlich auch zu Hause. Ist der nämlich meistens, wenn er nicht in der Schule ist oder sich beim Kremer ein paar Euros verdient.«

»Hatten Sie Kontakt zu Herrn Ritzelbeck?«

»Nein, der hat immer Abstand gehalten. Ich weiß nur, dass er oft irgendwas in der Garage gewerkelt hat.« Wieso schaute er dauernd Rubisch an, obwohl ich die Fragen stellte?

Ich mobilisierte per Handy die Spurensicherung, das Waldstück nach dem Schlafsack und der Tasche abzusuchen, und machte einen kleinen Abstecher zu Kremers Laden, in dem Rubisch soeben verschwunden war, um eine Flasche Cola zu kaufen. Dominique war damit beschäftigt, lustlos das Regal mit Knabbereien aufzufüllen.

»Dominique, wo warst du am Sonntag?«

»Zu Hause.«

»Den ganzen Tag?«

»Ja.«

»Kann das jemand bestätigen?«

»Meine Mutter. Wieso interessiert Sie das?«

»Reine Routine. Sag mal, wie bist du denn mit Herrn Ritzelbeck klargekommen?«

Dominique schaute mich ohne Regung an. »Gut.«

Ein Mann in weißem Kittel bog unwirsch um das Regal. »Dominique, ich bezahle dich fürs Einräumen, nicht fürs Quatschen.«

Wortlos beugte sich der Junge zu einem Karton mit Salzstangen herunter.

Xenia:

Ich trank gemütlich mit Grete und Pünktchen Tee, denen zu meinen neuesten Googeleien leider auch nichts Gescheites einfiel, als es energisch klingelte. Das konnte eigentlich nur Luise sein, um ihren Hund einzusammeln.

»Nach einem tiefen Einverständnis zwischen euch beiden sieht das ja nicht gerade aus«, sagte sie zur Begrüßung, als Fricko ihr – sichtlich erleichtert – schwanzwedelnd um die Beine strich, während Kasimir lauthals fauchte und den mit Sisal umwickelten Baumstamm hinaufschoss. »Dein Kater hat wohl ein Aggressionsproblem.« Das fand ich übertrieben. Kasi lag öfter mit zuckendem Schwanz und wackelnden Ohren auf dem Kratzbaum knapp unter der Decke, auch wenn kein Hund in der Wohnung war. Ich schenkte meiner Schwester Tee ein und schob die Pralinenschachtel rüber. Sie nahm beides dankbar entgegen. »Da ist einiges los auf der Foruminarte. Spinner mit Farbdosen, Ketchup und Plüschtieren.«

»Hab ich doch gesagt«, warf Grete ein.

»Du warst also erfolgreich?«, wollte ich wissen.

»Wie man es nimmt. Ritzelbecks Kunstwerk steht noch. Allerdings gab es offenbar mehr Vorfälle. Alle Ordner haben das auf eigene Faust geregelt. Der Einzige, der keinen Plüschlöwen gemeldet hat, war Farid. Passt der besonders gut auf?«

»Wahrscheinlich. Verdächtigst du ihn etwa? Das ist ein ganz Netter.«

»Er ist übrigens tatsächlich schwul.«

»Hat er dir das erzählt? – Aber das wäre doch kein Grund, Plüschlöwen zu verteilen.«

»Habe ich das behauptet?«

Luise:

Ich fuhr hinaus in den Wald, um mit Fricko einen ausgedehnten Spaziergang zu machen. Den hatte er sich verdient, denn er hatte bestimmt eine Menge Adrenalin angehäuft bei dem Versuch, den Katerattacken zu begegnen. Natürlich steuerte ich das Waldgebiet an, in dem Ritzelbeck aufgefunden worden war. Dort stand neben einigen Polizeifahrzeugen der Jeep von Urs Rimbach. Den hatte er wieder zurückbekommen, nachdem die Spurensicherung ihn für unverdächtig befunden hatte. Ich schritt forsch aus und rief: »Herr Rimbach.« Fricko hatte Bellas Spur aufgenommen. Bald hatten wir die zwei erreicht. Fricko war enttäuscht von Bella. Sie roch offensichtlich noch sehr gut, hatte aber kein Interesse mehr an Männerbekanntschaften.

»Sind Sie weitergekommen in Ihren Ermittlungen zu Ritzelbecks Tod?«

»Bisher kein Durchbruch. Wir wissen nur, dass er mit einem Jagdgewehr erschossen wurde.«

»Das ist nicht viel.«

»Können Sie mir etwas erzählen über Jagdgewehre?« Mein Schusswaffenlehrgang war schon lange her.

»Für Ihren Mordfall? Auf Schalenwild, ab Reh aufwärts, schießt man mit Büchsenpatronen, nicht mit reinen Schrotladungen. Dafür ist ein Gewehr mit Zielfernrohr Kaliber 7x64 geeignet. Man verwendet sogenannte Kugellaufgeschosse. Die reichen mindestens einen Kilometer weit. Man sollte sich also genau überlegen, wann man die abfeuert. Kugellaufgeschosse haben ein Einschussloch von etwa einem halben bis einem Zentimeter, das Ausschussloch ist etwa fünf Zentimeter groß. Das hängt damit zusammen, dass die Geschosse sich im Organismus teilweise aufpilsen und zerlegen. Für die betroffenen Tiere ist das nicht mit Schmerz verbunden. Sie erleiden einen Schock. Das war's.«

Wer's glaubt. Aber das würde ich nicht mit ihm diskutieren. Ich brauchte den Mann noch. »Ein Kilometer ist ganz schön weit.«

»Ja, weiter, als Jäger gucken können, da ist leicht mal was passiert, vor allem im Dunkeln.«

»Zum Beispiel?«

»Einer hat eine Bundeswehrtruppe, die nachts das Tarnen und Täuschen übte, für eine Wildschweinrotte gehalten und erst in letzter Sekunde seinen Irrtum bemerkt.«

»Sie meinen, Ritzelbeck könnte versehentlich erschossen worden sein?«

»Möglich ist alles. Es gibt für jedes Jagdgewehr auch Vollmantelgeschosse. Die treffen mit so viel Wucht auf das Tier oder die Person, dass der Tod durch Schock unmittelbar eintritt. Das sind hochrasante Geschosse. Militärs und Scharfschützen benützen die ebenfalls. Der Rechtsmediziner müsste Ihnen dazu etwas sagen können.«

»Er ist gerade überlastet. Ich werde noch mal nachfragen. Wo waren Sie eigentlich am letzten Sonntag?«

»Das haben Ihre Kollegen auch schon wissen wollen. Meine Frau hatte Geburtstag. Auf der Feier natürlich.«

»Hat hier irgendwo in der Gegend eine Jagd stattgefunden?«

»Nicht bei mir. Aber die Saison ist eröffnet. Da gibt es in den Revieren oft Drückjagden. Weil die meisten Jäger und Treiber dann Zeit haben, gehen viele Jagdpächter auf das Wochenende. Ich finde einen solchen Termin sehr unglücklich gewählt. Da sind zu viele Spaziergänger unterwegs. Von den wild gewordenen Downhill-Mountainbikern ganz zu schweigen.«

Mein Handy klingelte. Die Spurensicherungsleute hatten nichts gefunden. Keinen Schlafsack. Keine Tasche. Wäre ja auch zu schön gewesen. Ich ging gerade zurück zum Auto, als mir ein älterer Mann entgegenkam, Leinen in der Hand. Zwei

Wollknäuel rollten vor ihm her. Da sie bellten, musste ich wohl doch von Vierbeinern ausgehen.

»Halten Sie Ihren Schäferhund fest«, rief er schon von Weitem. Die Stimme klang besorgt.

Ich pfiff. »Sitz!« Fricko legte den Kopf schief und beäugte die Kleinen. Die näherten sich furchtsam, einer kläffte. Am ängstlichsten war vermutlich Herrchen. Trockene Zweige knackten, als plötzlich ein Dobermannweibchen aus dem Dickicht brach und sich auf die Hündchen stürzte. Herrchen schrie auf. Aber Fricko war auf dem Posten. Er ließ ein drohendes Knurren hören, zwickte die Angreiferin, die daraufhin das Weite suchte.

»Danke. Das war knapp. Die Töle hat meine Süßen schon mehrfach gebissen. Ich trau mich kaum noch raus. Max und Moritz sind völlig fertig. Dauernd muss ich mit denen zum Tierarzt. Wenn das so weitergeht, auch zum Tierpsychologen.«

»Können Sie da nichts machen? Wem gehört denn der Hund?«

»Alfons Köhler. Angeblich ist das Vieh angeleint oder im Zwinger. Komischerweise reißt es sich immer wieder los oder bricht aus.« Der Mann hob abwehrend die Hand.

Seine Lieblinge machten nun einen ziemlich munteren Eindruck. Fricko und die zwei beschnüffelten sich schwanzwedelnd. Herrchen traute seinen Augen kaum. Wir gingen noch ein paar Hundert Meter zusammen zu meinem Auto. Währenddessen hörte ich haarsträubende Geschichten von der herumstreunenden Dobermanndame, die wohl schon so manchen kleinen Hund auf dem Gewissen hatte.

Zu Hause drückte ich auf die Taste des uralten Anrufbeantworters. »Hallo, Ferdi hier. Ich hoffe, dir geht's gut. Heißes Pflaster. Aber ich werde es vermutlich schaffen. Kann mich kaum loseisen. Ich … pass auf dich auf, okay? Und auf Fricko auch.« Ich spulte die Nachricht mindestens zehn Mal ab, nahm dann die Kassette heraus, legte sie in eine Schublade und eine neue ein. Ich wusste gar nicht, wie sehr ich Ferdis Stimme vermisst hatte.

»Manche Leute behaupten, Kassel lebe nur alle paar Jahre für wenige Monate. Und sonst vergehe einfach irgendwie die Zeit. Das halte ich für Quatsch. Ist Leben etwa nur das, was im Äußeren passiert?«
Daniel M. Ritzelbeck

7. September

Xenia:

Gestern Abend hatte ich noch ein langes Telefonat mit Luise geführt. Sie hatte es ja so eilig, mit Fricko loszukommen. Als ob wir den armen Hund gefoltert hätten. Jedenfalls war keine Zeit geblieben. Über die Ermittlungen zu Ritzelbecks Tod erzählte sie leider nichts, aber dafür wohl alles, was sie über die Sabotageakte herausgefunden hatte. Offensichtlich schloss sie einen Zusammenhang nicht aus. Ich sollte weiterhin Augen und Ohren offen halten. Was ich natürlich ohnehin tat. Wenn ich entscheidende Informationen zur Ergreifung des Mörders beitragen könnte, gäbe es ja vielleicht sogar einen Teil der Belohnung in Höhe von zehntausend Euro, die von einem Kunstliebhaber ausgesetzt worden war und von der ich heute früh in der HNA gelesen hatte.

Von meiner Begegnung mit Lewinsky hatte ich Luise übrigens nichts berichtet. Der ist für sie ein rotes Tuch. Sie war froh, dass er einen Tag nicht da war.

Ich verstehe meine Schwester nicht immer. Sie ist eine verdammt gute Polizistin. Sie kann Leute zusammenfalten, die es verdienen, aber bei Autoritäten und Arbeitskollegen klappt das nicht. Ich empfahl ihr, dem Kerl mal so richtig die Meinung zu sagen, vielleicht würde das was nutzen. Sonst machte der doch, was er wollte.

Ich hatte Frühschicht. Auf zur Foruminarte. Grete begleitete mich. Ihr war aufgefallen, dass die Ausstellung in gut zwei Wochen endete und sie, als Ureinwohnerin der Fuldametropole, bisher nichts davon mitbekommen hatte. Grete stellte sich in die Schlange am Kassenhäuschen. Sie hatte sich vorgenommen, außer dem Fridericianum die documenta-Halle und die neue Galerie zu besichtigen, und deshalb extra ihre nachmittäglichen Geigenschüler auf Donnerstag vorverlegt. Ich hielt es für reichlich unrealistisch, so viele Gebäude abzuklappern, aber meine Freundin ist ja schon groß und kann selbst entscheiden.

Heute war ich in einem superlangweiligen Raum eingeteilt mit lauter Retro-Kunstwerken. Warum wird eigentlich in fast jeder modernen Kunstausstellung Minimal Art gezeigt? Obwohl die schon ziemlich alt ist? Da ich nicht besonders auf die Bilder achten musste, ließ ich meine Blicke schweifen. Der Mensch, der die Sabotageakte unternahm, war das ein Mann oder eine Frau? Mit Nadel und Faden zu hantieren, traute ich eher einem weiblichen Wesen zu, wohingegen es wohl eher Männersache war, ein Plüschtier zu einem sehr platten Exemplar zu machen. Die Ketchup-Nummer erinnerte mich an einen Kindergeburtstag.

Der Mann, der gerade sein Stativ aufbaute, kam mir definitiv bekannt vor. Er lungerte ein wenig herum, wahrscheinlich in der Hoffnung, die geführte Gruppe, die den gesamten Raum einnahm, würde endlich verschwinden, und hatte Glück. »Wenn Sie nun hier hinübergehen zu der Arbeit von Mike Mc Mood. Minimal Art. Aus den 60er Jahren.« Die sah wenig spektakulär aus, mehr wie meine Wohnzimmerwand. Großflächig, einfarbig. Das junge Mädchen, das ihre hellbraunen Haare zurückstrich und sich soeben an die Besuchergruppe anschloss, hatte ich ebenfalls schon gesehen. Jeder, der mehrmals hierherkam, war verdächtig. Aber es verschwand, ohne dass etwas passiert wäre.

Am Ende der Schicht traf ich Moritz, Cora und Farid im Gespräch. »Ich bin total erledigt. Für diesen Hungerlohn die dauernden Auseinandersetzungen mit den Knipsern«, stöhnte Cora.

»Heute war doch nichts los«, widersprach Moritz.

»Das hast du vielleicht nur nicht mitgekriegt«, stichelte ich. »Irgendwelche Plüschlöwen?«

Alle schüttelten die Köpfe.

»Ist euch aufgefallen, dass es keine Zwischenfälle mehr gegeben hat, seit Ritzelbecks Tod bekannt geworden ist?«, sagte Farid.

Luise:

Krause hatte scheinbar auf mich gewartet, als Fricko und ich am Morgen eintrafen. »Chefin, mit dem Günter Pollmeier, da ist was nicht ganz koscher.«

»Wer ist das?«

»Na, der Porschefahrer, nach dem Sie neulich gefragt haben. Da sind eben zwei Typen gekommen. Ich habe sie festgehalten. Dachte, Sie wollten sie befragen.«

»Warum sollte ich?«

»Weil die was erzählen wollen über Günter Pollmeier und Ritzelbeck.«

Das war natürlich etwas anderes. Die Männer dünsteten schon auf dem Flur, wo sie herumsaßen, ihre persönliche Geruchskomposition, bestehend aus Männerschweiß und Restalkohol, aus.

»Tach, Chefin«, begrüßte mich der eine. Chefin! Hatten die mit Schulze und Krause einen Club aufgemacht?

Ich bugsierte die beiden in einen Vernehmungsraum, bat Rubisch hinzu und eröffnete das Gespräch: »Mein Kollege sagte, dass Sie eine Aussage machen möchten über Günter Pollmeier und Herrn Ritzelbeck.«

»Genau. Das ist nämlich so. Wir spielen in unserer Stammkneipe immer mit Pollmeier Skat. Wir drei. Ja, und da erzählt man sich auch so einiges. Und obwohl wir mit Günner schon fünf Jahre spielen, können wir jetzt einfach nicht die Klappe halten, ne, Manni?«

Manni nickte.

»Moment mal, wir fangen von vorne an. Ihre Namen, bitte.«

»Also ich bin der Dieter Kleinmann, und das da ist der Manfred Fredebusch.«

Fredebusch räusperte sich, aber dann schwieg er doch.

»Vor drei Wochen«, nahm Kleinmann den Faden wieder auf, »da hatte der Günner nen Unfall mit seinem Porsche. Ist ihm so'n Viehzeug gegengelaufen, war ne Menge kaputt. Er hat die Bullen gerufen, ich mein' natürlich die Polizei, und die haben kein Viehzeug gefunden.«

»Entschuldigung, dass ich Sie unterbreche, aber das ist uns bereits bekannt. Er hat ja, wie Sie sicherlich wissen, Anzeige erstattet. Wenn Sie sich bitte auf das Wesentliche konzentrieren würden.« Worauf wollten die bloß hinaus?

»Ja, also der Günner hatte sich gemerkt, dass der dunkle Mercedes aus Kassel war. Er kennt da so 'n Mäuschen von der Zulassungsstelle und die hat für ihn die passenden Autos rausgesucht, ihm den Namen und die Adresse der Besitzer gegeben. Die hat er dann alle abgeklappert. Und als er zu der Adresse einer Frau kommt, trifft er diesen Ritzelbeck dort an. Das war genau vor einer Woche am Freitagnachmittag. Hat er uns abends beim Skat erzählt. Der Ritzelbeck war in der Garage zugange mit so 'm Waschbär. Inner Garage, da hat er das Viech ausgenommen und alles in die Biotonne ...«

»Ich verstehe noch nicht so ganz, was das mit unseren Ermittlungen zu tun hat.«

»Na, der Günner war doch sauer, wegen dem Schaden am Auto. Ne, Manni? Und da hat er dauernd gesagt, man müsse dem Typ eine Lehre verpassen. Dem Ritzelbeck. Und hat den beobachtet. Er wollte, dass der seinen Schaden am Porsche übernimmt.«

»Und dann?«

»Ja, und jetzt ist unser Skatkumpel verschwunden, seit Tagen vermissen wir ihn. Genau genommen, seitdem der Ritzelbeck ermordet worden ist. Als ob er untergetaucht ist.« Er sah mich herausfordernd an. Ich ging nicht darauf ein.

»Manni, äh, Herr Fredebusch, haben Sie etwas zu ergänzen?«

»Ne, alles so, wie Dieter gesagt hat.«

»Gut, wenn Sie bitte hier unterschreiben würden.« Ich brachte es nicht fertig, mich bei ihnen für ihre Aussage zu bedanken. Rubisch gähnte.

In der Soko-Runde fragte ich, was die anderen inzwischen herausbekommen hatten.

»Frau Professor Wohlgemuth ist ein Ritzelbeck-Fan«, berichtete Tina, »sie hält ihn für einen Ausnahmekünstler. Als solcher habe er natürlich auch Neider. Erik Lens zum Beispiel. Die zwei hätten dauernd konkurriert. Beflügelt dadurch, dass beide dieselbe Frau mochten. Sie hat uns nicht verraten, wer das war. Ich hatte den Eindruck, sie war selbst in Ritzelbeck verknallt.«

»Tolle Zeugin«, merkte Rubisch an.

»Was ist denn an der Sache mit Günner dran?«, fragte Huber.

»Ich finde es komisch, dass die Skatrunde ihren Kumpel verpfeift. Wahrscheinlich haben sie von der ausgesetzten Belohnung gelesen. Wir müssen auf jeden Fall nach Günner suchen. Die Fahndung ist schon raus. Obwohl ich mir nicht vorstellen kann, dass jemand einen umbringt wegen eines Schadens am Auto, den zudem vermutlich die Versicherung früher oder später bezahlen wird.«

»Sag das nicht«, wandte Lewinsky ein, der wieder genesen und seltsam fügsam erschien, » für manche Leute ist das Auto eine heilige Kuh.«

Xenia:

Als ich im La Paloma eintraf, hatte Milan diesen extrem dynamischen Blick, wie so oft seitdem er mit dem Erbe seines Vaters das Haus gekauft hatte und ungestört dem seit Längerem fälligen Sanierungsbedarf nachgehen konnte. Er konnte nach Herzenslust im gesamten Gebäude schalten und walten, weil der Vorbesitzer, ein Spekulant aus Frankfurt, alle Mieter vergrault hatte. Als Erstes hatte er einen Dachgarten mit Spezialzaun rundherum angelegt, in dem nun seine dreifarbige Katzendiva Esmaralda residierte. Auf die muss man besonders aufpassen. Vielleicht liegt es an dem etwas sperrigen Namen, dass sie so schlecht hört. Aber wir probierten es auch mit Smaralda, Ralda und Esma, und die Resultate waren nicht viel besser. Ich habe mal in einem Ratgeber gelesen, dass Katzen auf Namen mit »i« gut reagieren. Sehe ich doch an meinem Kasimir. Der ist übrigens Esmaraldas Bruder. Und beide sind Kinder von Pünktchens Maunzi und Metzger Maiers Ahlewurscht.

Im Außenbereich vor dem Lokal, also auf dem Königsplatz, hatte Milan einen Biergarten eröffnet. Lief auch gut, entsprach aber noch nicht ganz seinen Vorstellungen. »Abends möchten die Menschen Stimmung, keine Leuchtreklame, sie wollen abschalten und langsam in eine Traumwelt eintauchen.« Die wollte er in dem Innenhof errichten. Er liebte die unverputzten Wände dort, in deren Nischen im Frühsommer Mauersegler brüteten. Jetzt waren die längst in den sonnigeren Süden abgehauen. – Und er hatte eine Holzkonstruktion mit Laubeneffekt errichten und sie mit diversen geeigneten Pflanzen beranken lassen, so dass sich die Gäste beschützt und behaglich fühlen könnten. Leider fehlten immer noch die gemütlichen Tische und Stühle aus Robinie, die Milan aus ökologischen Gründen denen aus Teak und Bankirai vorzog.

Die großen Gewächse und die geschmackvolle Bestuhlung waren natürlich nicht ganz billig. Ich glaube, ich erwähnte schon, dass Milan ein nennenswertes Erbe von seinem Vater erhalten hatte, das solche Extras ermöglichte. Mit dem Rest davon hatten er und seine Mutter Johanna eine Stiftung gegründet, die Geld für verschiedene soziale Projekte zur Verfügung stellte. Aber Milans Priorität galt seinem Restaurant.

»Die Möbel für den Biergarten im Innenhof sind endlich angekommen, ist alles schon eingerichtet«, verkündete er nach einer kurzen Begrüßung und einem flüchtigen Küsschen. Milan war es nicht gelungen, einen weiteren verlässlichen Mitarbeiter einzustellen, den er jetzt noch mehr brauchen würde. Es war also klar, worauf es hinauslief. Auch wenn Milan in dem Hinterhof nicht annähernd so viele Tische unterbringen konnte, wie er gewollt hätte, ich lief mir die Sohlen ab und servierte, was das Zeug hielt, sogar drei Teller auf einmal, weil es einfach sonst nicht zu schaffen war. Hatte kaum Zeit, mich mit Milans Patenonkel zu unterhalten, der regelmäßig zum Essen kommt. Für meinen Freund ist Norbert Bayer eine Art Ersatzpapi. Er hat ein weitaus größeres Herz als Milans unter merkwürdigen Umständen verstorbener Erzeuger. Das darf ich natürlich nicht laut sagen. Milan ist in dieser Hinsicht etwas empfindlich.

Norbert ist ein lebenskluger, grauhaariger Senior mit Charme und Esprit, Psychologe seines Zeichens. Ich plaudere gern mit ihm. »Wenn ich jünger wäre und keine Knieprobleme hätte, würde ich heute einspringen«, sagte er, als ich ihm die Gemüselasagne servierte.

»Es ist wirklich der Teufel los«, bestätigte ich. »Hast du gleich noch Patienten?«

»Erst am Montag wieder.«

»Sag das bloß nicht Milan. Der ist derzeit gnadenlos.«

Norbert grinste. »Bekommt das eurer Beziehung?«

»Frag lieber nicht!«

Enzo war auch gestresst. Zwischendurch kriegte er sich mit Paolo in die Wolle. Zum Großteil wurde ihre Auseinandersetzung auf Italienisch geführt. Sehr musikalisch, Enzos Bassbariton und Paolos hohe Tenorstimme. Auf meine Bitte erläuterte Enzo in Deutsch, dass Paolo jemandem am heiligen Sonntag auf einem Wanderparkplatz eine Delle ins Auto gefahren habe. Statt zu warten, habe er lediglich einen Zettel unter den Scheibenwischer des gegnerischen Wagens geklemmt mit Adresse und Telefonnummer. Das sei Fahrerflucht. Wir seien schließlich nicht in Sizilien. Dummerweise hatte Paolo Enzos Fiat benutzt. Klar, dass der sich jetzt aufregte. Paolo argumentierte, bisher habe sich doch niemand gemeldet, und das sei doch alles schon fünf Tage her. Enzo solle nicht solch ein Theater machen. Der konterte, eventuell habe der Wind das Papier verweht, der Regen die Schrift verwaschen. Aber meist gebe es ja irgendeinen Zeugen, und bald stehe bestimmt die Polizei vor seiner Tür. Ich hielt das für Quatsch. Vielleicht war die Macke verschwindend klein und der Unfallgegner weder Autofetischist noch raffgierig, versuchte ich, Enzo zu beschwichtigen, und ging wieder meinem Kellnerinnenjob nach.

Ziemlich spät abends lag ich mit Milan im Bett in seiner Dachwohnung. Es gibt dort ein riesiges, schräges Fenster, das die Sterne hereinlässt. Wir hatten es gekippt, den Kasseler Nachthimmel über uns. Innenstadtfrischluft flutete herein, vermengt mit entfernten Autogeräuschen, vereinzelten leisen Sprachfetzen von Nachtschwärmern. Smaralda hatte sich zu unseren Füßen zusammengerollt. (Kasimir wusste ich von Grete und Pünktchen wohl versorgt.)

»Milan, ich weiß, du wünschst dir, dass ich mich sehr für das Restaurant engagiere. Ich tu, was ich kann. Mehr geht nicht. Ich will damit sagen, das La Paloma ist dein Lebenstraum. Ich finde es gut, aber ich habe auch eigene Pläne. Den Krimi, zum Beispiel. Ich stürze mich nicht mit dem gleichen Herzblut in die Gastronomie wie du. Kannst du das verstehen?«

Eine Weile war es still. Ich lag in Milans Arm, und wir lauschten den nächtlichen Geräuschen.

»Ich meine, dass es eine optimale Partnerschaft ist, wenn beide Ideale teilen, an einem Strang ziehen. Die Kraft wird dann verdoppelt.«

»Das kann ich nicht. Mein Lebensziel ist es nicht, ein möglichst gut gefülltes Restaurant zu führen. Ich will noch andere Dinge erforschen. Und ich bin gern mit dir zusammen. Ich liebe dich.«

»Xenia, ich liebe dich auch.«

Warum nur hörte ich ein Aber heraus?

»Man muss den Kopf leeren, und wenn man kaum noch damit rechnet, entsteht aus dieser Leere Fülle.«
Daniel M. Ritzelbeck

8. September

Luise:

Günter Pollmeier hatte nur mal eine Spritztour gemacht, wie er sagte. Er strich mit einer Hand über die lichten, fettigen Haare und wandte mir sein teigiges Gesicht zu. Er roch, als hätte er während dieses Trips nie die Klamotten gewechselt. Die Ausdünstungen waren schwer zu ertragen.

»Einen Moment.« Ich ging hinaus in Lewinskys und Rubischs Büro. Beide saßen untätig herum.

»Es gibt Arbeit. Quetscht den Typ im Vernehmungszimmer nach Strich und Faden aus! Was er die letzten Tage gemacht hat und am Sonntag im Besonderen. Welcher Art sein Kontakt zu Ritzelbeck war. Bitte einen wortgetreuen Bericht nachher.«

Drei Stunden später überreichte mir Lewinsky einen USB-Stick. »Du wolltest das doch wörtlich haben. Habe ich mitgeschnitten. Hier ist die schriftliche Einwilligung von Pollmeier.«

»Danke.« Ich war echt überrascht. Was war nur in Lewinsky gefahren? In seiner Äußerung steckte nicht ein Hauch von Spott. Das irritierte mich geradezu.

»Soll ich dir in groben Zügen erzählen, was er gesagt hat?«

»Das wäre schön.«

»Pollmeier hat mithilfe einer Mitarbeiterin der KFZ-Stelle das Auto ermittelt, so dass er die Adresse der Halterin erfuhr.

Er also hin. Er wusste, dass er richtig war, als er den Wagen auf der Straße stehen sah. Er klingelte, aber niemand öffnete ihm. Dann hörte er Geräusche aus der Garage. Durch das seitliche Garagenfenster erkannte er den Mann, der den Waschbär mitgenommen hatte. Mit Plastikhandschuhen operierte er an Tierkadavern herum. Das weckte Pollmeiers Wut. Aber bevor er die an Ritzelbeck auslassen konnte, kam ein Nachbar vorbei und beäugte ihn kritisch. Der sollte nicht mitbekommen, was er mit Ritzelbeck tun wollte. Deshalb haute Pollmeier erst einmal ab und versuchte sein Glück am nächsten Tag wieder. Und die ganze Zeit kochte die Wut weiter in ihm. Da der Nachbar sich nicht zeigte, ging er in die Garage, wo Ritzelbeck wieder an seinem Kadaver hantierte, und stellte den Mann zur Rede. Machte ihm klar, dass die Delle an seinem Porsche noch nicht als Wildschaden anerkannt worden war, weil er das dazugehörige Wild eingesammelt und dadurch für jede Menge Scherereien gesorgt hatte. Die Reparaturkosten betrügen mindestens zweitausend Euro. Als der Mann sich uneinsichtig zeigte, kam es zu einem Handgemenge, in dessen Verlauf Pollmeier seinem Kontrahenten einige Faustschläge verpasste. – Hast du die Obduktionsakte schon gelesen? Der komplette Bericht von Bruno. Habe ich dir auf den Schreibtisch gelegt.«

Das wurde ja immer schöner. War Lewinsky einer Gehirnwäsche unterzogen worden? Ich schob ein paar Aktendeckel zur Seite und entdeckte darunter einen aus der Rechtsmedizin.

»Da ist die Rede von Prellungen im Bereich des Brustkorbs und des Kinns, die auf diese Weise wohl erklärt werden können. Der Mann fiel hin und stand nicht gleich wieder auf. Da bekam es Pollmeier mit der Angst zu tun. Immerhin ist er auf Bewährung wegen Körperverletzung. Also ist er abgehauen.«

»Wann war das?«

»Am frühen Samstagabend, einen Tag, bevor Ritzelbeck ermordet wurde.« Triumph in Lewinskys Stimme.

»Hältst du Pollmeier für den Täter?«

»Wir können ihn nicht ausschließen. Er hat kein stichhaltiges Alibi für die mutmaßliche Tatzeit. Und behauptet, er sei nach der Begegnung in der Garage mit dem Porsche herumgefahren. Dann habe er einen alten Kumpel in Felsberg besucht, bei dem er angeblich bis heute Morgen geblieben ist. Der hat übrigens die HNA abonniert, und darin hat Pollmeier am Mittwoch das Foto von Ritzelbeck gesehen und seinen Kontrahenten wiedererkannt.«

»Hat er ein Jagdgewehr?«

»Nein, aber ich habe den Namen seines Kumpels in den Computer eingegeben. Der ist ein polizeibekannter Waffennarr und -sammler.«

»Oh. Gute Arbeit, Lewinsky. Kannst du dich an den mal dranhängen?«

Lewinsky grinste schief. Man muss die Leute auch mal loben, wenn sie es verdienen.

»Noch was. Mir kommt das ziemlich komisch vor mit Kleinmann und Fredebusch. Dass die den verpfiffen haben.«

»Mir ebenfalls.«

»Soll ich die mangeln?«

»Nimm Rubisch mit.«

Kaum hatte er den Raum verlassen, stürzte ich mich auf Eierchens Gutachten. Ich verstand höchstens die Hälfte, aber Folgendes war immerhin zusammenzureimen. Ritzelbeck war an dem Sonntag gestorben, irgendwann zwischen drei und zehn Uhr abends. An seinem Körper waren Blutergüsse und Prellungen festzustellen, die er sich vor seinem Tod zugezogen hatte. Todesursache war ein Schuss mit einem Jagdgewehr, Kaliber 7x64. Die Eintrittswunde maß 0,7 Zentimeter, die Austrittswunde 4,9 Zentimeter. Mir fiel Urs Rimbach ein. Was hatte der noch erzählt über verschiedene Munitionen? Ich meinte mich zu erinnern, dass dieses Wundmuster auf normale Jagdmunition schließen ließ. War nicht bei Scharfschützenmunition Ein- und Ausschussloch identisch? Und auch keine Patrone zu finden? Da der Schütze ein Splittergeschoss verwendet hatte, konnten einige Überreste in Ritzelbecks Körper sichergestellt werden. Damit könnte man vielleicht die Tatwaffe identifizieren. Bloß – wo sollten wir die suchen?

Ich legte den Aktendeckel auf den Tisch zurück, blickte durch das gekippte Bürofenster hinüber zum Kulturbahnhof und wunderte mich einmal mehr über Lewinskys Sinneswandel. War das eine neue Strategie? So tun, als würde er mit mir zusammenarbeiten. Und dann? Irgendwie wartete ich auf die nächste Attacke.

Xenia:

Lustlos schleppte ich mich durch die Foruminarte-Schicht. Zu meiner Laune trug nicht bei, dass ich wieder für den No-No-Raum eingeteilt war. Zu Hause angekommen, schrie ich wie am Spieß. Urschrei-Therapie. Kasimir flüchtete unter das Küchensofa. Aber mir ging es etwas besser. Kurz nach meinem finalen Brüll klingelte es. Vielleicht auch schon vorher. Jedenfalls stand Pünktchen vor der Tür. Mit besorgtem Blick: »Alles in Ordnung?«

»Komm rein und lausche dem Lamento einer frustrierten Frau, wenn du es aushältst.«

Pünktchen lässt sich nicht so leicht erschüttern und nahm wenig später einen Schluck Eistee aus einem beschlagenen Glas. Wir saßen auf dem Küchenbalkon, die Füße auf der Brüstung.

»Milan liebt dich. Der ist im Moment etwas gestresst, weil er den Foruminarte-Rahm fett abschöpfen will.«

»Hoffentlich. Ich fürchte, da ist was Fundamentaleres im Gange. Eine grundsätzliche Einstellung zu einer Liebesbeziehung.«

Pünktchen nippte an seinem Eistee und beobachtete eine Amsel, die soeben auf einem der Kaninchenställe im Hinterhof gelandet war.

»Milan meint, es sei erstrebenswert, wenn beide dieselben Ziele verfolgen. Aber ich kann und will mich nicht verbiegen!«

Musst du nicht. Es gibt keine Alternative zum eigenen Weg. Das, was stimmig ist, hat Bestand. – Oma Xenia hatte sich lange nicht bei mir gemeldet, von wo auch immer ihre Seele sich nun befand. Umso tröstlicher ihre Präsenz jetzt. Danke, Oma. Ich werde diesen Krimi schreiben.

Pünktchen bewegte die Zehen auf der Balkonbrüstung und schaute in sein Glas.

»Wegen meines Foruminarte-Krimis, Pünktchen. Die Grundzüge habe ich dir schon erzählt. Gänseliesel klauen. Aber wie kann man den Alarm abstellen?«

Pünktchen wandte mir sein sommersprossiges Gesicht zu, das übrigens für den Spitznamen verantwortlich ist. »Ich kenne mich ja eher mit Computern aus. Du hattest doch an einen Stromausfall gedacht. Keine Ahnung wie das funktioniert.«

»Ja, und das Notstromaggregat muss ebenfalls außer Funktion gesetzt werden. Dann könnte man das Bild aus dem Rahmen holen …«

»Ich sehe da noch ein weiteres klitzekleines Problem bei deinem Raub. Massen von Touristen schauen zu, wie der Dieb das Bild aus dem Rahmen schneidet und damit verschwindet?«

»Na ja, tagsüber so eine Aktion zu starten, wäre ziemlich dämlich. Da müsste man schon warten, bis alle weg sind.«

»Was passiert da normalerweise?«

»Um zehn vor acht gibt es eine Durchsage. Die Besucher werden gebeten, die Ausstellung zu verlassen. Die mit den Installationen verbundenen Rechner haben einen Timer, der sie herunterfährt. Wir Ordner gucken, ob irgendwo jemand herumspringt, und bitten ihn freundlich zu gehen. Dann verschwinden wir auch, der Hausmeister kontrolliert und schließt ab.«

»Um danach noch einmal hereinzukommen, bräuchtest du also den Schlüsselbund vom Hausmeister.«

»Könnte der nicht mitmachen?«

»Den hätten die Bullen doch sofort am Wickel. Wer die Schlüsselgewalt hat, ist immer verdächtig. Selbst wenn er gefesselt in der Ecke säße. Die Nummer kennt man schon von diversen Geldtransporter-Überfällen.« Pünktchen hat im Internet einige News-Ticker abonniert.

»Schlüsselbund kurzfristig ausleihen, Schlüssel nachmachen.«

»Kannst du vergessen. Das sind bestimmt Sicherheitsschlüssel. Unkopierbar ohne Genehmigung. Wie viele Türen gibt es eigentlich?«

»Muss ich morgen zählen.«

»Meinst du, das reicht für einen Krimi? Die Leute sind heutzutage Thriller gewöhnt, Mord, Verfolgung, permanent zunehmende Bedrohung. Ein simpler Raub lockt keine Maus hinter dem Ofen hervor.«

Ich vergaß zwischendurch immer wieder, dass Pünktchen mit mir jahrelang Germanistik studiert hatte und somit vom Fach war. »Ich will keinen Thriller schreiben. Aber ein bisschen mehr geht ja vielleicht. Wie würdest du das denn angehen?«

»Du hast von den Plüschlöwen erzählt. Wie wär's mit einem Psychopathen, der auf der Foruminarte sein Unwesen treibt? Sich sukzessiv steigert und auf ein Zielobjekt zusteuert. Das müsste am besten die ermittelnde Beamtin sein. Oder ein anderer Mensch, an dem der Psychopath seine abstrusen Ideen ausprobieren möchte. Du kannst ja als Autorin von der Realität ein wenig abweichen und jedem Exponat einen festen Wächter zuordnen. Hauptsache, die Atmosphäre stimmt. Das Opfer ist dann der Ordner für das Kunstwerk, das in ihm diesen Trieb zu töten ausgelöst hat, beziehungsweise wohinein er seinen Wahn projiziert hat.«

»Da wird mir ja angst und bange.«

»Außerdem hat es doch schon einen Toten gegeben. Den würde ich auch noch einbauen«, sagte Pünktchen ungerührt. Manchmal ist er wirklich erstaunlich abgebrüht.

»Die Welt ist verknüpft, verwoben, verstrickt. Aber diese verbindenden Fäden hat bisher niemand gesehen.«
Daniel M. Ritzelbeck

10. September

Luise:

Soko-Sitzung. Lewinsky kam als Letzter. Gott sei Dank, ein Stück Normalität. Ungewöhnlich allerdings, dass er allgemein herumfragte, wer einen Kaffee wollte. Alle. Er stellte eine Kanne auf den Tisch und Milch daneben. Ich traute meinen Augen kaum, als er auch noch ein paar Kaffeebecher hervorzauberte.

»Irgendwelche neuen Erkenntnisse?«, eröffnete ich die Besprechung.

»Also ich«, begann Lewinsky, und da blitzte ganz der alte Lewinsky auf, »ich war bei Pollmeiers Kumpel in Felsberg. Der hat eine Waffensammlung einschließlich der dazugehörigen Munition, sein Wohnzimmer sieht aus wie ein Bundeswehrdepot. Jagdgewehre im Speziellen hat er auch. Manche davon ohne Waffenschein. Und alles nicht ordnungsgemäß aufbewahrt. Ich hab die Kollegen schon informiert. Die kümmern sich darum. Pollmeier ist am Samstagabend tatsächlich in Felsberg aufgetaucht und hat dort übernachtet. Am Sonntagmorgen war Günner allerdings verschwunden als Ewald Hartmann, der Waffennarr, so gegen elf aufgestanden ist. Hartmann ging zum Fußballspiel des örtlichen Vereins, genauer gesagt zum dazugehörigen Vorglühen. Da sie gewannen, feierte er ausgiebig und kehrte erst abends um halb elf in die Wohnung zurück, in der Pollmeier vor sich hin schnarchte. Der war mittlerweile mit dem unter der Fußmatte hinterlegten Schlüssel hineingelangt.«

»Pollmeier hat kein Alibi«, schlussfolgerte Rubisch brav.

»Woher sollte er denn wissen, in welchem Wald Ritzelbeck herummarschierte?«, fragte ich ihn und dann Lewinsky: »Wie hat er dir all das verraten?«

»Das wollte er eigentlich nicht, aber er hatte einen Saufkumpan da, der wohl schon einiges intus hatte und dauernd dazwischenquatschte. Ich habe mich als Interessent für Waffen ausgegeben. Empfehlung von Günner.«

Lewinsky entfaltete kreative Ideen. Wenn er aufhören würde, ständig seinen verdammten Egotrip zu fahren. Ich war keineswegs davon überzeugt, dass ihm das auf Dauer gelingen würde.

»Und ich habe mir seine Kumpel angesehen. Fredebusch erschien mir als das schwächere Glied in der Kette. Deshalb habe ich ihn mir vorgeknöpft.« Rubisch hüstelte. »Zusammen mit Rubisch. Zuletzt haben die am Freitag Karten gespielt, das war der einunddreißigste August. Beim Skat hatte Pollmeier eine Pechsträhne. Auszahlen konnte er die Gewinner aber nicht. Als er dann einfach verschwand und nicht wieder auftauchte, dachte Kleinmann, der wolle nicht zahlen, und hat uns eingesetzt, seinen Kumpel wieder aufzutreiben. So haben die das zumindest behauptet.«

»Würde das nicht dafür sprechen, dass Kleinmann ihn für unschuldig hält?«, hakte ich nach. »Wenn sein Kumpel in den Knast einzieht, müsste er ja ganz schön lange auf sein Geld warten.«

Lewinsky zuckte die Schultern. »Weiß nicht, ob der so weit denkt. Außerdem ist da die ausgesetzte Belohnung. Wenn Kleinmann die Kohle nicht von seinem Kumpel kriegt, dann vielleicht dadurch, dass er uns auf dessen Spur setzt.«

»In dem Fall würde Kleinmann ihm zutrauen, Ritzelbeck umgebracht zu haben. Schließlich hat er gewusst, dass Pollmeier wütend auf Ritzelbeck war. Und dass sein Kumpel jähzornig ist, wird ihm bestimmt nicht entgangen sein.« Einen Moment lang war es still im Raum. Ich zumindest dachte darüber nach, wie schnell man von einem vermeintlichen Freund verraten werden kann. Für uns nichts Neues, deshalb habe ich schon lange beschlossen, niemandem zu trauen.

»Wir müssen uns Pollmeier noch einmal vorknöpfen. Lewinsky, bestell ihn doch mal her! – Rubisch?«

Er räusperte sich umständlich. »Ich habe rausbekommen, dass Pollmeier auf Bewährung ist. Wegen Körperverletzung. Hat einem Typen, der seinen Porsche zerkratzt hat, eine Bierflasche über den Schädel gehauen.«

Hatte Lewinsky mir das nicht bereits als seine Arbeit verkauft? Sich schmücken mit fremden Federn gehörte schon immer zu seinen speziellen Vorlieben.

Xenia:

Heute musste ich zur Spätschicht. Zeit für ein Frühstück mit Grete und Pünktchen. Wir saßen auf dem Balkon zusammen mit Kasimir. Zum Glück hat der eine natürliche Scheu vor der oben abgerundeten Balkonbrüstung und noch nie probiert, da hochzuspringen. Aber es könnte trotzdem nicht schaden aufzupassen. Grete war behängt mit afrikanischem Schmuck. Sie steht da drauf. Auf ihrem Weg von einer Ausstellungshalle zur nächsten hatte sie an nahezu jeder Bude des strategisch gut positionierten Kunstmarktes einen Großeinkauf getätigt. Und mir heute Morgen eine sehr schöne Kette geschenkt, Holzperlen und geschnitzte kleine Tiere von der Giraffe bis zum Zebra. So gefielen sie mir besser als ausgestopft, womit wir wieder beim Thema wären.

»Was macht denn die Krimiplanung«, wollte Pünktchen wissen, während er ein Stück von der Ahlen Wurscht abschnitt, die ich eben noch schnell bei Anni Maier im Erdgeschoss erstanden hatte. »Hast du die Türen bis zum Bild gezählt?«

»Uneinnehmbare Festung. Zunächst der Eingang, dann Türen vor dem Treppenaufgang. Im ersten Stock sind welche, wo beim Schließen an fünf Stellen Metallstifte in das gegenüberliegende Türblatt einrasten. Da geht es in den Raum mit dieser verrückten Grace-Collister-Installation. Wo die Leute in den Baumwipfeln herumturnen.«

Pünktchen zog die Augenbrauen hoch. Er hatte es bisher nicht zur Foruminarte geschafft, weil er dauernd irgendwelche Computer reparierte. Ich rechnete auch nicht mehr damit.

»Dann gibt es eine weitere Tür zu dem Nebenraum, wo das Bild in einer Nische hängt.«

Kasimir war dazu übergegangen, ein Papierbällchen zu jagen. Pünktchen wollte es ihm zuwerfen, als er innehielt. »He, das ist der HNA-Fragebogen zur Aktion Schöne Heimat. Den wollten wir doch ausfüllen.«

Grete platzte los, während Pünktchen den Knäuel ungerührt entfaltete. Kasimir starrte aufmerksam in Erwartung eines neuen Spiels.

»Erste Frage: Die typisch nordhessischen Gebräuche werden immer weniger gelebt, Trachten und Dialekte verschwinden. Haben die Traditionen unserer Heimat überhaupt noch Bedeutung? Ja, auf jeden Fall. Nein, gar nicht. Kann ich nicht sagen. Was meint ihr?«

»Solange wir unsere Ahle Wurscht von Maiers kriegen, ein klares Ja, nicht wahr, Grete?«

»Hmmhm. Ist eigentlich noch welche da?«

Während ich sie ihr herüberreichte, las Pünktchen: »Der Edersee steigt auf Rekordhöhe, Wetterkapriolen führen zu Ernteausfällen, Touristen bleiben aus. Gehört Nordhessen Ihrer Ansicht nach zu den großen Verlierern des Klimawandels?«

»Das ist nicht dein Ernst«, lachte Grete mit vollem Mund.

Luise:

Ich wartete bis drei, ehe ich mit Rubisch zu Vera Macke fuhr. Vermutlich war sie zu der Zeit aus der Schule zurück. Fricko machte keine Anstalten auszusteigen, auch gut.

»Ich bin total geschafft«, begrüßte Vera Macke uns. »Möchten Sie einen Kaffee?«

Rubisch strahlte, als habe sie seinen geheimsten Wunsch erraten. »Gerne. Wie geht es Ihnen?«

»Danke der Nachfrage.« Sie wendete den Blick zum Kaffeeautomaten und drückte einen Knopf.

Ich sagte: »Wir sind im Mordfall Ritzelbeck noch nicht weitergekommen. Die Presse löchert uns.« Ungern erinnerte ich mich an den Anruf von Reuse, BILD-Zeitung, meinem speziellen Freund. Auch die HNA hatte schon angefragt, ob sie uns durch Veröffentlichung neuer Fakten helfen könnte. »Sie kannten Herrn Ritzelbeck lange und vermutlich sehr gut. Erzählen Sie uns von ihm.«

»Was wollen Sie denn wissen?«

»Sie waren mit ihm zusammen in der Schule?«

»Ja, wir haben uns angefreundet, weil wir uns beide für Kunst interessierten. Und dann wurde daraus Liebe. Wenigstens für eine Zeit.« Vera Macke lächelte wehmütig. Ehe ich nachfragen konnte, redete sie weiter. »Zum Kunststudium zogen wir gemeinsam in eine Wohngemeinschaft. Lauter Künstler. Es war herrlich lebendig und chaotisch.«

»Wer wohnte noch in dieser Wohngemeinschaft?«

»Erik Lens, der mit Fotos experimentierte, und Sonja Diehl. Die stand mehr auf Aktzeichnungen.«

»Und Sie? Was ist Ihre künstlerische Richtung?«

»Ich habe mit Zeichnungen angefangen. Mittlerweile mache ich auch Aquarelle und Ölbilder.«

Ich schaute mich in der Küche um. Landschaften voll mit raffiniertem Licht und prallem Leben. Eigenwillige, gegenständliche Bilder, die mir ausnehmend gut gefielen. »Haben Sie die gemalt?«

»Ja.«

»Viel schöner als das meiste, was auf der Foruminarte ausgestellt wird.«

»Danke.«

»Verkaufen Sie die auch?«

»Ja. Gerade habe ich eine Ausstellung in der Galerie Martin Steinbach in der Stadt.« Vera Macke wurde lebendiger, wenn sie über ihre Kunst sprach.

»Wo ist das?« Ich nickte zur Wand herüber.

»In Frankreich. Ich liebe dieses Land. Leichtigkeit und Temperament.«

»Malen Sie nur Landschaften?«

»Nein, alles Mögliche. Menschen, Tiere, Pflanzen.«

»Was halten Sie von der Foruminarte?«

»Ich habe eine Dauerkarte, schon von Berufs wegen. Aber ehrlich gesagt, vieles lohnt nicht.«

»Lohnt Ritzelbeck?«

Sie zog sich wieder in ihr Schneckenhaus zurück. »Viele verstehen Dani mit seiner Kunst nicht, vielleicht weil sie den Weg dahin nicht kennen.«

»Wie war der denn?«

»Dani hat angefangen mit Fotos. Die hat er dann abgemalt. Wie Gerhard Richter. Von dem haben Sie bestimmt gehört. Dani strebte danach, seine Ausdrucksmöglichkeiten zu erweitern, experimentierte mit Performances und Konzeptkunst. Er wollte was bewegen. Schon immer. In der letzten Zeit lag ihm zunehmend der Schutz der Natur am Herzen. Er setzte sich auseinander mit saurem Regen, Artensterben, Klimawandel. Irgendwann fiel ihm auf, wie viele Tiere tagtäglich durch den Straßenverkehr getötet werden und wie wenig das im öffentlichen Bewusstsein verankert ist. Die werden so schnell eingesammelt, dass sie unserer Wahrnehmung entschwinden. Um dieses

Problem Menschen nahezubringen, hat er dann wieder zurückgegriffen auf Fotos, Gemälde und Objekte. Weil das die meisten verstehen. Konzeptkunst ist zu abstrakt, das begreift ja keiner.«

Wohl wahr. Erst recht nicht, wenn man, wie ich, nur eine vage Vorstellung davon hat.

»Danis Kunstwerk wird sicher dazu führen, dass manche Leute nachts weniger schnell über die Landstraßen fahren und dadurch vielleicht noch für Tiere bremsen können, die die Straße überqueren möchten. Das hätte ihn gefreut.«

»Was für ein Mensch war Daniel Ritzelbeck?«

»Lebendig, mitreißend, sehr charmant.«

»Sie waren mit ihm liiert.«

»Ja.«

»Wann war das?«

»In der Schule und am Anfang des Studiums. Jugendliebe.« Sie lächelte etwas wehmütig.

»Wie war er als Partner?«

»Alle Leute, die Großes vollbringen, brauchen viel Raum für sich. Und Verständnis der Umgebung. Da war er nicht anders.«

»Das klingt nach einem Egomanen«, schloss ich meine Berichterstattung in der Soko-Runde ab. »Hast du etwas zu ergänzen?«, wandte ich mich an Rubisch. Der schüttelte den Kopf und trank einen Schluck Kaffee. Also fuhr ich fort. »Wir müssen dringend mehr über Ritzelbecks Lebensumstände herausfinden. Diese Künstler-Wohngemeinschaft scheint mir interessant. Professor Wohlgemuth sprach doch davon, dass Ritzelbeck und Lens dieselbe Frau mochten. Vielleicht Vera Macke. Rubisch, hast du eigentlich den Erik Lens erreichen können?«

»Der ist gerade unterwegs. Ein Großauftrag von einer Brauerei im Norden der Republik. Müsste aber in ein paar Tagen wieder zu Hause sein.«

»Hoffentlich. Tina und Huber, könnt ihr nach Sonja Diehl suchen? Und herauskriegen, was Ritzelbeck in Berlin gemacht hat? Und wo er sonst so war? Welche Frauenherzen hat er gebrochen? Wem ist er auf die Füße getreten? Lewinsky, was gibt's zu Pollmeier zu sagen?«

»Hartmann hat ihm seine Knarren erklärt und war mit ihm auf dem Schießplatz. Wir können davon ausgehen, dass er weiß, wie ein Gewehr bedient wird. Er bleibt dabei, dass er es nicht war. Und wir haben keinerlei Beweise. Möchte noch jemand Kaffee? Ich koch noch einen.«

Erwartungsvoll schaute Lewinsky in die Runde. Alle nickten, und ich glaubte zum wiederholten Mal, meinen Ohren nicht zu trauen.

»Kunst hat etwas Experimentelles, Zerbrechliches. Es gibt viele Zufälle und Risiken. Ständig passiert etwas, womit man nicht rechnet.«
Daniel M. Ritzelbeck

11. September

Xenia:

Am Morgen erwartete mich eine Überraschung. »Das ist Fiora«, stellte mir Enzo seine Kusine vor.

»Ciao«, Fiora entblößte strahlend weiße Zähne und reichte mir ihre schmale Hand mit rot lackierten Nägeln. Höchstens fünfundzwanzig, wahrscheinlich jünger. Sie bewegte sich schnell und sicher von Tisch zu Tisch, flirtete noch mit den Gästen, während sie Teller um Teller auf ihrem linken Arm stapelte, um sie hüftschwingend in die Küche zu transportieren.

»Die ist wirklich flink«, meinte Milan, Fiora hinterherschauend, die mit wehenden schwarzen Haaren wieder hinausfederte, um einige Bestellungen zu servieren. Als der Frühstücksstrom abebbte, setzte sich das Mädel doch glatt neben die Platten mit dem bereits klein geschnittenen Gemüse und fing an, sich zu kämmen. Das hätte ich mal probieren sollen. Im geheiligten Kochraum. Enzo merkte etwas auf Italienisch an, woraufhin Fiora ihr Unterfangen in der Tür zum Flur fortsetzte. Milan sagte nichts. Der guckte nur.

»Wie heißt Enzos Kusine noch mal?«, fragte er mich wenig später. Manchmal hat er wirklich ein fürchterliches Namensgedächtnis.

»Lorelei.«

Milan stutzte, fuhr dann fort. »Wir können Verstärkung gebrauchen.«

Aber musste es ausgerechnet so eine Verstärkung sein?

Nur ungern ließ ich dieses tüchtige Vollweib mit Milan allein zurück, um mich der Kunstwerke anzunehmen. Ich war heute für den Brückenraum zuständig. Und wollte die Zeit wenigstens sinnvoll nutzen, um meinen Krimiplan zur Reife zu schmieden. Als ich einige an die Wand geschraubte Stahlbehälter in Form griechischer Amphoren in Augenschein nahm, näherte sich Farid: »Na, Krimirecherche?«

»Woher weißt du das denn?«

»Hast du doch vor ein paar Tagen erwähnt. Bin gespannt auf weitere Details.«

Luise, Plaudertasche. Wer weiß, was die noch alles erzählt hatte.

Luise:

Es würde uns entscheidend weiterbringen, wenn wir wüssten, wo genau Ritzelbeck erschossen worden war, ehe man ihn im Wald abgelegt hatte. Ich fuhr noch einmal zum Fundort. Zusammen mit meinem Pflegehund, der sich freute, draußen zu sein. Als wir nach einem ausgedehnten Spaziergang zum Wanderparkplatz zurückkehrten, liefen zwei Wollknäuel schwanzwedelnd auf uns zu und dem gutmütigen Fricko um die Beine herum.

»Bin ich froh, dass wir Sie getroffen haben. Der Dobermann ist bestimmt schon wieder unterwegs«, sagte Herrchen erleichtert. Wie zur Bestätigung brach das Vieh durchs Dickicht, um bei Frickos Anblick gleich abzuhauen. Ich hatte den Verdacht, dass der Dobermann die Kleinen regelrecht verfolgte, und nahm mir vor, Maßnahmen einzuleiten. Hunde müssen gut hören oder sie dürfen nicht frei herumlaufen. Der Dobermannbesitzer würde was erleben.

»Sehen Sie, Sehen Sie!« Fassungslos schüttelte das Wollknäul-Herrchen den Kopf.

»Der Wald ist nicht nur für Hunde gefährlich. Sie haben doch bestimmt von dem Mann gehört, der erschossen worden ist.«

»Natürlich. Ich sage ja immer, wenn die eine Jagd machen, müssen die wenigstens ordentlich absperren. Nicht dass da einer hingeht.«

»Wer sind die?«

»Na, hier sind mehrere Reviere. Der Urs Rimbach macht das gut. Mit seiner Bella verstehen sich Max und Moritz auch prima. Aber bei dem Eisenhans gibt es öfter Probleme. Der stellt an drei Wegen Schilder auf und meint, das würde reichen. Da bin ich schon ein paar Mal in den Wald gegangen und habe es schießen gehört. Dann drehe ich natürlich gleich um, und warne alle anderen, die mir entgegenkommen.«

»Verständlich.« Meine Gedanken eilten zu Telefon und Rechner im Büro voraus.

»Herbert Eisenhans, heißt der Typ«, sagte ich triumphierend. »Der hat das Nachbarrevier von Urs Rimbach.« Fricko, unter dem Schreibtisch liegend, ließ das kalt. Ich erteilte Tina und Huber den Auftrag, sich mit der Spurensicherung in das neue Waldstück zu begeben.

Dann rief ich das Ordnungsamt an und schilderte den Fall von der Dobermannhündin. Der Mann am anderen Ende der Leitung versprach mir, dass Max und Moritz bald unbehelligt im Wald spazieren gehen könnten.

Meine Schwester meldete sich, um unser gemeinsames Essen heute Abend abzusagen. Sie müsse dringend bei Milan helfen. Ihre Stimme klang irgendwie krisengeschüttelt.

Zu vorgerückter Stunde – bei Eisenhans hatte ich immer noch niemanden erreicht –, als ich gerade überlegte, welches Gericht ich mit den Zutaten zubereiten könnte, die ich in meinem Kühlschrank entdeckte, klingelte es. Xenia kam doch. Ziemlich aufgelöst.

»Ich bin nach der Foruminarte ins La Paloma gegangen. In die Küche. Mit Kreppsohlen macht man kein Geräusch. Und als ich meine Servierschürze holen wollte, habe ich gesehen, wie Milan Fiora umarmte.«

»Wie umarmte? Von vorn, von hinten, von der Seite?«

»So kann auch nur eine Polizistin fragen. Reicht es nicht, dass er sie umarmt hat?«

»Nein. Das sind unterschiedliche Arten der Intimität. Also?«

»Von der Seite.«

»Das ist die harmloseste Version.«

»Eher eine Vorstufe zur Eskalation. Milan wünscht sich eine Freundin, die seinen Enthusiasmus für das Restaurant teilt.«

»Wart's doch erst mal ab. Ich weiß, so schnell kann keine Liebe vergehn …« Womit ich die von Oma Xenia gern gehörte Zarah Leander zitierte. »Ihr habt eine ähnliche Power, gemeinsame Interessen, aber reibt euch auch aneinander. Ich glaube, das ist eine gute Mischung.«

»Was weißt du denn von Partnerschaften?«

Ich fand es ziemlich gemein von Xenia, dass sie auf meiner Beziehungslosigkeit herumhackte. Das könnte sich irgendwann ändern, oder? Ich schluckte meinen Ärger nur deshalb runter, weil meine Schwester so geknickt war. »Für eine Zwiebelsuppe brauchen wir wahrscheinlich ungefähr acht Zwiebeln. Jede pellt und würfelt vier, okay?«

Als wir einige Zeit später über unserem Süppchen saßen, waren Xenias Lebensgeister weitgehend zurückgekehrt. »Ich möchte nicht immer nur im Restaurant helfen, sonst kann ich nicht meinen Angelegenheiten nachgehen. Also, der Foruminarte-Krimi …« Ich erzählte Xenia dann auch ein bisschen von meiner Arbeit, um sie aufzuheitern. Zum Beispiel vom Eisenhans und davon, dass Ritzelbeck mit Veras braunem Daimler versehentlich einen Fuchs erlegt hatte, wovon ich selbst Zeugin geworden war. Bestimmt hatte er den eingesammelt und für sein Kunstwerk verwendet.

»Sicher hatte er kein Geld, um einen Profi für das Ausstopfen zu bezahlen. Ist dir aufgefallen, wie sein Reineke schielt?« fragte Xenia.

»Eine Aufgabe von Kunst ist es stets auch, verborgene Missstände sichtbar zu machen, auch wenn dies schmerzhaft ist.«
Daniel M. Ritzelbeck

12. September

Xenia:

Mal angenommen, die Intuition meiner Schwester, Ritzelbeck sei in Eisenhans' Revier umgekommen, würde den Tatsachen entsprechen. Wie könnte man was rauskriegen darüber, ob an dem speziellen Sonntag wirklich eine Jagd stattgefunden hatte? Indem man sich im fraglichen Waldabschnitt umhörte. Wem erzählten die Menschen am ehesten etwas? Ihresgleichen. Ungünstig. Ich wohnte nicht im nahe gelegenen Dorf. Aber mich beschlich eine andere Idee.

Ich ging runter zu Metzger Maier. »Du, Anni, war der Benno heute schon draußen?«

Seit Neuestem hatten Maiers diesen großen, gutmütigen, jedoch eigenwilligen Mischlingshund.

»Nicht lange. Willst du mit ihm Gassi gehen? Das wäre ja toll. Ich muss nämlich gleich noch eine Lieferung rausbringen.«

Somit erübrigte es sich, sie um das Auto zu bitten. Aber Pünktchen brauchte seine Schrottlaube gerade nicht. Im dritten Versuch sprang sie auch an. Benno saß auf der Rückbank und war im Innenspiegel groß zu sehen. Leider nicht viel anderes.

Trotzdem gelangten wir unversehrt zu einem Wanderparkplatz im Wald. Ich leinte Benno vorsichtshalber an. Er kannte mich noch nicht gut genug, als dass er auf mich gehört hätte. Um ihn etwas zu ermüden, joggte ich eine kleine Runde. Anschließend erschnüffelte er – meist ohne Ziehen – an der langen Leine mal vor, mal hinter mir interessante Dinge, bis uns ein Opa mit einem wohlbeleibten Dackel entgegenkam. Beide blieben stehen, und Herrchen wollte wissen, welche Gene in Benno vereint seien.

»Labrador, Pharaonenhund und Pudel, soweit ich weiß«, improvisierte ich.

»Die Locken hat er dann wohl vom Pudel«, witzelte der Mann. »Können Sie ihn nicht frei laufen lassen? Der macht doch einen ganz freundlichen Eindruck.«

»Lieber nicht. Wissen Sie, neulich war ich in einem Wald, da war gerade eine Jagd. Ich hatte eine Heidenangst, dass sie Benno für ein Wildschwein halten, bis ich ihn wieder an der Leine hatte und aus dem Waldstück raus war.«

Er lachte lauthals, wurde schlagartig ernst. »Das ist wirklich ein Problem.«

»Wenn die Jäger den Wald nicht ordentlich absperren, geht man da halt einfach so rein …«, setzte ich nach.

»Das ist mir auch schon passiert. Vorletzten Sonntag erst. Wollte hier spazieren gehen und habe Schussgeräusche gehört. Da bin ich natürlich schnell umgekehrt.«

Bingo. Adrenalinstoß.

Der Mann empörte sich weiter. »Und das war nicht das erste Mal. Das hat der schon öfter gemacht, der Jagdpächter. Fahrlässig ist das.«

»Saugefährlich und unfallträchtig.«

»Stimmt. Letztes Jahr war mal ein Zwischenfall. Aber das hat keinen Außenstehenden getroffen. Einer von den Ballermännern ist selbst angeschossen worden. Ist nichts Genaues durchgesickert. Diese Kerle halten doch alle zusammen.«

»Wie jetzt? Da ist nichts an die Öffentlichkeit geraten? Ist das nicht verdächtig?«

»Nichts? Nein, ein bisschen weiß man. Dass der alte Doktor vom Nachbardorf, der inzwischen am Herzinfarkt gestorben ist, dabei war. Und der soll da seinen Notfallkoffer gebraucht haben.«

»Zu schade, dass der Arzt schon tot ist. Das hätte mich interessiert.«

»Wieso?«

»Ich schreibe was über Jagdunfälle.« Wenn er jetzt dachte, ich sei Journalistin, sollte mir das auch recht sein.

»Dann fragen Sie doch mal den Egon. Der war als Treiber mit. Später hat er sich mit dem Jagdpächter verkracht.« Es folgte eine Wegbeschreibung.

Das Fachwerkhaus wirkte reichlich zerfallen, ebenso wie der Zaun, der das Grundstück umgab. Für Ordnung sorgten nur die zwei Ziegen, die alles kurz hielten. »Benno, du musst jetzt mal im Auto bleiben.« Ich stieg aus und klopfte an die Tür, offensichtlich zu heftig, denn sie schwang quietschend auf. Eine Tigerkatze nutzte die Gelegenheit zur Flucht. Es dauerte einen Moment, bis ich mich an das Zwielicht im Haus gewöhnt hatte. Kleine, ziemlich blinde Fenster. Ein grauhaariger Mann mit Flanellhemd saß an einem Holztisch und trank etwas aus einer angeschlagenen Tasse.

»Nanu, Besuch so früh am Tage«, krächzte er. »Auch 'nen Kaffee?«

»Nein danke. Ich komme wegen der Jagd vor einem Jahr, wo jemand angeschossen worden ist.«

»Und warum wollen Sie darüber was wissen?«

»Sagen wir mal so. Es existiert ein öffentliches Interesse daran, dass so etwas nicht noch einmal passiert.«

Er ließ sich diese Aussage durch den Kopf gehen. Ich ebenfalls und dachte, so ein Schwachsinn. Ein klassischer Fall von Worthülse.

»Es ist doch bestimmt auch im öffentlichen Interesse, dass die Leute, die dazu was erzählen können, eine angemessene Belohnung kriegen«, sagte mein Gesprächspartner listig und rieb den Daumen seiner rechten Hand gegen die anderen Finger. Ich kramte in meiner Tasche.

»Zehn Euro. Mehr kann ich Ihnen nicht bieten. Wenn die Story gut ist, suche ich noch Kleingeld zusammen.«

Der Schein verschwand in seiner Hosentasche. »Sie müssen mir versprechen, dass Sie niemandem verraten, woher Sie das wissen.«

Ich nickte gespannt.

»Also. Ich war Treiber bei der Jagd …«

Nachdem ich Benno bei Anni abgeliefert hatte, klingelte ich voller Begeisterung bei Luise durch, um meine Ermittlungsfortschritte mit ihr zu teilen.

»Danke«, sagte sie nach einer kurzen Pause. »Den Eisenhans werde ich mir vorknöpfen.«

»Fein. Dann rufst du mich wieder an, ja?«

Luise:

Ich fuhr mit Rubisch zu Eisenhans' Privatwohnung. Keiner da. Aber von einer Nachbarin, die gerade Fenster putzte, erhielten wir den Tipp, dessen Firma sei zwei Straßen weiter. Eine muntere Sekretärin verkündete, der Chef sei nicht zu sprechen.

»Doch, ist er. Wiese, Kripo Kassel. Dies ist mein Kollege Rubisch. Ihr Chef ist ein wichtiger Zeuge in einem Mordfall.«

Ehe sie sonstige Einwände erheben konnte, ging ich an ihrem Schreibtisch vorbei ins Büro. Rubisch folgte. Ein untersetzter Typ mit Halbglatze las die HNA und trank dazu Kaffee. Der gesamte Raum spiegelte sein Hobby. In einer Ecke stand ein verwegen aussehender Fuchs, in der anderen ein großer

Keiler, und dazu eine Unmenge von den Geweihen an den Wänden. Schräg über seinem Kopf hing ein ziemlich altes Gewehr. Ein männlich geprägtes Ambiente sozusagen.

»Guten Tag, Herr Eisenhans. Wiese, Kripo Kassel. Mein Kollege Rubisch. Wir möchten jetzt von Ihnen alles hören über den Zwischenfall bei ihrer Jagd am Sonntag, dem zweiten September«, bluffte ich.

»Was für ein Zwischenfall?«, stellte er sich dumm. »Kaffee, Frau Kommissarin, Herr Kommissar?«

»Da sage ich doch nicht nein«, meinte Rubisch.

Ich musterte ihn streng. »Nein danke. Es geht um den Menschen, der erschossen worden ist.«

»Das ist aber reichlich makaber. Damit kann ich auch nicht dienen.«

»Da bin ich mir nicht so sicher. Sie haben schließlich Erfahrung. Vor einem Jahr im Oktober ...«

»Was soll das? Das war ein Unfall.«

»Erzählen Sie mir davon.« Ich war gespannt, ob seine Version mit der von Treiber Egon übereinstimmte.

»Da gibt es nichts groß zu erzählen. Versehentlich hat sich ein Schuss aus einem Gewehr gelöst. Ein Treiber bekam die Ladung in den Oberschenkel. Mittlerweile geht es dem aber wieder richtig gut.«

»Wie kann sich denn ein Schuss versehentlich lösen? Das ist doch Quatsch. Man muss die Waffe erst entsichern.«

»Die Büchse sollte gereinigt werden. Dabei wurde unabsichtlich ...«

»Und wer war der Schütze?«

»Da gab es keinen. Niemand hat angelegt.«

»Na, gut. Wer hat das Gewehr gereinigt?«

»Äh, mein Sohn. Hören Sie, das hätte jedem passieren können.«

»Nicht jeder Jäger hatte vorher einen Flachmann mit Schnaps getrunken. Das sind mindestens 1,5 Promille Alkohol im Blut. Ist es nicht äußerst fahrlässig, in diesem Zustand mit einer Knarre zu hantieren?«

Eisenhans' Gesicht nahm einen Rot-Ton an. Zudem traten Schweißperlen auf seine Stirn. »Hören Sie, Herr Holzhauer hat keine Anzeige erstattet. Ihm war durchaus klar, dass so etwas bei einer Jagd passieren kann. Und er war immerhin das Opfer.«

»Daniel Ritzelbeck wird auch keine Anzeige erstatten, aus dem einfachen Grund, dass er das nicht mehr kann.«

»Unverschämtheit. Sie wollen mir unterstellen oder einem der Jäger ...«

»Verlassen Sie sich drauf. Ich finde raus, was da gelaufen ist. Eine Liste der an der Jagd beteiligten Personen, bitte.«

»Das dauert einen Moment. Meine Sekretärin ...«

»... hat sich die Fingernägel lackiert, als wir hereinkamen. Sie dürfte wohl kaum an Überbeschäftigung leiden. Wo können wir Ihren Sohn erreichen?«

»Derzeit gar nicht. Er ist mit seinem Freund nach Mallorca gefahren. In Urlaub. Hören Sie, was soll das? Sie behandeln uns wie Schwerverbrecher.«

»Die Nummer des Hotels und vom Handy bitte.«

Fünf Minuten später hatten wir eine Nummer in Mallorca – ein Handy gab es angeblich nicht, aber das ließ sich rausfinden – und eine Liste mit zehn Namen, vier Jäger und sechs Treiber. Eine Menge Arbeit. Da musste die komplette Soko ran.

Im Auto bat ich Rubisch, den jungen Eisenhans in seinem Urlaubsdomizil anzurufen, was er auch tat. »Tut mir leid, Luise. Aber der Hotelangestellte hat gesagt, Eisenhans sei nicht in seinem Zimmer. Na ja, kein Wunder. Wenn da schönes Wetter ist, sitzt der am Strand mit 'ner Nixe im Arm.« Er grinste breit.

»Wohl eher im Ballermann oder einem ähnlichen Etablissement, trinkt ein paar Bierchen und telefoniert mit dem Vater.« Vermutlich wäre es das Beste, den Sohn in falscher Sicherheit zu wiegen, indem wir nicht mehr anriefen und darauf warteten, dass er wieder im Lande war. Mein Mobiltelefon klingelte.

»Na, Schwesterherz, was hast du rausgekriegt?«

»Ich ruf dich später an, okay?« Peinlich. Mit Rubisch daneben. Aber der schaute gerade aus dem Fenster einer Blondine im Minirock hinterher.

»Es gibt Korrespondenzen, aber was bedeuten sie? Vielleicht haben sie ausschließlich den Sinn, den wir ihnen geben.«
Daniel M. Ritzelbeck

13. September

Xenia:

Ehe ich mich zur Foruminarte-Spätschicht einfand, konnte ich gut Mattus Holzhauer besuchen. Laut Telefonbuch wohnte er im oberen Teil der Wolfhager Straße. Mit Pünktchens ocker- und rostfarbenem Gefährt machte ich mich auf den Weg, nicht ohne vorher eine Tankstelle anzusteuern. Die Nadel war bedrohlich in den roten Bereich abgeglitten. Während ich nach der richtigen Hausnummer Ausschau hielt, ging ich in Gedanken meine Rolle noch mal durch. Wenn ich mich als »Luise Wiese, Kripo Kassel« ausgebe, handle ich mir regelmäßig Ärger mit meiner Schwester ein. Das ist an sich nicht so schlimm, weil wir uns früher oder später doch immer wieder zusammenraufen. Bloß bekäme ich dann für eine Weile keine Informationen mehr von ihr, und das wäre eindeutig krimifeindlich. Deshalb wollte ich es heute anders probieren. Ich klingelte.

»Guten Tag, Herr Holzhauer. Wiese, mein Name. Ich schreibe einen Artikel über pro und contra Jagd für die HNA.« Unschlüssig stand Mattus Holzhauer in seiner Wohnungstür.

»Darf ich vielleicht hereinkommen? Ich würde Ihnen das gern genauer erklären.«

Zögernd trat er zurück und humpelte voran in etwas, was wohl ein Wohnzimmer sein sollte. Speziell für Junggesellen.

Muffig. Furnierter Eichenschrank, beige-gemusterte, fleckige Tapeten.

Ich ließ mich auf das graubraune Sofa hinter dem massiven Couchtisch fallen, der mit Glasrändern übersät war. Klebrige Angelegenheit. Ob ich was zu trinken wolle? Nein! Danke.

»Ich möchte einen Essay schreiben, der Vor- und Nachteile, und auch Gefahren der Jagd darlegt. Sie wissen ja, dass durch Naturschutzverbände da immer wieder Diskussionen angestoßen werden …«

»Diese Naturschützer«, ereiferte er sich, »haben doch keine Ahnung.«

War klar, was jetzt kam. Wo kein Luchs, Wolf und Bär, da muss ein Jäger her. Oder zwei oder drei. Oder mehr. Um die Überpopulation der Rehe und Wildschweine in Schach zu halten. Erst recht diese furchtbaren Waschbären und die Tollwut übertragenden Füchse.

»Aber sagen Sie, wie sind Sie eigentlich auf mich gekommen?«

Gute Frage. Auf die ich dank Internetrecherche vorbereitet war. »Ich habe Ihren Leserbrief im letzten Jagdmagazin Praxis gelesen und war beeindruckt«, log ich schamlos. Um meine Rolle glaubwürdiger zu gestalten, hatte ich mittlerweile einen Block aus der Tasche gezogen, auf dem ich Stichworte wie »Wildverbiss an Bäumen«, »Tiere decken ihren Mineralstoffbedarf« und ähnliches notierte. Während ich ein Gebilde zeichnete, das von fern an einen Dachs erinnerte, meinte ich betont beiläufig. »Eine Jagd scheint auch nicht ungefährlich zu sein. Sie weisen in Ihrem Beitrag darauf hin, wie wichtig ein ordnungsgemäßer Umgang mit den Waffen ist.«

»Ich bin da gewissermaßen ein gebranntes Kind.« Mattus Holzhauer vertraute mir mittlerweile offensichtlich. Seine Stimme bekam einen zornigen Unterton. »Es gibt Jäger, denen müsste man gleich den Jagdschein entziehen. Zum Beispiel Eisenhans. Letztes Jahr war ich auf der Jagd in seinem Revier.

Da hat mir der bekloppte Sohn in den Oberschenkel geschossen. Streifschuss, das vergeht, hat der Doktor behauptet. An den Folgen leide ich heute noch. Ich kann kaum laufen, habe Schmerzen.«

»Haben Sie den Sohn nicht angezeigt?«

»Was soll das bringen? Eisenhans ist ein reicher Kerl, was ist meine Aussage dagegen? Der hat gesagt, es war ein Unfall. Gewehr gereinigt. Und bumm.«

»Und, war es ein Unfall?«

»Was weiß ich.«

»Könnte Eisenhans irgendetwas gegen Sie haben?«

»Sie meinen, der hätte bewusst auf mich geschossen?«

»Wer weiß?«

»Der Sohn vom Eisenhans ist schon etwas cholerisch. Ganz der Vater. Wenn er sich aufregt, sollte man alle Gewehre in erreichbarer Entfernung schnell wegräumen.«

»Na, also. Könnte er sauer auf Sie gewesen sein?«

»Höchstens, dass ich den Keiler erlegt habe, den er schießen wollte. Reine Notwehr. Ich stand da als Treiber, da rannte das Vieh plötzlich aggressiv auf mich zu.«

Nachdenklich verabschiedete ich mich nach einer Weile von Herrn Holzhauer. Warum hatte er Eisenhans nicht belangt? Dafür gab es eigentlich nur eine Erklärung. Schweigegeld.

Luise:

Lewinsky hatte schon wieder Kaffee gekocht, eine Tüte Gebäck spendiert und sich nicht einmal beschwert, dass er bei der Verteilung der zu überprüfenden Jäger- und Treibernamen den Löwenanteil abgekriegt hatte. Ich nahm mir einen Schokokeks. »Habt ihr bei der Jagdgesellschaft etwas in Erfahrung bringen können?«

»Eisenhans' Sohn hat unpraktischerweise direkt am Montag nach der Jagd zusammen mit seinem Jagdkumpel Jan Schwarz eine zweiwöchige Reise nach Mallorca angetreten. War angeblich lange gebucht. Der Vater hat die beiden natürlich sofort ins Bild gesetzt, nehme ich an. Jedenfalls haben die sich tot gestellt. Ich konnte sie nicht erreichen«, berichtete Rubisch.

»Ich habe mit zwei Treibern geredet, junge Kerle«, ließ sich Lewinsky vernehmen, »die hatten nichts Besonderes zu schildern. Eine ganz normale Jagd. Ein paar tote Tiere. Keine unerwarteten Vorkommnisse.«

Rubisch ergänzte: »Der eine Treiber, den ich kontaktiert habe, wusste auch nichts zu melden.«

»Vielleicht ist diese Jagd-Spur irrelevant«, vermutete Huber. »Wir haben mit zwei Treibern, Frührentnern, gesprochen, die einen integren Eindruck machten. Aber natürlich können wir letztendlich nicht ausschließen, dass sich alle abgesprochen haben, um etwas zu vertuschen.«

Ich nickte. »Tina, was habt ihr von der Spurensicherung in Eisenhans' Revier zu berichten?«

»Die haben leider nur wenige Überreste von Patronenhülsen gefunden. Es scheint üblich, die nach einer Jagd wieder einzusammeln. Die spärliche Ausbeute ist ins Labor gewandert.«

»Was wissen wir über die Schussentfernung?«, fragte Rubisch.

»Mutmaßlich etwa hundert Meter«, erwiderte Lewinsky prompt, der wohl seine gute Beziehung zu Geier raushängen lassen wollte.

»An mehreren Stellen sind von den Suchhunden Blutflecken auf dem Waldboden gefunden worden«, übernahm Tina. »Es wird derzeit geprüft, ob die von erlegten Tieren oder von Ritzelbeck stammen. Wäre ja ein kleines Wunder, wenn die die letzten elf Tage überdauert hätten, in denen es ja auch ein paar Mal geregnet hat.«

»Ziemlich unbefriedigend, das alles. Keine wirklich heiße Spur«, resümierte ich.

»Vielleicht war es doch ein simpler Jagdunfall in Eisenhans' Revier«, erinnerte Tina.

Das war zu einfach, darauf konnten wir uns nicht verlassen. Ich fuhr also fort mit der Zusammenfassung unserer mageren Ergebnisse. »Wir haben einen Verdächtigen. Günter Pollmeier, aggressiver Porschefahrer, macht Ritzelbeck für den Schaden an seinem Auto verantwortlich. Aber wie dringend ist er tatverdächtig?«

»Er ist aufgrund von Körperverletzung auf Bewährung«, erinnerte Lewinsky. »Und es sind schon Leute wegen zehn Euro umgebracht worden.«

»Hältst du ihn für den Täter?«

»Wir müssen ihm das nur noch nachweisen.« War das jetzt Majestätsplural, oder war Lewinsky tatsächlich fähig, mit Kollegen ein Wir zu bilden?

»Gut, lass dir was einfallen«, ermunterte ich ihn. »Komisch finde ich auch die Sache mit dem Foruminarte-Saboteur. Besteht da ein Zusammenhang?«

»Ritzelbecks Installation hat es häufiger getroffen als andere. Wenn jemand seine Wut mithilfe von Plüschlöwen und Kakerlaken rausgelassen hat, wäre dann ein Mord nicht überflüssig?«, überlegte Tina.

»Mittlerweile sind die Sabotageakte eingestellt. Aber nicht sofort nach Ritzelbecks Tod. Es hat ein paar Tage gedauert. Ich meine, bis Ritzelbecks Tod in der HNA verkündet worden ist.«

»Heißt das, der Stofftierliebhaber wusste nichts davon, bis es in der Zeitung stand. Oder hat er eine falsche Spur gelegt, um uns genau das glauben zu lassen?«, schlussfolgerte Huber.

Ich zuckte die Schultern. »Beides möglich.«

»Was ist mit diesem Erik Lens?«, ließ Rubisch sich bedächtig vernehmen.

»Wollte ich dich auch gerade fragen«, konnte ich mir nicht verkneifen. Rubisch merkte die Spitze nicht oder ignorierte sie.

»Er ist immer noch geschäftlich unterwegs.«

»Meine Güte, hat der Typ kein Handy?«

»Doch, aber da geht nur die Mailbox dran. Und er ruft nicht zurück. Ich überlege aber, ob Wut so lange halten kann? Das ist ewig her, dass Ritzelbeck sich seine Fotos unter den Nagel gerissen hat, und Lens ist schließlich nicht erfolglos.«

»Wut kann lange an einem nagen. Okay, mit der Zeit lässt sie nach. Aber vielleicht ist sie nun dadurch neu entfacht, dass Ritzelbeck auf der Foruminarte ausstellen darf und Lens nicht.«

»Na ja, Lens nagt ja nicht gerade am Hungertuch, hat Aufträge und leidet nicht unter akutem Geld- und Anerkennungsmangel«, fand Huber.

»Verdammt«, schimpfte ich, »ist irgendwo ein Motiv zu erkennen?«

»Wenn wir das Motiv wüssten, hätten wir auch den Täter«, nickte Lewinsky und gab noch einmal die Keksschachtel herum.

Am Ende der Sitzung fing ich Tina ab. »Weißt du, was mit Lewinsky los ist?«

»Du meinst, warum er sich annähernd wie ein soziales Wesen benimmt? Genau bin ich nicht im Bilde, aber die Nele aus Möllkamps Vorzimmer hat erzählt, dass Lewinsky vor etwa einer Woche vom Chef ziemlich gefaltet worden ist. Existentiell gefaltet.« Tina grinste fröhlich. »Die Details hat sie nicht mitbekommen. Es ging wohl darum, dass sich Lewinsky, in Unkenntnis der verwandtschaftlichen Zusammenhänge, Möllkamps geliebtes Patenkind zu einer kurzfristigen Affäre erwählt hatte. Die Arme ist schwer gebeutelt und Möllkamp stinksauer. Alles, was Lewinsky jetzt falsch macht, kann ihn in die hinterste Provinz befördern.«

Xenia:

Nach der Foruminarte-Schicht fand ich mich im La Paloma ein, um zu kellnern. Und natürlich, um festzustellen, ob Fiora sich immer noch in der Küche kämmen durfte. Milan begrüßte mich mit einem flüchtigen Kuss, während Fiora mit drei gut gefüllten Tellern im Eilschritt den neu eröffneten Biergarten ansteuerte. Die Sonne hatte sich den Nachmittag über redlich bemüht, mit schönem Spätsommerwetter für die verregneten Vormonate zu entschädigen, auch am Abend war es erträglich. Besonders, da Milan Wärmestrahler installiert hatte. Da ich der Superkellnerin nicht in die Quere kommen wollte, guckte ich, ob draußen auf dem Königsplatz, noch jemand neben einer Heizquelle saß, der ein Bier brauchte.

»Können Sie mir ein Hütt naturtrüb bringen?«

Ich musterte den etwa vierzigjährigen Typ und hielt unwillkürlich die Luft an. Dunkle Haare, an den Schläfen durchzogen von silbernen Strähnen. Die fast schwarzen Augen hatten etwas brennend Intensives. Deutliche Konturen, kräftiger Körperbau. Irgendetwas Geheimnisvolles umgab diesen Mann. Gefährlich.

Ich griff nach dem leeren Glas und ging rein, wenig später mit einem vollen wieder raus. Ich wollte es souverän mit professionellem Lächeln auf dem Tisch abstellen, aber grau ist bekanntlich alle Theorie. Irgendwie blieb ich mit dem Fuß an einem Stuhlbein hängen, also schwappte etwa die Hälfte des Bieres über die Tischdecke und auf die Lederjacke des Typen.

»Scheiße, Tschuldigung.« Zum Glück hatte ich in meiner Schürzentasche ein paar zerknickte Servietten, die ich irgendwo abgeräumt hatte. Mit denen wischelte ich an der Jacke herum, die imprägniert und widerstandsfähig erschien.

»He, du gehst ja ganz schön ran«, grinste der Typ.

»Das war nur erste Hilfe. Ich hol schnell ein neues.« Von seinem Lachen verfolgt, begab ich mich wieder zur Theke.

Beim zweiten Mal klappte es besser. Ich stellte das Bier mit perfekter Schaumkrone vor seine Nase.

»Bleib doch hier. Trinkst du ein Glas mit mir?«

Warum eigentlich nicht? In meinem selbst gewählten Einzugsbereich war nicht gerade der Bär los. Wahrscheinlich waren alle im Biergarten. Ich holte mir einen Tempranillo und meine Jacke und setzte mich. Abends war der Königsplatz ruhiger als tagsüber. Es war immer noch ziemlich hell durch die Beleuchtung in den Schaufenstern. An der Haltestelle fuhren die Straßenbahnen nicht mehr direkt hintereinander ab. Wenige Leute schlenderten vorüber, das Tempo war langsamer geworden, die Tauben waren schlafen gegangen. Rundum plätscherte das Wasser aus den bronzenen Rüsseln auf den Asphalt.

»Kasseler Innenstadt-Nacht-Idylle«, sagte er. »Ein bisschen Weichzeichner dazu. Schönes Postkartenmotiv für Melancholiker.«

»Bist du Fotograf?«

»Ja, ich habe mich noch gar nicht vorgestellt. Sven Isken.« Ein verschmitztes Lächeln aus seinen faszinierenden Augen. »Und du?«

»Xenia Wiese.«

»Was machst du, wenn du nicht gerade kellnerst?«

Woher wusste er nur, dass es nicht mein Beruf war? Und was antworten? »Dies und das. Ich bewache zum Beispiel Kunstwerke auf der Foruminarte.«

»Sicher interessant. Obwohl 'ne Menge Mist dabei ist.«

»Warst du da?«

»Klar. Gibt doch viele fotografische Arbeiten.«

»Dein Fazit?«

»Über die Bilder? Sagen wir mal so. Die meisten Fotografen könnten da locker mithalten.«

»Würdest du gern deine Fotos auf der Foruminarte ausstellen?«

»Wer würde das nicht?«

»Was fotografierst du überhaupt?«

»Werbeaufnahmen für Firmen hauptsächlich, Porträtfotos von Menschen, das Übliche eben.«

»Neulich habe ich von einem Fotografen in der HNA gelesen, der hieß Lens.«

»Erik ist ein Freund von mir«, erklärte Sven. »Er ist verdammt gut. Der sollte wirklich auf die Foruminarte. Der hat im Zeigefinger das Gefühl für den richtigen Fotomoment. Das ist schon fast unheimlich.«

»Was ist der richtige Moment?«

Sven blickte mir tief in die Augen und nahm einen Schluck Hütt. »Das Ambiente muss stimmen, die Beleuchtung, der Ausdruck. Wenn ich zum Beispiel irgendetwas für die Werbung fotografiere, style ich die Objekte vorher. Du glaubst gar nicht, was es für ein Aufstand sein kann, einen Tropfen auf einer Bierflasche abzulichten. Die Flasche muss absolut fettfrei sein, keine Fingerabdrücke. Dann sprühst du sie an, mit Wasser. Du musst zügig arbeiten, weil zu große Tropfen immer wieder runterlaufen. Du kannst auch Klarlack aufsprühen oder Autopolitur. Klarlack wird aber gelb. Noch schwieriger Bierschaum, die Blume, ins Bild zu setzen. Da verrate ich dir nicht, was ich damit mache. Betriebsgeheimnis.« Er lächelte. »Erik macht das alles nicht. Der erfasst eine Situation unglaublich schnell, hat ein Auge für die richtige Einstellung, die Beleuchtung, den Winkel. Beneidenswert. Die Fotos sind perfekt.«

»Xenia, wo bleibst du? Es gibt viel zu tun.« Milan stand in der Tür zum Restaurant, mit gerunzelter Stirn.

»Der Chef ruft«, erklärte ich Sven leise, während ich meinen Stuhl an den Tisch schob und das leere Glas abräumte. Warum hatte ich eigentlich nicht »mein Freund« gesagt?

»Es geht hier um Selbsterkenntnis. Manche gehen dafür ins Kloster, manche sprechen mit ihrem Therapeuten, andere malen und wieder andere reden miteinander darüber. Eigentlich geht es immer um Kommunikation mit sich selbst und mit anderen.«
Daniel M. Ritzelbeck

14. September

Luise:

In trüben und kreisenden Gedanken über den Fall versunken saß ich an meinem Schreibtisch, als ausgerechnet meine Schwester anrief. »Ich war gerade noch mal bei Mattus Holzhauer und habe nur kurz den Unfall angesprochen. Der ist dermaßen ausgeflippt, dass mir angst und bange geworden ist.«
»Was hast du da auch zu suchen? Zeugen vernehmen ist im Prinzip Sache der Polizei.«

»Tu's doch. Der Typ war außer Kontrolle. Schaum vor dem Mund. Sein Traum sei es gewesen, einen Marathon zu laufen, jetzt könne er kaum zum Supermarkt um die Ecke gehen. Sein Leben sei zerstört und der Täter nicht belangt. Ich hatte ganz den Eindruck, als könne er, ohne mit der Wimper zu zucken, einen anderen erschießen.«

»Dann wohl eher den Sohn vom Eisenhans.«
»Warum nicht irgendjemanden, nur um die Eisenhänse in Schwierigkeiten zu bringen? Oder er hat im Dämmerlicht Eisenhans und Ritzelbeck verwechselt. Sehen die sich ähnlich? Ich hatte meine liebe Mühe, ihn runterzucoolen. Erst als ich ihm versprochen habe, die ganze Wahrheit in meinem HNA-Artikel auszubreiten, wenn er es wolle, kam er langsam wieder zu sich.«

»Machst du immer noch die Nummer, dich als jemand Falsches auszugeben. HNA-Reporterin. Das ist …«

»He, du bist doch auch nicht besser. Hast auf der Foruminarte Xenia Wiese gespielt und tarnst dich Tag für Tag in einem deiner zahlreichen dunkelblauen Hosenanzüge als Streifenpolizistin.«

»Darum geht es nicht. Dich als HNA-Reporterin auszugeben ist um ein Haar Amtsanmaßung. Verdammt noch mal.«

Mal wieder eine typische Überreaktion von Xenia, das Gespräch wegzudrücken. Ist doch wahr. Dauernd bewegt sie sich am Rande der Legalität. Und was meine Klamotten betrifft, tut sie mir wirklich unrecht. Es stimmt zwar, dass ich dunkelblaue Hosenanzüge mag – ich habe drei, die ich im Wechsel anziehe – aber doch nicht, um mich als Streifenpolizistin zu tarnen. Was hätte ich davon? Und außerdem: Was kann ich denn dafür, dass man die Farbe ihrer Unformen gewechselt hat. Grün hätte ich jedenfalls nie getragen. Vielleicht sollte ich trotzdem auf schwarze und graue Garderobe umsteigen. Die Merkelschen Farben sind mir etwas zu grell. Aber grau ist zeitlos und doch gerade angesagt.

Ist ja nicht so, dass ich nichts anderes im Schrank habe. Wenn ich mit Fricko in den Wald gehe, ziehe ich meist eine legere Hose und eine Jeansjacke an. Und es hängen sogar vier Kleider an der Stange. Bloß weil sie mit dem netten Milan zusammen ist, tut Xenia so, als sei ich eine verschrobene alte Jungfer, die nicht weiß, wie frau sich stylt. Und sowieso keine Chance hat, einen Mann abzukriegen. Das regt mich echt auf. Schnell an was anderes denken.

Was war mit diesem Mattus Holzhauer? Meine Schwester traute ihm zu, gezielt einen Menschen im Wald umzulegen, nur um Eisenhans in eine fürchterliche Situation zu bringen. War die Wut über die Schussverletzung mittlerweile gewachsen, nachdem die vollständige Genesung auf sich warten ließ? Ganz blöd war das nicht. Aber ziemlich.

Und es gab Wichtigeres zu tun. Zum Beispiel Jäger überprüfen. Ansgar Grosser war hauptberuflich Bauunternehmer. Vorgestern hatte mir die Sekretärin erzählt, er sei auf einem mehrtägigen Survivalseminar für Führungskräfte, wo er nicht zu erreichen sei. Ich rechnete mir wenig Chancen aus, ihn heute zu erwischen.

Nach diversen telefonischen Weiterleitungen hatte ich seine Vorzimmerperle wieder an der Strippe. Sie bat mich, morgen um eins ins La Paloma zu kommen. Dann habe er eine halbe Stunde Zeit. Wie gnädig.

»Ich möchte meine Methoden immer mehr verfeinern.«
Daniel M. Ritzelbeck

15. September

Xenia:

Spätschicht. Ich stand trotzdem früh auf und setzte mich an den Laptop. Diverse Kannen Kaffee und Tee sollten den Gedanken auf die Sprünge helfen, aber so recht kam ich mit dem Krimi nicht voran. Wenn ich nur gewusst hätte, wo's klemmte. Zu meiner Laune trug nicht gerade bei, dass Johanna anrief, Milans Mutter. Ich mag sie eigentlich. Sie sagte, sie mache sich Sorgen um ihren Sohn. Er sähe so angespannt aus, wäre nur am Schuften. Ob ich ihn davon nicht abbringen könnte.

Relativ frustriert marschierte ich zur Foruminarte. Heute war ich zuständig für »What's a man?«, eine Frage, die ich mir mitunter auch stellte. Es handelte sich um das Kunstwerk einer Französin Viviane Lemmonnier, in dem sie per zusammenmontierten Videoausschnitten das Selbstbild diverser Männer darstellte. Lustig daran war, dass sie die Szenen teilweise mit sehr ähnlichen von Menschenaffen kontrastierte. Auf einen Muskelprotz, der mit quietschenden Reifen seinen Lamborghini im Halteverbot abstellte, um in der Muckibude Hanteln zu stemmen, folgte beispielsweise ein Schimpansenmännchen, das in vollem Galopp einen Hang herunterraste und dabei ein kleines Bäumchen ausriss. Es gab auch interessante Männer. Da war einer unterwegs im tropischen Regenwald und entwickelte mit den Einheimischen Konzepte, um ihren Lebensraum zu erhalten, ein anderer wies unermüdlich auf die Missstände der Massentierhaltung hin. Das Kunstwerk war umfänglich und gefiel mir. Was ich daran am besten fand? Ich glaube, die Tatsache, dass manche Menschen sich mit Würde und Inbrunst einer Sache widmeten, die nicht ihrer persönlichen Nabelschau, sondern einem größeren Ganzen diente.

Ich begrüße es prinzipiell, wenn Männer sich einsetzen, aber muss es unbedingt rund um die Uhr das LaPaloma sein? Da gibt es doch auch noch Xenia Wiese. Die es durchaus wert ist, dass Mann ihr seine Zeit, Aufmerksamkeit und Liebe schenkt.

Luise:

Pünktlich um eins fand ich mich im La Paloma ein. Während ich suchend umherblickte, schoss eine dunkelhaarige Person, wahrscheinlich eine Italienerin, auf mich zu.

»Es brennt. Sieh zu, dass du in deine Servierschürze kommst. Übernimm Tisch fünfzehn bis zwanzig, oder übersteigt das deine Fähigkeiten?«

Ziemliche Ziege. Vermutlich die legendäre Fiora.

»Mach erst mal einen Zopf, damit die Haare nicht ins Essen fallen. Du tust ja gerade so, als ob das Restaurant dir gehören würde.«

Fiora schnappte nach Luft und vier Teller, mit denen sie schwungvoll zur Küchentür strebte. Bald darauf kam Milan. »Ach, du bist es, Luise.«

Ich grinste ihn an. Unser Verhältnis ist nicht ganz unbeschwert, was nicht an Milan liegt. Er hatte es mir nachgesehen, dass ich ihn seinerzeit kurzfristig festgenommen hatte. Ich hatte ja auch nur meine Pflicht erfüllt, es mir selbst aber trotzdem noch nicht verziehen. »Ich bin hier mit einem Ansgar Grosser verabredet. Kennst du den?«

»Ja, Bauunternehmer. Isst öfter mittags hier. Bestellt immer schon vorher telefonisch, damit er gleich den Teller serviert bekommt, wenn er sich niederlässt. Er hat Tisch drei reserviert. Ich hoffe, er kommt jetzt bald, sonst ist sein Steak nicht mehr medium.«

Wie gerufen betrat der Typ das Lokal. Grauhaarig, großspurig, jovial. »Hallo, Milan, geht's gut?«

»Ja, danke der Nachfrage. Und selber?«

Meine Güte. Was für flache Gespräche Xenias Freund führen musste. Hartes Brot, so ein Restaurant.

»Kürzlich bin ich wieder auf diesen Koch gestoßen, der seinerzeit bei der Kunstausstellung geladen war. Wie hieß der noch?«, wollte Grosser wissen.

»Ferran Adrià.«

»Ja, genau. Und was hältst du von dem?«

»Muss gut sein, hat sich drei Sterne erkocht. Und wahrscheinlich schon als Zehnjähriger einen Chemiebaukasten geschenkt bekommen.«

Grosser lachte dröhnend. Ich setzte mich zu ihm und beobachtete, wie er das Steak verputzte. Milan brachte mir unaufgefordert einen Cappuccino mit Praline und zwinkerte mir zu.

»Sie waren am Sonntag, dem zweiten September, auf einer Treibjagd bei Herrn Eisenhans«, startete ich die Vernehmung.

»Ja«, sagte Grosser zwischen zwei Bissen. »Wo ist das Problem?«

»Ich möchte gern von Ihnen etwas über den Verlauf der Jagd erfahren.«

»Ich weiß zwar nicht warum, aber bitte sehr. Wir haben uns um neun getroffen und eine Drückjagd auf die offenen Schalenwildarten begonnen.«

»Schalenwild?«

»Alles, was Schalen an den Füßen hat und jetzt gejagt werden darf. Wir haben den Tag über ein Stück Rehwild und sechs Stück Schwarzwild geschossen.«

»Und dann?«

»Mittags haben wir eine Pause gemacht, dann haben wir ein zweites Treiben begonnen. Abends haben wir die Strecke ausgelegt und verblasen, ein Lagerfeuer gemacht und ein paar Würstchen gegrillt. Anschließend haben wir das Wild auf die vorhandenen Autos verteilt und sind nach Hause gefahren.«

»Das war's?«

»Ja. Warum wollen Sie das wissen?«

»In dem Wald, in dem sie gejagt haben, wurde einige Zeit später ein Mann tot aufgefunden.«

»Na und?«

»Sie haben nicht zufällig etwas bemerkt?«

»Nein. Um Gottes willen, was soll das denn?« Er schob das letzte Viertel des Steaks zur Seite. Sein Appetit auf Salat war ebenfalls verschwunden. Vielleicht auch nie vorhanden gewesen.

»Sie wollen doch nicht behaupten, ich wäre dafür verantwortlich, dass der abgeknallt worden ist.«

»Nein, aber wie kommen Sie auf die Idee, er wäre erschossen worden?«

»HNA. Und falls Sie jetzt fragen, ob ich Ritzelbeck schon mal getroffen habe, muss ich Sie leider enttäuschen.«

Irgendwie führte das hier nicht weiter. Ich aß die Praline, trank den Cappuccino und verließ das Lokal.

Xenia:

Abends sah ich im La Paloma nach dem Rechten. Fiora zickte von Tag zu Tag mehr rum und ließ sich auch durch meine spitzen Bemerkungen nicht beirren. Ihre Hüftschwünge wurden ausladender, besonders wenn sie in die Küche hinein- und herausging. Ihr Auftritt ähnelte nahezu einer Demonstration:

Schaut nur her, wie viele Teller ich auf einmal tragen kann. Wann immer sie in Milans Nähe kam, gurrte und strahlte sie und legte noch einen Zahn zu. Kein Wunder, dass ich mein Heil im von ihr vernachlässigten Außensektor auf dem Königsplatz suchte.

»Wieder ein Hütt, Sven?«

»Xenia, wie schön, dich zu sehen. Gern.«

Irgendwie ging ich beschwingter zur Theke und bald darauf erneut hinaus. Dummerweise hockten ein paar Leute herum, so dass ich nicht unbeschwert mit Sven plaudern konnte.

»Wann hast du hier Feierabend?«, fragte er.

»Das ist nicht so genau festgelegt. Wenn der Rummel nachlässt, kann ich mich absetzen.«

Das war um zehn der Fall. Fand ich zumindest. Ich sagte Milan, ich wolle noch ein wenig Krimi schreiben.

Eine halbe Stunde später saßen Sven und ich im Ulenspiegel. Ich drehte den Stiel meines Rotweinglases hin und her, als mir aufging, dass dies ja fast ein Date war. Sven war unbestreitbar attraktiv. Erwähnte ich das schon? Ich genoss seine trockene Art, Dinge zu erzählen, seine Aufmerksamkeit mir gegenüber. Da war eine Unbeschwertheit, die ich mit Milan im Moment vermisste. Dabei war Sven kein Typ, zu dem einem als Erstes Leichtigkeit einfallen würde. Er hatte auch etwas Melancholisches, Ernstes, was aber das Aufblitzen seiner dunklen Augen noch unwiderstehlicher machte, wenn es passierte. Wir stellten schnell eine Gemeinsamkeit fest. Wir lasen beide gern Krimis.

Ich fragte ihn: »Angenommen, du wolltest auf der Foruminarte ein Bild klauen, wie würdest du das anstellen?«

»Vielleicht könnte man eine Kopie herstellen, hineinschmuggeln und die gegen das Original tauschen. Das Gemälde oder Foto dürfte dafür nicht so groß sein.«

»Dreißig mal vierzig Zentimeter«

»Schon ganz ordentlich. Willst du nicht lieber was Kleineres mitnehmen?«

»Nein.«

»Eventuell könnte man es zusammenrollen, damit es handlicher wird, und die Kopie auch, aber dreißig Zentimeter hättest du dann trotzdem. Einen Hauch größer als Din-A4. Passt nicht in die zugelassene Taschengröße.«

»Und wenn man das Bild nicht rollen kann?«

»Wovon reden wir hier eigentlich?«

»Von der Gänseliesel.«

Sven lachte. »Du willst also die Gänseliesel klauen? Ich fürchte, das Porträt kannst du wirklich nicht rollen. Du müsstest es irgendwo in den Räumen verstecken und bei günstiger Gelegenheit herausholen. Dafür bräuchtest du einen Komplizen, der für etwas Aufruhr sorgt. Derweil könntest du mit dem Bild verschwinden.«

»Was ist? Machst du mit?«

Sven schmunzelte: »Dann lass uns aber zuerst eine verteufelt gute Kopie anfertigen. Und du überlegst dir, wie du die in die Ausstellung reinkriegst.«

Eine Stunde später war mein weibliches Ego so weit wiederhergestellt und mir so heiß geworden, dass ich mich erst einmal absetzte. Ab nach Hause. Kasimir wartete sicher schon.

»Finden Sie etwa, dass das moderne Leben nicht absurd ist? Früher war Sonntag ein Ruhetag, und heute können Sie mitunter Einkaufen.«
Daniel M. Ritzelbeck

16. September

Luise:

Nach der Heiligen Messe – der unausgeschlafen wirkende Gospelchor hatte ein paar Stücke zum Besten gegeben – fand ich mich im Präsidium ein. Soko-Sitzung. Lewinsky kam leicht zu spät und entschuldigte sich, was er bisher noch nie gemacht hatte.

Mittlerweile hatten wir die meisten Mitglieder der Jagdgesellschaft erreicht. Die beiden noch fehlenden Waidmänner wurden heute Abend auf dem Flughafen Kassel-Calden erwartet. Ich wollte sie abholen. Ein bisschen die Ferienstimmung versauen.

»Die Treiber erzählen alle dieselbe Geschichte«, berichtete Lewinsky, während er mir Kaffee nachschenkte. »Es gibt in ihren Aussagen auch keine Hinweise, an denen man einhaken könnte. Nichts, was darauf hindeutet, sie hätten sich abgesprochen, auf eine Version des Geschehens geeinigt.«

»Kann ich bestätigen, ich war ja mit zu den Befragungen«, Rubisch hielt Lewinsky seine Tasse unter die Nase und wartete, bis sie voll war. »Die sind so schlicht, die Treiber.«

»Einfach gestrickt«, bestätigte Lewinsky. »Aber eine gute Nachricht aus dem Labor. Die Techniker haben in Eisenhans' Revier alles Mögliche eingesammelt. Und an einer Stelle haben sie eine schwarze Faser gefunden, das heißt ein Suchhund hat die entdeckt. Dem hatte man zuvor Ritzelbecks Pullover vor die Nase gehalten. – Bruno vermutet, dass das tödliche Geschoss beim Verlassen des Körpers den Faden mitgerissen hat.«

»Wunderbar«, freute ich mich. »Da können wir die Herren aus Mallorca angemessen begrüßen. Und wo im Wald war das genau?«

Lewinsky tippte mit dem Zeigefinger auf die aufgeschlagene Wanderkarte.

Rubisch wollte im Präsidium bleiben. Um eingehende Meldungen entgegenzunehmen. Wahrscheinlich trank er Kaffee und las die Bild am Sonntag, die er sich vorsorglich mitgebracht hatte, aber egal. Wir anderen standen bald darauf bei sonnigen neunzehn Grad zwischen Bäumen und ließen unsere Blicke schweifen, während Fricko, die Nase am Boden, eigenen Ideen nachging.

»Auf dieser Waldlichtung ist Ritzelbeck vermutlich gestorben.«

Wie war er gefallen? Wo genau hatte er gelegen? Von wo wurde geschossen? Ehe wir uns das überlegen konnten, gab es Abwechslung. Ein zotteliges Hundewesen, halb Pudel, halb Labrador mit riesigen Ohren kam heran und begrüßte Fricko schwanzwedelnd.

Xenia:

Heute musste ich keine Kunstwerke bewachen. Und ich gedachte mich ebenfalls von meinen Kellnerinnenpflichten zu befreien. Ein Waldspaziergang würde mir guttun, den Kopf freipusten. Vielleicht vermisste Milan mich ein bisschen. Ich hatte Benno aus seinem Hinterhofdasein erlöst und traute mich sogar, ihn ohne Leine laufen zu lassen. Ich hatte es ein paarmal angetestet und ihn zu mir gerufen, er kam gehorsam zurück. Ich hoffte, er würde es auch im Ernstfall tun, und schritt munter in Eisenhans' Revier aus. Einen Eindruck gewinnen von dem Ort, an dem sich Schreckliches ereignet hatte. Eventuell fand ich ja etwas.

Plötzlich rannte Benno los und ward nicht mehr gesehen. Na, toll. Über eine Kuppe gelangte ich rechter Hand zu einem Hochsitz. In etwa hundert Meter Entfernung war eine Gruppe von Menschen versammelt, die ebenfalls einen Hund dabei hatte, mit dem sich Benno hervorragend verstand. Moment mal. Sobald die Sonne mich nicht mehr so stark blendete, sah die eine Frau sehr nach Luise, der Hund nach Fricko aus. Die anderen waren bestimmt Luises Kollegen, so viele Leute kannte sie privat gar nicht. Na ja, zumindest nicht solche, die gern mit ihr im Wald rumlatschten, und das auch noch an einem Sonntag.

»Hallo, zusammen.«

»Xenia.« Luise war ziemlich entgeistert, mich hier zu treffen. »Äh, meine Zwillingsschwester Xenia. Das sind meine Kollegen: Tina Fenske, Huber und Lewinsky.«

Ich nickte artig in die Runde.

»Ihr seht euch ja unglaublich ähnlich«, ließ sich Lewinsky vernehmen, »arbeitest du auch für Recht und Ordnung?«, wandte er sich an mich.

»Ich wüsste nicht, dass wir uns duzen«, sagte ich steif.

Lewinsky schien etwas irritiert, meine Schwester witterte Zoff. »Wo hast du denn den Hund her?«

»Maiers Benno. Kennst du ihn nicht?«

Beinahe hätte ich gesagt, Fricko hat ihn schon kennengelernt, neulich, als du ihn bei mir abgeladen hast. Zum Glück hielt ich die Klappe. Mir fiel gerade noch rechtzeitig ein, dass das der Tag gewesen war, an dem ich den Unsympath in der Goetheanlage getroffen hatte.

»Was macht ihr hier eigentlich?«, fragte ich ganz ungeniert. Frechheit siegt. Manchmal.

Diesmal nicht. »Wir sind in Ermittlungen, und die gehen dich nichts an. Tschüss.« Meine Schwester kann wirklich kleinlich sein.

Ich zog Benno am Halsband ein paar Schritte fort und hörte Luise fragen: »Wenn Ritzelbeck hier getroffen worden ist, von wo kann der Täter dann geschossen haben?«

Das war zu viel. Die kamen allein offensichtlich nicht weiter. Ich ließ Benno los. Erwartungsgemäß trabte er sofort zurück zu Fricko. Ich hinterher, während ich auf die gut versteckte Jagdkanzel zeigte, die ich vorhin passiert hatte, und den Ermittlern erklärte: »Das ist doch klar. Dort hat der Mörder gelauert, ohne dass ihn das Opfer sehen konnte.«

Alle Blicke gingen nach oben ins Geäst mitsamt Hochstand und zurück zur Erde.

»Da ist was dran.« Lewinsky war sicher der felsenfesten Überzeugung, dass ich den Ansitz höchstens eine Zehntelsekunde vor ihm entdeckt hatte.

Nun hatte ich ihnen genug geholfen. Ich rief Benno zu mir, mit Erfolg, nahm ihn diesmal an die Leine und setzte mich ab. Als alle weg waren, kehrte ich zurück. Die Aussicht vom Hochstand war nett. Spuren entdeckte ich keine. Die müsste die Spurensicherung, die Luise sicher per Handy alarmiert hatte, ja auch mitgenommen haben. Enttäuscht machte ich mich auf den Heimweg.

Zuhause angekommen, setzte ich mich an den Rechner und schrieb ein paar Krimiseiten. So langsam kam Schwung in die Sache. Um Mitternacht etwa ging ich ins Bett. Und um zwei miaute Kasimir. Draußen im Hinterhof schlug Benno an. Ein begnadetes Duett. Zu allem Überfluss klingelte es. Mühsam rappelte ich mich auf und öffnete die Tür. Milan sprintete die Treppe herauf.

Er sah übermüdet aus, abgespannt. Seine Augen waren gerötet. »Ich habe deinen Schlüssel nicht so schnell gefunden. Wo warst du? Ich habe dich vermisst.«

Ich fand mich in seinen Armen wieder. Sein Moschusduft, der mich von Anfang an in Bann geschlagen hatte, umfing mich.

Luise:

Die Maschine aus Mallorca hatte geringfügig Verspätung.

»Sie sind Mark Eisenhans und Jan Schwarz? Guten Abend, Wiese, Kripo Kassel. Ich muss Sie dringend sprechen und Sie daher bitten, gleich mit zum Präsidium zu kommen.«

Natürlich maulten die Herren. Aber ich kannte kein Erbarmen. Sie ebenfalls nicht und bestanden darauf, dass ihr Gepäck mit in den Corsa musste. Die zwei Mittdreißiger lagen deutlich über der Taillennorm der hessischen Männer. Und ihre Koffer wirkten auch nicht viel kleiner. Außerdem beanspruchte Fricko den Beifahrersitz. Dagegen trauten sie sich nicht aufzumucken und quetschten sich auf die Rückbank.

Ich erschnupperte, dass die beiden im Flieger irgendwelchen alkoholischen Getränken zugesprochen hatten. Vielleicht ergab sich dadurch ein gewisser Kontrollverlust. Wahrscheinlicher jedoch, dass sie im Training waren.

»Einen Moment, bitte.« Im Präsidium angekommen, fiel mir ein, dass es spannend sein könnte, die zwei getrennt zu verhören.

Tina und Huber wollten gerade gehen, zogen die Jacken aber wieder aus, als sie merkten, dass sie gebraucht wurden. Sie gingen mit Jan Schwarz in einen Nebenraum. Mark Eisenhans guckte traurig hinterher. Ob er zu den Typen gehörte, die sich nur mit einem vertrauten Kumpel wirklich stark fühlten?

Ich brauchte auch jemanden, um die Befragung abzusichern. Rubisch und Lewinsky waren unauffindbar. Also bat ich Krause, sich dazuzusetzen.

»Sie waren am zweiten September bei einer Jagd in dem Revier, das Ihr Vater gepachtet hat.«

Er sagte vorsichtshalber nichts. Als ich ihn anstarrte, nölte er: »Und wenn?«

»Erzählen Sie uns davon.«

»Da gibt es nichts zu erzählen. Drückjagd auf Wildschweine.«

»Und, haben Sie was geschossen?«

»Ja, ein paar Überläufer und ein Reh.«

»Überläufer?«

»Wildschweine im zweiten Lebensjahr.«

»Sie allein?«

»Nein, alle zusammen.«

»Wie funktioniert eine Drückjagd?«

»Die Jäger stehen an Wildwechseln. Die Treiber und Hunde stöbern das Wild auf und scheuchen es in Richtung der Jäger.«

»Ist das nicht gefährlich?«

»Meistens nicht.«

»Wenn Spaziergänger auftauchen? Oder ein Treiber in die Schusslinie eines Jägers gerät, weil er so dicht hinter dem Reh herläuft?«

»Was wollen Sie?«

»Man hört und liest immer wieder von Unfällen. Da pinkelt jemand hinter einem Holzstapel und hat plötzlich eine Schrotladung im Hintern.«

Mark Eisenhans schwieg.

»Oder da reinigt jemand ein Gewehr, und der Jagdkumpel hat plötzlich eine Kugel im Oberschenkel.«

»Das war ein Unfall.«

»Unter Alkoholeinfluss. Herr Holzhauer hinkt noch heute und kann keinen Marathon mehr laufen. Und Sie waren der

Schütze. Eigentlich hätte man Ihnen da schon den Waffenschein abnehmen müssen.«

Eisenhans' Gesicht rötete sich. »Ich will nach Hause.«

»Kannten Sie Herrn Ritzelbeck?«

»Den kennt doch jeder. Großer Kasseler Künstler.«

»Ich meinte persönlich.«

»Seh ich aus wie ein Künstler?«

»Also nein?«

»Nein, nein.«

Mir fiel etwas ein, ich ging kurz hinaus, führte ein Telefonat mit dem Staatsanwalt, in dem ich ziemlich massiv werden musste, und bat Tina um einen Gefallen. Fricko, unter meinem Schreibtisch, passte auf. Und Krause hoffentlich auch. Obwohl ich den Eindruck hatte, dass der schon ziemlich müde war. Danach kaute ich die ganze Geschichte mit Eisenhans noch mal durch. Kam aber nichts bei rum.

Irgendwann, recht spät in der Nacht, fuhr der alte Eisenhans vor, um den Sohn und dessen Kumpel in Empfang zu nehmen. Da er nun schon mal da war, aber noch nicht die angeforderten Papiere, verhörte ich ihn ebenfalls ein weiteres Mal, ohne nennenswerte Erkenntnisse. Es klopfte an der Tür. Krause schreckte auf. War wohl kurz eingenickt. Tina kam mit dem offiziellen Schrieb.

»Herr Eisenhans, Ihre Autoschlüssel bitte. Hier ist der Durchsuchungsbeschluss für Ihren Wagen. Ich habe Ihnen schon ein Taxi bestellt. Das dürfte in Kürze eintreffen. Aber in der Zwischenzeit können Sie mir ja noch einmal erzählen …«

»Unverschämtheit. Ich will meinen Anwalt sprechen!«

Huber kam herein. »Draußen steht ein Taxi herum.«

Fast fluchtartig verließen Vater und Sohn das Büro, Jan Schwarz schien ebenfalls erleichtert, dass Schluss war mit den Befragungen. Fürs Erste. »Ich muss Sie bitten, sich zur Verfügung zu halten. Keine Reisen nach Mallorca oder sonst wohin.«

Die Herren fluchten ausgiebig, als sie sich außer Hörweite wähnten, der Taxifahrer auch, als er seine Fracht und die fetten Koffer sah.

»Und«, wollte ich von Tina und Huber wissen, »was, sagt Schwarz, ist im Wald passiert?«

»Eine Jagd. Fragt sich nur auf wen.«

»Ich war schon einige Male Plagiatsvorwürfen ausgesetzt. Was für ein Blödsinn! Kunst ist schließlich keine Doktorarbeit.«
Daniel M. Ritzelbeck

17. September

Xenia:

Warum nur war am Morgen die schöne Zweisamkeit schnell wieder vorbei? Milan wollte einkaufen fürs La Paloma. »Kommst du mit?«

»Nein, ich bin gerade so drin in meinem Krimi, außerdem muss ich zur Foruminarte.«

An Milans Hals zitterte ein Muskel. »Ich dachte, wir sind ein Team.«

»Sind wir auch, aber wir müssen ja nicht wie siamesische Zwillinge zusammenkleben.«

Vor ein paar Stunden hatte ich mich ihm nah gefühlt, jetzt eher eingeengt. Luise hätte bestimmt, um des lieben Friedens willen, ihre Vorlieben hinten angestellt und gedacht, sie könne ja nach dem Einkaufen noch Krimi schreiben. Ich wollte sofort daran weiterarbeiten und sah keinen Grund, warum ich dem nicht nachgeben sollte.

Nachdem Milan gegangen war, kochte ich einen Kaffee, aß drei Mokkapralinen und machte mich an die Arbeit. Seite um Seite wuchs das Manuskript heran. Kasimir umkreiste den Laptop auf dem Küchentisch, latschte ein paar Mal über die Tasten, unsinnige Buchstabenkombinationen hinterlassend, ehe er sich in unmittelbarer Nähe der Maus niederließ. »Du kommst auch vor, Kasi«, raunte ich in sein wunderbar weiches Öhrchen. Es zuckte.

Kurz bevor ich zur Foruminarte ging, blätterte ich noch durch die HNA. Darin fiel mein Blick auf Sven. Er war auf einer VIP-Party gewesen, vermutlich, um Fotos zu machen, und war dann selber auf eines geraten. »Der Kasseler Fotograf Sven Isken« lächelte wie eine Sphinx in die Linse, die Kamera in der Hand. Mein Herz hüpfte.

Im Fridericianum musste ich mal wieder die Mausefalle und ihr Umfeld bewachen. Häufig schaute ich hin, aber alles blieb unverändert. Die Besucher flanierten in Strömen nach mehr oder weniger flüchtigem Blick vorbei. Anja war im hinteren Teil des Raumes eingeteilt. Eine äußerst langweilige Gesprächspartnerin. Ich schlenderte umher. Und studierte Che Rubinos »L'amore che cos'è?« Da war ein Paar zu sehen, das bestimmt gleich auf ein Lager am Bildrand plumpsen würde, stellte ich mir vor. Die Liegestatt inmitten zahlreicher Pflanzen hatte ich bisher gar nicht wahrgenommen, so sehr verschmolz sie mit der vielschichtig grünen waldartigen Umgebung. Das Gemälde hatte ich schon so oft betrachtet und genossen, und immer wieder gab es Neues zu entdecken. Ich ging näher heran. Neben den Mund der Frau hatte der Künstler eine Art Sprechblase gemalt und den Text hinterher übermalt, so dass er kaum lesbar war. »Amo due maschi – perché no?«

Luise:

Lewinsky hatte den Kaffee stärker gekocht als üblich. Vielleicht nutzte es ja etwas. Gestern Abend war es mit den Eisenhanseln doch spät geworden. Einer von der Spurensicherung hatte deren Range Rover abgeholt und versprochen, baldmöglichst Ergebnisse zu präsentieren.

»Luise, der Lens kommt gleich«, meldete Rubisch mit stiller Freude, dass es ihm endlich gelungen war, den Mann aufzutreiben.

Erik Lens war ein großer, drahtiger Mann mit dichtem grauem Haar und blauen Augen, die aus dem gebräunten Gesicht zu leuchten schienen. Entweder hatte er gerade bei einer Safari in Kenia Fotos geschossen, oder er war Dauergast im Sonnenstudio.

»Herr Lens, wie standen Sie zu Herrn Ritzelbeck.«

»Ganz früher waren wir befreundet, dann habe ich ihn für eine Weile gehasst, und später hatten wir gar keine Beziehung mehr. Beantwortet das Ihre Frage?«

»Warum haben Sie ihn gehasst?«

»Das haben Sie doch bestimmt schon recherchiert. Weil er meine Fotos geklaut hat und damit berühmt geworden ist.«

»Wann war das?«

»1999. Bert Wickel hatte Ritzelbeck unter Vertrag genommen. Und dann kam ich und sorgte für Unruhe.«

»Warum kamen Sie erst, als der Vertrag bereits unterzeichnet war?«

»Ich war in Südamerika. Als ich zurückkehrte, war die Sache gelaufen. Die Ausstellung war mit meinen Fotos unter Ritzelbecks Namen aufgebaut. Dani wurde hofiert. Niemand wollte das Haar in der Suppe gründlicher unter die Lupe nehmen.«

»Ich verstehe das nicht. Wieso konnte sich Ritzelbeck Ihre Aufnahmen zu eigen machen? Wieso konnten Sie Ihre Urheberschaft nicht nachweisen?«

»Dani und ich waren an einem Wochenende mit Fotoapparaten losgezogen. Ich muss vorausschicken, dass wir zum Frühstück schon Schampus und ein paar Joints intus hatten. Wir gingen durch die City und fotografierten drauflos. Ich fand

Motiv für Motiv, hielt alles mit der Kamera fest, war sehr beschwingt und inspiriert, Dani hingegen legten die Drogen eher lahm. Irgendwann waren meine Filme voll, also habe ich mit seinem Fotoapparat weitergemacht. Das waren die Aufnahmen, die Dani eingereicht hat. Zu einem Wettbewerb. Wovon ich natürlich nichts wusste. Ich fand auch nichts Besonderes an meinen Werken. Ich konnte die Qualität nicht sehen zu der Zeit. Ich habe gedacht, ich muss noch zehn Jahre Fotos schießen, um wirklich gut zu sein, um einen Blick für die Dinge zu bekommen.«

Bei den letzten Sätzen hatte sich ein frustrierter Unterton in seine Stimme geschlichen. Ich fühlte plötzlich Sympathie für ihn. Ein Talent, von dem er kein Aufheben machte. Und ein Typ, der nur halb so viel, wenn überhaupt, drauf hatte, schmückte sich mit fremden Federn und kam groß raus. Zumindest hatte ich ganz stark das Gefühl, dass an den Vorwürfen gegen Ritzelbeck was dran war.

»Warum ist das nicht aufgefallen?«

»Das frage ich mich manchmal ebenfalls. Aber dieses merkwürdige Phänomen habe ich wiederholt beobachtet: Jemand wird von wichtigen Leuten hochgelobt, und dann wird auch das nächste Oeuvre auf einem Goldtablett serviert, selbst wenn es Scheiße ist. Dani war klug genug, das Fach zu wechseln. Er hat der Fotografie abgeschworen und irgendwelche Aktionskunst probiert.«

»Welche wichtigen Leute haben ihn denn hochgelobt?«

»Zuerst mal Bert Wickel. Der war zu der Zeit ziemlich einflussreich. Ein reicher Kunstsammler hat die Fotos gekauft und weiter für Wirbel gesorgt. Da wurde es mir als bösartiger Versuch ausgelegt, auch eine Scheibe des Kuchens abschneiden zu wollen.«

»Hätten Sie gern mit Ritzelbeck getauscht?«

»Mit einem Scharlatan mit mittelmäßigen Fähigkeiten? Nein.«

»Sind Sie mit Ihrem Leben zufrieden?«

»Ja. Danke der Nachfrage. Das, was ich mache, hat Hand und Fuß und ist gut geerdet.«

»Was machen Sie?«

»Fotos. Für alle möglichen Anlässe. Industrie, Sportvereine, Werbung, Menschen. Ich komme viel rum. Es macht mir Spaß.«

»Wo waren Sie am Sonntag, dem zweiten September?«

»Glauben Sie, ich hätte Ritzelbeck erschossen? Erstens bin ich Kriegsdienstverweigerer und schieße nie, außer mit der Kamera. Und zweitens sehe ich keinen Grund dazu. Meinen Sie, ich hätte ihn beneidet um einen Ruf in der Kunstwelt, der auf meine Bilder gegründet war? Muss ziemlich beschissen sein, als Hochstapler durch die Gegend zu laufen und immer zu denken, dass man den Erwartungen nicht gerecht werden kann.«

»Und wo waren Sie nun?«

»Habe ich Ihrem Kollegen doch gesagt. Zu Hause. Ausschlafen. Den Rausch ausschlafen, wenn Sie es genau wissen wollen. Ich war an dem Samstag davor auf einer Party.«

»Wo war die Party?«

»Habe ich Ihrem Kollegen auch schon erzählt. Bei meinem Freund Sven in der Herkulesstraße. Ich bin irgendwann in einen Zug nach Göttingen eingestiegen am Bahnhof Wilhelmshöhe. Und als ich zu Hause ankam, war ich noch so wach, dass ich den ein oder anderen Absacker gekippt habe. Daher der komaähnliche Schlaf.«

»Machen Sie das öfter?«

»Was? Zug fahren oder saufen?«

»Letzteres.«

»Nicht sehr oft, aber wenn, dann gründlich.«

»Wann sind Sie denn am Sonntag munter geworden?«

»Gar nicht. Testweise aufgestanden bin ich so gegen vier. Habe mir einen Kaffee gekocht, hat nichts genützt. Also bin ich um sieben wieder ins Bett gegangen und erst am nächsten Morgen richtig aufgestanden. Weil ich da einen Job hatte.«

»Gibt es irgendjemand, der das bestätigen kann.«

»Wenn es jemanden gab, habe ich das jedenfalls nicht mitbekommen.«

»Wie ist Ihre Meinung über Herrn Ritzelbeck?«

»Habe ich Ihnen doch gerade schon gesagt. Ein gummiartiger, mittelmäßiger Typ, der nie im Leben eine Vision hatte. Kann einem eigentlich leidtun.«

Konnte.

Xenia:

Milan ging abends zum Karate. Danach bestimmt mit den Leuten in die Kneipe. Ich auch. Aber in eine andere. Im Ulenspiegel saß Sven allein an einem Tisch und trank ein Bier. Obwohl ich es insgeheim erhofft hatte, hüpfte mein Magen kurz nach oben. Als Sven mich sah, machte er eine rasche Handbewegung. Ich setzte mich zu ihm. Seine Finger liefen noch den Henkel des Glases auf und ab.

»Schön, dich zu sehen.« Svens Blick hielt meinen einen Moment zu lang fest, und Schmetterlinge begannen, in meinem Bauch zu tanzen.

»Ganz meinerseits. Sag mal, wenn du einen Stromausfall in der Innenstadt provozieren wolltest, wie würdest du das machen?«

Sven lachte: »Du verlierst aber keine Zeit mit unnötigem Geplänkel, was? Gehst du immer so zur Sache?«

»Kommt ganz drauf an.« Ich grinste. »Also!«

»Die Gänseliesel? Es gibt doch Großbaustellen in Kassel. In der Leipziger Straße zum Beispiel. Am Platz der deutschen Einheit. Die sind mit ihren Kanalbau-Arbeiten immer noch nicht fertig. Da würde ich einen Komplizen installieren. Der müsste zu einer abgesprochenen Zeit für einen Stromausfall sorgen.«

»Und wie? – Ich möchte einen trockenen italienischen Rotwein.« Die Bedienung, die an unseren Tisch getreten war, nickte und verschwand.

»Das ist eine Tiefbaustelle. Stromkabel sind so achtzig Zentimeter bis anderthalb Meter in der Erde verlegt. Wenn man eins anbohrt …«

»Kriegt das keiner mit?«

»Doch, aber im Rahmen einer Tag- und Nachtbaustelle kann im müden Kopf schon das ein oder andere Kabel getroffen werden. Wenn du das mit der Baustelle nicht gut findest, wie wäre es mit einem Brand in einem Trafo-Häuschen?«

Ehe ich darauf eingehen konnte, kam die Kellnerin mit meinem Wein und ein gut aussehender, grauhaariger Mann, der mich entgeistert anschaute.

»Das glaube ich jetzt nicht. Ich hätte Ihnen gar nicht zugetraut, dass Sie abends in eine Kneipe gehen.«

»Hallo, Erik«, begrüßte ihn Sven.

Ich war irritiert, bis mein Gehirn die Arbeit aufnahm. Erik Lens. Fotograf. Schwer verdächtig. Er stand immer noch vor unserem Tisch und starrte mich an. Die Serviererin flötete. »Kann ich dir etwas Gutes tun?«

»Ein Guinness, bitte.«

»Für mich auch«, bat Sven.

Ich nippte an meinem Wein. Natürlich waren mir die Zusammenhänge klar. Ist ja nicht das erste Mal, dass ich mit meiner Schwester verwechselt werde. Bestimmt hatte Luise ihn verhört. Wegen Ritzelbeck.

»Ist nicht so, wie Sie denken. Ich bin nicht meine Zwillingsschwester. Die ist übrigens bei der Polizei. Kennen Sie sie?«

»Und ob. Die hat mich den halben Tag in der Mangel gehabt.«

»War sie erfolgreich?«

»Fangen Sie nicht auch noch an.«

»Xenia, das ist mein Freund Erik Lens. Erik, das ist Xenia Wiese«, schaltete sich Sven ein.

Die Bedienung servierte zwei Guinness. Als er seins ausgetrunken hatte, wurde Erik deutlich lockerer.

»Hast du zu deiner Schwester eine enge Beziehung?«, wollte er wissen.

»Ja und nein. Wie lieben uns, aber das heißt nicht, dass ich ihr alles erzähle oder sie mir, falls du das befürchtest.«

Offenbar glaubte er mir, denn er plauderte munter von der Vernehmung. Eine Frage hatte meine Schwester anscheinend nicht gestellt. »Wärest du nicht gern mit deinen eigenen Bildern berühmt geworden?«

Erik trank einen Schluck. »Natürlich. Nicht nur berühmt. Auch reich.«

»War Ritzelbeck reich?«

»Ich fürchte nicht. Kunst ist eben doch oft brotlos.«

»Und du?«

»Stellst du immer so indiskrete Fragen? Bist du reich?«

»Wie man's nimmt«, antwortete ich salomonisch.

»Ich frage mich oft: Welches Spiel wird hier eigentlich gespielt, und wer bestimmt die Regeln?«
Daniel M. Ritzelbeck

18. September

Luise:

Begeistert legte ich den Hörer auf die Gabel und rief eine Soko-Sitzung ein. »Wir haben sie. Die Spurensicherung hat ziemlich suchen müssen, denn offenbar hat Familie Eisenhans das Auto extrem gewienert und ausgesaugt. Aber im Übergang von Lehne zu Sitzfläche der Rückbank haben sie schwarze Fasern gefunden und zwei graubraune Haare. Bingo. Alles von Ritzelbeck. Tina und Huber, könnt ihr euch um den Sohn kümmern und ihn schnellstmöglich hier anliefern? Lewinsky, kannst du etwas Schriftliches aus der Rechtsmedizin dazu herbeischaffen. Für Meier-Lampe. Rubisch, wir holen den alten Eisenhans zu Hause ab. Hoffentlich ist er da.«

War er. Ein dienstbarer Geist mit Wischmopp ließ uns ein und verkündete, dass der Hausherr in der Küche beim Frühstück säße. In der Diele hingen rechts und links Wildschädel mit Geweihen. Ganz schön morbide. Die Wohnküche, wie sollte es anders sein, wartete auf mit weiteren Jagdmotiven. Hier waren es jedoch Gemälde von lebenden Wildschweinen, Fuchs und Reh. Keine Zeit, sie genauer anzuschauen. Eisenhans war aufgesprungen, griff zu einem Gewehr, das neben ihm lag und richtete es auf uns. »Raus hier. Ich will Sie nicht sehen.«

Rubisch war schwer geschockt. Er stand wie angewurzelt, eine Ader an seinem Hals pulsierte ziemlich schnell. Ich fand die Situation auch ungemütlich und bereute, Fricko im Auto gelassen zu haben. Andererseits, wenn der Typ auf Fricko schießen würde …

»Herr Eisenhans, seien Sie doch vernünftig. Legen Sie die Waffe weg und reden Sie mit uns.«

Er fuchtelte mit der Knarre herum.

»Wir müssen mit Ihnen sprechen. Wir möchten verstehen, was geschehen ist. Legen Sie die Waffe hin!«

»Raus hier!«

»Sie werden uns nicht los. Selbst wenn wir jetzt gehen. Sie bekommen eine Vorladung ins Präsidium, der müssen sie folgen. Wenn Sie das nicht tun, kommen die uniformierten Kollegen und holen Sie ab. Uns zu erschießen, löst das Problem auch nicht, brächte Sie aber ganz sicher ins Gefängnis. Denken Sie nach!«

Da tönte schräg hinter uns die Putzfrau: »Herr Eisenhans. Ich wäre denn so weit. Soll ich morgen wiederkommen?«

Einen Moment war der Typ abgelenkt. Ich sprang vor und schlug den Arm mit der Flinte herunter. Die Büchse polterte zu Boden. Zum Glück ging kein Schuss los. Hatte er vergessen zu entsichern? Ich versuchte, ihm den Arm auf den Rücken zu drehen. »Bewegung, Rubisch! Die Handschellen!« Der war erfreulicherweise in diesem Augenblick schneller, als er aussieht. Er warf sich mit seinem ganzen Körpergewicht auf unseren Gegner, und das ist beachtlich. »Herr Eisenhans, wir verhaften Sie wegen Widerstands gegen die Staatsgewalt, Bedrohung von Beamten und Mordverdachts. Alles was Sie sagen, kann gegen Sie verwendet werden. Und jetzt ab ins Präsidium.«

Natürlich rief der alte Knabe gleich seinen Anwalt an. Ein schmerbäuchiger Typ mit eng sitzendem Anzug kam und erteilte seinem Mandanten zunächst unter vier Augen Tipps. Schließlich saßen beide im Verhörraum und wirkten kampflustig. Rubisch stellte ihnen einen Kaffee aus der Maschine vor die Nase, mir und sich selbst einen Cappuccino mit feinem Milchschaum und nahm Platz.

Ich eröffnete die Befragung. »Herr Eisenhans, in Ihrem Auto befanden sich Haare und Pulloverfasern von Ritzelbeck.«

Eisenhans guckte unter sich. Sein Unterkiefer mahlte.

»Wir gehen davon aus, dass Sie Ritzelbecks Leiche in Ihrem Wagen transportiert haben.«

»Die Leiche?« Eisenhans wurde blass. Hatte er endlich seine heikle Lage begriffen?

»Mein Mandant ist nicht verpflichtet, dazu eine Aussage zu machen.«

»Nein, bin ich nicht, aber ich will eine machen. Die denken doch, ich hätte Ritzelbeck auf dem Gewissen, aber ich war das nicht. Der Ritzelbeck ist ein Stück mitgefahren. In den Wald. Wegen der Jagd.« Sein Anwalt legte ihm die Hand auf den Arm, wohl um ihn zu bremsen.

»Versteh ich nicht«, sagte ich. Rubisch trank einen Schluck Cappuccino und fixierte Eisenhans.

»Der hatte mich vor einer Weile angerufen, dass er Tiere brauche für seine Installation auf der Foruminarte. Und wollte von mir welche haben.«

Das erschien mir nicht ganz unlogisch. Immerhin hatte Urs Rimbach ähnliches berichtet. »Und? Konnten Sie ihm behilflich sein?«

»Nein, aber er wollte mit zur Treibjagd.« Das wiederum war sinnlos. Wenn er keine Viecher bekäme, was wollte er dann auf der Pirsch? Oder hatte ihm Eisenhans Kadaver in Aussicht, vielmehr in Rechnung gestellt und wollte das jetzt nicht zugeben? Der Anwalt hatte mittlerweile an Körperspannung eingebüßt und es weitgehend aufgegeben, seinen Mandanten stoppen zu wollen.

»So? Wann genau haben Sie Herrn Ritzelbeck denn getroffen?«

»Am Sonntagmorgen. Wir haben uns am Wanderparkplatz getroffen. Das muss kurz vor neun Uhr gewesen sein. Er ist in mein Auto eingestiegen und mit uns ein Stück in den Wald gefahren. Bis zum Grillplatz. Dann war er beim ersten Treiben mit dabei.«

»Ist es nicht gefährlich, unerfahrene Zivilisten mitzunehmen?«

»Ich habe ihm gesagt, er soll immer genau unmittelbar hinter mir bleiben, damit nichts passiert. Das hat er auch gemacht. Nach dem ersten Treiben haben wir eine Brotzeit auf einer Lichtung eingenommen. Ritzelbeck hat sich bedankt und wollte auf eigene Faust irgendwas machen. Ich habe ihn gewarnt wegen der Schüsse und habe ihm gesagt, wo er am besten nicht hingehen sollte. Dann ist er davongestapft.«

»Wo hat Ritzelbeck in Ihrem Auto gesessen?«

»Auf dem Beifahrersitz.«

»Haben Sie Ritzelbeck nach der Brotzeit noch einmal gesehen?«

»Nein. Ich hatte ihn eingeladen zum abendlichen Waidmanns-Grillen. Er wollte auch kommen, ist er aber nicht.«

»Wenn das alles so harmlos war, wieso haben Sie uns das dann nicht gleich erzählt und uns außerdem mit Ihrer Knarre bedroht?«

»Es tut mir leid.«

»Nützt Ihnen nichts. Sie werden Ihren Jagdschein verlieren. Waffen müssen konsequent im abgeschlossenen Schrank aufbewahrt werden. Das wissen Sie sicher besser als ich. Wer mit seiner Flinte Menschen terrorisiert, ist charakterlich komplett ungeeignet für die Jagd.«

Das setzte ihm offensichtlich schwer zu. Die Schultern sanken herab.

»Dagegen werden wir selbstverständlich Einspruch einlegen«, verkündete sein Rechtsbeistand.

Das ganze Spielchen noch mal von vorn. Und noch einmal.

Er erzählte auch Huber, Tina und Lewinsky nichts anderes. Zäher Bursche. Während Tina und Huber den Alten verhörten, nahm ich mir zusammen mit Rubisch den jungen Eisenhans vor.

»Herr Eisenhans, Sie wissen, dass Ihr Vater uns mit einem Gewehr empfangen hat?«

»Nein, wieso?«

»Das frage ich Sie. Sehen Sie einen Grund?«

»Nein. Ich …«

»Hat Ihr Vater schon einmal jemanden so bedroht?«

»Ich kann mich nicht erinnern.«

»Kannten Sie Ritzelbeck?«

»Nein.«

»Sie lügen.«

Er schnaufte. Schweißperlen standen auf seiner Oberlippe. »Ja, ich habe ihn mal gesehen.«

»Wo?«

»Er ist mit uns im Auto gefahren. Er wollte sich die Jagd angucken.«

»Wann war das genau?«

»Am Sonntagmorgen so um neun.«

»Wo im Auto saß Daniel Ritzelbeck?«

»Auf dem Beifahrersitz neben meinem Vater.«

»Wer war sonst noch mit?«

»Jan und ich. Und Jans Dackel.«

»Sie haben auf der Rückbank gesessen?«

»Ja.«

»Wo sind Sie hingefahren?«

»Zum Grillplatz.«

Ich legte eine Karte des Waldgebietes vor ihm hin. Er schaute sie eine Weile an, dann tippte er mit dem Finger darauf. »Der ist ungefähr hier. Da haben wir das Auto abgestellt.«

»Und dann?«

»Haben wir gejagt.«

»Wo war Ritzelbeck zu der Zeit?«

»Der ist mit meinem Vater mitgegangen.«

»Nun seien Sie doch nicht so einsilbig. Erzählen Sie schon.«

»Nach der Mittagsrast ist er dann allein los, sagte aber, er käme abends wieder.«

»Wo war das genau?«

»Bei so einer Lichtung. Sie erwarten doch jetzt nicht allen Ernstes, dass ich Ihnen die auf der Karte zeige? Da ist ja nicht jede kleine Wiese drauf.« Er umkreiste einen recht großen Bereich. »Irgendwo hier. Mein Vater erklärte Ritzelbeck, was so ablief und wo er nicht hingehen solle, weil wir da das zweite Treiben machen wollten. Und dann ist der Ritzelbeck im Wald verschwunden. Das war's.«

»Haben Sie ihn danach noch einmal gesehen?«

»Nein.«

»Ist Ritzelbeck schon vorher mit Ihnen gefahren?«

»Nicht, dass ich wüsste.«

»Wir haben im Auto Haare und Fasern gefunden, die eindeutig dem Mordopfer zuzuordnen sind. Und zwar nicht auf dem Beifahrersitz. Wie sind die Ihrer Meinung nach dahingekommen?«

»Weiß ich doch nicht. Vielleicht geflogen. Das Seitenfenster war auf.«

»Wissen Sie, was ich glaube? Ritzelbeck ist im Wald erschossen worden, von wem, wird noch zu klären sein, aber eins ist sicher. Sie haben den toten Ritzelbeck zusammen mit Ihrem Vater mit Ihrem Auto transportiert. Sie haben ihn in Urs Rimbachs Gebiet abgeladen. Warum?«

»Nein, nein, nein. Ich sage jetzt gar nichts mehr.« Eisenhans heulte auf.

Wir sperrten die zwei in getrennte Zellen und hielten eine Soko-Sitzung ab. Meine anfängliche Euphorie über die Ermittlungsfortschritte begann abzuflauen. »Es ist extrem wahrscheinlich, dass die beiden den toten Ritzelbeck durch die Gegend gefahren haben. Warum, wissen wir nicht. Ebenfalls nicht, warum sie ihn umgelegt haben könnten. Ich sehe da kein Motiv.«

»Wir müssen mehr rauskriegen über Eisenhans und Ritzelbeck. Ob es irgendwelche Berührungspunkte gibt. Oder Konflikte«, fand Tina.

»Ich könnte mir Eisenhans gut als Mörder vorstellen«, unterstützte Rubisch sie mit Inbrunst, wohl in Gedanken an das Erlebnis in der Küche.

»Vielleicht war es ja wirklich ein Jagdunfall, und die Eisenhänse wollten das vertuschen«, schlug Lewinsky vor.

»Wir sollten die Waffen der Jagdgesellschaft einsammeln. Mit dem Hinweis auf Spuren, die wir haben und mit denen wir abgleichen wollen«, bestimmte ich.

»Haben wir Spuren?« Natürlich Lewinsky.

»Ja, haben wir. Und ich denke, der Faserfund und die Tatsache, dass sie Ritzelbeck mit zur Jagd genommen haben, werden selbst Meier-Lampe überzeugen, beim Richter vorstellig zu werden und einen Haftbefehl zu erwirken. Ich schau gleich mal, ob ich den erwische.« Die Kommunikation mit dem Staatsanwalt war leider Chefinnensache. »Außerdem ist das ballistische Profil der Tatwaffe ermittelt. Wir brauchen die Waffen der Jäger für den Vergleich. Da kommen wir ohne den Staatsanwalt und den Beschluss des Richters nicht dran. Hoffen wir mal, dass die nicht auch zu irgendeiner illustren Jagdgesellschaft gehören. Eine Krähe …«

Xenia:

Vor der Foruminarte-Spätschicht konnte ich ausschlafen. Ich hatte von Sven geträumt. Er wollte mich gerade küssen, ich hielt die Augen erwartungsvoll geschlossen, da krähte eine Stimme dazwischen. »Frühstück nach Art des Hauses.«

Fiora knallte zwei Platten auf den Tisch. Sven und ich saßen plötzlich im La Paloma. Milan kam aus der Küche und sagte zu mir: »Ich brauche dich.«

»Lass sie doch«, forderte Fiora ihn auf, »sie ist sowieso nicht besonders gut. Sie kann nicht mehr als drei Teller tragen.« Sie nahm seine Hand, und gemeinsam gingen sie in die Küche zurück.

Alarmiert stand ich auf. Heute musste ich dringend im Restaurant nach dem Rechten sehen. Wer weiß, was die Superkellnerin da alles veranstaltete. Kasimir maunzte protestierend, als ich ihm die Bettdecke wegzog.

Gerade noch rechtzeitig fiel mir ein, dass ich eine Verabredung mit Herrn Holzhauer hatte. Er wollte seine Krankenberichte heraussuchen, die meinen »Artikel« mit den notwendigen Fakten anreichern würden. Ich klingelte lange, ehe endlich die Tür geöffnet wurde.

»Ach, Frau Wiese, ja, wissen Sie, ich habe so gut wie nichts mehr gefunden.«

Das kam mir reichlich merkwürdig vor. »Darf ich kurz hereinkommen?«, fragte ich und ging dabei vorsichtshalber schon mal weiter. Er folgte mir unsicher. Im Wohnzimmer war es so unordentlich wie eh und je. Nur nicht auf dem Sideboard. Jemand hatte Unrat weggeräumt und vermutlich sogar Staub gewischt. Für den neuen Plasmafernseher, der dort thronte. Riesen-Heimkino. Mit seinem Hartz IV hatte er den bestimmt nicht bezahlt.

»Ich habe wirklich überall gesucht. Dann ist mir eingefallen, dass der Arzt, wo ich vor zwei Wochen hingegangen bin, die

Papiere behalten hat. Ich kann Ihnen nicht weiterhelfen. Wahrscheinlich gibt es viel schlimmere Fälle als meinen. Wenn ich es mir überlege, möchte ich auch gar nicht, dass Sie über mich schreiben. Das würde alles wieder aufreißen. Vielleicht würden mehr Presseleute kommen. Und eigentlich möchte ich meine Ruhe haben.«

»Ein Plasmafernseher?«, fragte Luise. »Du hast Recht, das sieht nach Schweigegeld aus. Holzhauer soll ruhiggestellt werden, vielleicht um den alten Wirbel aus dem neuen herauszuhalten? Damit dass Ganze auf möglichst kleiner Flamme gekocht wird. Was inzwischen allerdings schwierig ist. Er hätte uns nicht mit der Knarre bedrohen sollen.«

»Wie bitte?«

»Eisenhans ist ausgerastet, als Rubisch und ich ihn zu Hause abholen wollten.« Luise erzählte eine haarsträubende Geschichte.

»Gut, dass du das überlebt hast, Schwesterchen. Pass bloß auf dich auf! Dass der euch gleich mit dem Schießgewehr in der Hand empfangen hat … Vielleicht hatte er es aus dem Schrank geholt, weil er jemanden erwartete, zum Beispiel Holzhauer, um ihn einzuschüchtern und zu unterstreichen: Mehr gibt es nicht, Kumpel.« Jetzt ging meine Fantasie voll mit mir durch.

»Vieles ist möglich«, sagte Luise nachdenklich.

Luise:

Warum nur hatte ich die ganze Zeit das Gefühl, etwas Wichtiges übersehen zu haben? Ich zermarterte mir den Kopf, aber ich kam nicht drauf. Was zum Glück schnell kam, waren die richterlichen Beschlüsse, die ich benötigte. Ich ließ Vater und

Sohn Eisenhans von Krause und Schulze in Untersuchungshaft überführen und die Akten aus Eisenhans' Büro kommen. Einen Überblick über seine Kontobewegungen zu gewinnen, war mühsam. Kollegen gingen los, die relevanten Waffen einzusammeln, deren Besitzer aufs Präsidium zu schaffen, andere befragten die Nachbarn. Nichts brachte uns weiter oder gar die ersehnte heiße Spur. Wenigstens bestätigte Eisenhans' Raumpflegerin den Eindruck, den ich von ihm gewonnen hatte. »Der Herr Eisenhans ist manchmal ziemlich wütend. Das verbirgt er lange gut und wirkt nach außen ganz ruhig. Dann ist plötzlich der Teufel los. Und er flippt aus.«

»Haben Sie solche Situationen häufiger erlebt?«

»Hin und wieder. Ein Alarmzeichen ist immer, wenn er sein Gewehr aus dem Schrank holt. Dann bleibt man am besten ganz ruhig und höflich. Und lässt ihn in Ruhe.«

Demzufolge schien Eisenhans öfter mit der Knarre in der Küche zu sitzen. Die Perle war wirklich hart im Nehmen. Für die meisten Menschen wäre das ein Anlass, die Putzstelle zu wechseln.

Eine neue Idee: Könnte nicht der alte Eisenhans in einem cholerischen Anfall Ritzelbeck erschossen haben? Und der Filius hatte ihm geholfen, das zu vertuschen? Eisenhans junior wirkte in allen Belangen abhängig vom Vater. Wäre die Frage, was den Wutausbruch ausgelöst haben könnte. Hatte Ritzelbeck Wild mitgehen lassen, um es auszustopfen, vielleicht ein Tier, dessen Schädel Eisenhans an die Wand hängen wollte? Spekulation. Wir brauchten endlich ein paar Fakten.

Lustlos blätterte ich durch Eisenhans' Geschäftskorrespondenz. Forderungen, die er noch nicht beglichen hatte. Nanu, ein bekannter Name. Erik Lens hatte ihm eintausendvierhundertfünfzig Euro in Rechnung gestellt für Werbefotos. Hatte das irgendetwas zu bedeuten, oder klammerte ich mich jetzt an den dünnsten Strohhalm?

Wenig später waren sowohl die Jäger als auch ihre Knarren im Präsidium.

»Sie müssen schon sehr gute Gründe dafür haben, dass Sie mich hierherzitieren«, sagte Ansgar Grosser eisig, »ich bin ein viel beschäftigter Mann.«

»Das sind wir ebenfalls«, entgegnete ich ungerührt. »Ist das Ihr Gewehr?«

»Ja, eine Blaser-Büchse mit einem Zeiss-Zielfernrohr.« Schwang da tatsächlich so etwas wie Stolz in der Stimme?

»Wie ist die Trefferquote?«

»Hervorragend. Auf hundert Meter ein Zweieurostück zu löchern, ist kein Thema«, prahlte Grosser.

»Freihändig?«

»Natürlich nicht. Sie müssen das Gewehr schon irgendwo anlegen. An einen Baum beispielsweise.«

»Haben Sie auch Ihre Papiere mit?«

»Bitte schön. Sagen Sie, wie lange dauert das denn hier noch? Ich habe in einer Stunde einen wichtigen Termin mit einem Bauherrn.«

»Wie wäre es, wenn Sie mir noch einmal erzählen, was genau bei der Jagd los war.«

»Meine Güte. Alles wie immer. Gut gelaufen. Zwei Stück Schwarzwild, die ich erwischt habe. Überläufer. Danach haben wir einen kleinen Imbiss gemacht. Würstchen am Feuer gegrillt.«

»Gab's dazu etwas zu trinken?«

»Ja, sicher.«

»Was?«

»Bier. Mark hatte auch einen Flachmann dabei.«

»Wann war das?«

»In der Dämmerung. Das wird so gegen acht Uhr abends gewesen sein. Genau weiß ich es aber nicht.«

»Haben Sie zu der Zeit irgendwelche auffälligen Geräusche im Wald gehört, irgendetwas, was Ihnen im Gedächtnis geblieben ist?«

Ansgar Grosser legte die Stirn in Falten. »Ein Schuss. Ich dachte, im Nachbarrevier. Am Anfang der Saison jagen alle. Holz knackte im Feuer und zischte, als Jan einen Ast auflegte, der zu nass war. Mehr fällt mir wirklich nicht ein. Kann ich jetzt gehen?«

Was ich großzügig genehmigte. Auch Jan Schwarzes Waffe zog ich ein und deponierte seinen Waffenschein darunter.

»Ich kann mich an nichts erinnern«, wiederholte Jan wie ein Mantra.

»Dann müssen Sie eben so lange hierbleiben, bis das Gedächtnis wieder funktioniert.«

»Was wollen Sie denn wissen?«

»Haben Sie etwas geschossen?«

»Einen Keiler, na ja war noch nicht ausgewachsen. Also eher ein Überläufer.«

»Wann haben Sie die Jagd beendet?«

»Ich habe nicht auf die Uhr gesehen, aber es wurde dämmerig.«

»Und dann?«

»Wir haben einen Holzstoß aufgehäuft, ihn mit trockenen Fichtenzapfen unterfüttert und angezündet. Dafür bin ich zuständig«, erklärte er stolz. »Deswegen nehme ich tütenweise so Dinger mit. Schließlich sollen die Würstchen gar werden.«

»Können Sie sich an irgendwelche besonderen Geräusche erinnern?«

»Nö, alles wie immer. Ein Schuss, das Feuer knackte und zischte, irgendwann hat ein Hund gebellt.«

»Wie nah war der Schuss?«

»Das kann man schlecht schätzen. Je nachdem wie der Schall sich ausbreitet. Im Nachbarrevier, dachte ich.«

»Wo hatten Sie eigentlich die Waffen, während Sie aßen?«

»Die lehnen wir immer an einen Baum. Rundherum im Kreis.«

Mein inneres Radar stand auf Alarm.

»Wie weit ist der Baum vom Grillplatz entfernt?«

»Ziemlich nah. In Sichtweite.«

Sichtweite im dämmerigen Wald. Flachmannbeduselte Jäger. Ich schickte Jan Schwarz nach Hause mit der Auflage, sich zur Verfügung zu halten. Tina und Huber kamen mit der Eisenhans'schen Waffensammlung herein.

»Der Vater hat einen gut gefüllten Waffenschrank. Auch Kleinkaliber und Repetierflinten. Dem Kaliber 7x64 entspricht diese Knarre.« Sie deutete auf ein in Plastik verpacktes, blank poliertes Modell. »Die hat er vermutlich am meisten benutzt. Sie stand ganz vorn. Hier die Papiere.« Tina legte beides auf einen Extratisch.

»Das gehört dem Sohn«, echote Huber, gleichfalls ordentlich den Schein unter ein Gewehr legend.

Vater und Sohn hatten Blaser-Büchsen mit Zeiss-Zielfernrohren. Ein schwarzes Gewehr war von Steyer-Mannlicher mit einem Zielfernrohr von Swarovski. »Dass die auch in Zielfernrohren machen«, staunte Tina. »Ich dachte, die produzieren Klunker.«

Ich rief Urs Rimbach an.

»Eine Blaser-Büchse ist der Mercedes unter den Jagdgewehren. Mit Zeiss-Fernrohr in Luxusausstattung. Steyer-Mannlicher ist nicht schlecht, ein Zielfernrohr von Swarovski zwar nicht nobel, aber sehr gut.«

Ich begutachtete die Papiere und die Knarren. »Habt ihr hier irgendetwas durcheinandergeschmissen?« Tina und Huber schauten fragend auf.

»Nein, alles ordentlich sortiert. Was ist denn los?«

»Die Nummern passen nicht zu den Waffenbesitzkarten.«

»Das ist ja ein Ding.«

»Die Endnummer von Grossers Gewehr passt zur Karte von Mark, Marks Gewehr zum Schein von Grosser. Die Nummer von Vater Eisenhans' angeblichem Gewehr steht auf keinem Papier? Wo ist seine richtige Knarre?«

Xenia:

Heute sollte ich bei der Grace-Collister-Installation für Ordnung sorgen. Die Künstlerin hatte eine Art Mini-Wald aus Holz und Metall aufgebaut. War wohl ziemlich stabil, weil alle zwei Stunden außer den bereits in den Baumkronen befindlichen Figuren reale Menschen darin herumturnten. Männer mit Aktentaschen, Frauen mit Stöckelschuhen kletterten mit äußerster Eleganz und etwas Akrobatik hinauf, um in luftiger Höhe ein hektisches Alltagsleben vorzuführen. Man könnte fast meinen, die Macher der Ausstellung hätten dafür die B-Besetzung des Moskauer Staatszirkus' angeworben. Die artistischen Darbietungen zogen viele Besucher an, die sich rund um die Absperrung positionierten und mit zunehmend steiferen Hälsen das Geschehen verfolgten. Schließlich ertönte ein Kommando. Alle Akteure erstarrten in irgendeiner Pose und ähnelten so den schon in der Installation befindlichen Figuren.

Der Sinn des Ganzen erschloss sich mir nicht. Ich hatte mittlerweile allerdings aufgehört, auf der Foruminarte danach zu fragen. Wenn die Zuschauer sich verliefen und die Artisten aus den Baumkronen herauskletterten, riss ich immer die Fenster auf, was glücklicherweise möglich war, da wir uns im ersten Stock befanden. Hier wäre ich sonst glatt eingegangen. Ich bin Frischluftfanatikerin. Als ich die Fenster wieder schloss, näherten sich zwei bekannte Gestalten. Ich wurde etwas unruhig, weil ich mich sofort an den Traum erinnerte.

»Wir schauen uns das Krimiobjekt mal an«, verkündete Sven. »Heute Abend mehr dazu, wenn du kommst.« Seine Stimme hob sich fragend. Ich nickte. Erik grinste. Natürlich hatten beide Fotoapparate mit. Professionelle Kameras. No flash, please.

Luise:

»Wann waren Sie zuletzt auf einer Jagd, Herr Eisenhans?«

»Letzten Samstag.«

»Wo?«

»Bei meinem Freund Arnulf Henke im Sauerland.«

»Die Adresse bitte.«

»Warum?«

»Herr Eisenhans, Sie sind hier nicht in der Position, Fragen zu stellen. Also?« Dem würde ich doch nicht erklären, dass ich auf der Suche nach der möglichen Tatwaffe, nämlich seinem Gewehr, war.

Rubisch notierte die Anschrift. »Und davor?«, fragte ich weiter. »Wann waren Sie auf Jagd?«

Es stellte sich heraus, dass Eisenhans seit Beginn der Saison, seinem Hobby so oft wie möglich gefrönt hatte.

»Wie mittlerweile erwiesen, wurde Daniel Ritzelbeck in Ihrem Revier ermordet und in Ihrem Auto transportiert. Derzeit laufen Untersuchungen der Spurensicherung in Herrn Rimbachs Revier. Sie vergleichen Reifenabdrücke mit Ihrem Wagen.« Das mit den Spuren war ein wenig optimistisch dargestellt, aber vielleicht würde Eisenhans trotzdem schwitzen. »Wenn Sie von sich aus reden, sieht das wesentlich besser aus, als wenn Sie warten, bis es gar nicht mehr anders geht.«

Eisenhans war hart im Nehmen. Wie der Name schon vermuten ließ.

Ich übergab Lewinsky die Daten zur weiteren Überprüfung und machte mich zusammen mit Rubisch zu Vera Macke auf. Wenn ich mir die Untersuchungsunterlagen anschaute, musste ich feststellen, dass wir viel zu wenig über Ritzelbeck wussten, und das wollte ich ändern.

Als wir bei Vera Macke ankamen, ging gerade die Haustür auf. Dominique schlurfte heraus und wurde von seiner Mutter noch einmal kurz aufgehalten. »Domi, denk an die Theaterprobe. Herr Schreiber hat angerufen, dass ihr euch heute eine Stunde früher trefft«, erinnerte sie ihn, während sie ein Haar von seinem übergroßen Kapuzenpulli zupfte und ihm einen aufmunternden Klaps gab. Da kreiste der mütterliche Hubschrauber mal wieder ausdauernd. Dominique nickte und setzte sich in Bewegung.

»Möchten Sie einen Milchkaffee?« Vera Macke hatte wieder einen Stapel Mathearbeiten auf dem Küchentisch liegen.

»Gern.« Rubisch freute sich sichtlich darauf.

»Irgendein Aroma? Vanille, Karamell, Irish Coffee.«

»Irish Coffee«, bestellte Rubisch wie aus der Pistole geschossen.

»Für mich Vanille, bitte.« Ich dachte flüchtig an Xenia, die dauernd Vanillepralinen futtert.

Während Vera Macke dem Vollautomaten Kaffee entlockte, warf ich einen neugierigen Blick auf die Klausuren. Oberstufe offensichtlich. Kam mir nicht mehr bekannt vor. Obwohl ich in Mathe immer sehr gut war. Am Rand hatte Vera Macke ausführliche Erläuterungen mit Rotstift angebracht. Sie nahm ihren Job wohl ernst und erklärte genau, warum das, was da stand, falsch war. Hoffentlich konnten die Schüler diesen Einsatz würdigen.

»Sie sind wirklich ein Phänomen. Ich dachte, Kunst und Mathematik wären völlig fremde Welten. Und Sie unterrichten beides.«

»Kunst ist kreativ und Mathematik unerbittlich logisch? Ehrlich gesagt, finde ich das eigentlich auch. Mathematik schult folgerichtiges Denken, aber ich hätte das sicher nicht studiert, wenn nicht meine Eltern darauf bestanden hätten und mir etwas Besseres eingefallen wäre. Gut, mir fiel Mathe sehr leicht in der Schule, das Studium ging problemlos. Und zu Kunst brauchte ich sowieso noch ein zweites Fach.«

»Ihr Herz hängt an der Kunst?«

»Genau.« Sie lächelte, servierte uns die Milchkaffees und räumte die Hefte weg.

»Mir macht es Spaß, zu malen, zu zeichnen, und es bereitet mir Freude, Talente zu fördern, wenn sie mir in der Schule begegnen. Aber Sie sind doch garantiert nicht hergekommen, um mit mir über Kunst zu reden.«

»Stimmt. Ich möchte gern mehr erfahren über Herrn Ritzelbeck, und Sie haben ihn ja anscheinend am besten gekannt.«

Sie trank einen Schluck. »Was genau wollen Sie wissen?«

Ich nippte ebenfalls an meiner Tasse. Heiß und äußerst lecker mit dem Aroma. »Wie er lebte, was ihm wichtig war, welche Freunde er hatte. Alles kann bedeutsam sein.«

»Sie wissen ja, dass ich Ihnen über sein alltägliches Leben in den letzten neunzehn Jahren nicht so viel erzählen kann. Und wenn ich Ihnen von früher berichte, weiß ich nicht, ob Ihnen das hilft.« Sie machte eine Pause, ich nickte ihr aufmunternd zu, so dass sie fortfuhr. »Ich wohnte mit Dani, Erik und Sonja zusammen in der Menzelstraße, direkt gegenüber der Hochschule, wo wir studierten. Dani und ich waren ein Paar. Seit der Schulzeit schon. Dani war mein erster Freund. Damals war ich in der elften Klasse. Unsere Beziehung war sehr eng, das ganze Studium hindurch. Bis vor neunzehn Jahren.«

»Was passierte dann?«

»Unsere WG löste sich auf. Prioritäten im Leben ändern sich eben. Dani war gerade berühmt geworden. Sonja ging der Liebe wegen nach Frankfurt, und Erik übernahm ein Fotostudio in Göttingen. Ich heiratete Friedrich Macke und bekam Dominique. Das war eine ganz andere Welt als im Studium.«

»War die Liebe zu Herrn Ritzelbeck vorbei?«

»Wir hatten uns auseinandergelebt. Dani war sehr ehrgeizig und wollte in der Kunstwelt Fuß fassen. Ich wollte Familie und Kinder. Das passte nicht zusammen. Mit Friedrich hatte ich ein gutes Leben.«

»Er ist gestorben?«

»Ja, vor zwölf Jahren. An einem Herzinfarkt. Das war hart. Meine Eltern, die zu der Zeit noch lebten, haben mir geholfen mit Dominique. So konnte ich das Referendariat machen und fand eine Anstellung als Lehrerin.«

»Da haben Sie es nicht so einfach gehabt. Erzählen Sie mir noch mehr über Herrn Ritzelbeck. Was war mit den Vorwürfen von Erik Lens.«

»Erik war zu der Zeit in Südamerika. In Peru. Er ist immer gern und viel gereist. Dani hatte Fotos eingeschickt zu einem Wettbewerb und gewonnen. Bert Wickel nahm ihn unter Vertrag. Die Ausstellung wurde geplant und aufgebaut. Dann kam Erik zurück. Er machte einen Riesenaufstand. Das wären seine Bilder. Sie waren aber nachweislich mit Danis Apparat geschossen worden.«

»Wie denken Sie darüber?«

»Ich war über Eriks Reaktion entrüstet. Dani hatte Erfolg, und Erik war neidisch.« Sie zuckte die Schultern. »Ich weiß bis heute nicht, was da gelaufen ist.«

»Gibt es künstlerische Kriterien, die es ermöglichen, die Fotos einem von beiden zuzuordnen?«

»Das sollten Sie Fotografen fragen. Die Profis sehen da noch ganz andere Dinge. Von denen ich, als einfache Lehrerin, keine Ahnung habe. Damals haben wir auch viel gemeinsam experimentiert. Manchmal haben wir an einem Thema gearbeitet und alle sehr ähnliche Werke produziert.«

»Wissen Sie etwas über Herrn Ritzelbecks finanzielle Verhältnisse? Konnte er von seiner Kunst leben?«

»Leider nicht. Dabei waren Danis Ansprüche nicht so hoch. Eine kleine Wohnung in Kreuzberg. Nach Friedrichs Tod meldete sich Dani bei mir. Ich habe mich gefreut, von ihm zu hören. Die alte Vertrautheit und Freundschaft war wieder da. Und so bekam ich mit, dass Dani finanziell überhaupt nicht klarkam. Da habe ich angefangen, ihn zu unterstützen.«

»Mit wie viel?«

»Tausend Euro im Monat.«

»Das ist eine Menge. Bleibt da für Sie und Ihren Sohn genug übrig?«

»Sicher. Ich habe das Haus von meinem Mann geerbt. Darüber hinaus ein Mietshaus und Barvermögen. Durch den Verkauf meiner Bilder habe ich einen Nebenverdienst. Uns geht es ganz gut. Warum nicht Dani daran teilhaben lassen?«

»Entschuldigen Sie, wenn ich so direkt frage: Warum unterstützten Sie Herrn Ritzelbeck?«

»Würden Sie Ihren Freunden nicht helfen, wenn die es nötig und Sie die Mittel dazu hätten?«

»Doch, wahrscheinlich schon. Dann haben Sie Daniel Ritzelbeck in den vergangenen achtzehn Jahren ja keineswegs aus den Augen verloren, haben noch miteinander gesprochen …«

»Wir haben öfter telefoniert. Dani hat uns auch besucht.«

»Hatte Ihr Sohn eine gute Beziehung zu Herrn Ritzelbeck.«

»Ja, das kann man wohl sagen.«

»Haben Sie auch gemeinsam etwas unternommen?«

»Nichts Besonderes. Aus Liebe ist im Laufe der Jahre eben Freundschaft geworden. Unsere Gespräche drehten sich meist um künstlerische Projekte, die wir gerade in Angriff genommen hatten. Um Dominique, Alltäglichkeiten. Er hat nicht viel von seinem Leben in Berlin erzählt. Ich weiß nicht, welche Freunde er dort hatte oder was er abends gemacht hat.«

»Und hier in Kassel? Kennen Sie Eisenhans?«

»Ich kenne das Märchen der Brüder Grimm. Warum?«

»Wir sind im Laufe der Ermittlungen auf seinen Namen gestoßen.« Ich leerte meinen Becher. »Eine Frage noch: Wo bekommt man denn dieses Kaffee-Aroma?«

Xenia:

Fiora lachte und schäkerte mit den Gästen, die sich richtig verwöhnt fühlten. Ich kam mir eher vernachlässigt vor. Nach einem flüchtigen Kuss drückte mir Milan zwei Teller in die Hand. »Kannst du die an Tisch siebzehn bringen?« Brav folgte ich den Anweisungen, zapfte ein paar Bier, trug weitere Gerichte, gefüllte und leere Gläser durch die Gegend. Führte eine Diskussion mit einem Gast, der einen Fehler in der Rechnung entdeckt haben wollte. Nachdem ich noch fünf Tiramisu an Tisch sechs verteilt, Scherben zusammengekehrt und eine Grappapfütze aufgewischt hatte – ich hatte Schnapspinnchen auf den Rand vom Tablett gestellt, die natürlich prompt heruntergefallen waren – setzte ich mich ab. Milan bekam ein Küsschen, war aber eigentlich damit beschäftigt, einen Nachtisch zu flambieren. Die zwanzig Minuten Fußmarsch durch frische Nachtluft taten mir gut.

Im Ulenspiegel war einiges los. Sven und Erik hatten einen Ecktisch ergattert und wirkten sehr vergnügt.

»Machst du jetzt Reklame für dein Lieblingsgetränk?«, fragte ich Erik, der am Revers seiner Jacke einen mit einem filigranen Blatt bemalten Kronkorken trug.

»Nein, das ist Kunst. Höchstpersönlich angefertigt.« Er grinste breit, und ich entdeckte, dass das Blatt aus mehreren Fingern handförmig zusammengesetzt war.

»Eher ein Bekenntnis zu deinen Lieblingsrauschmitteln«, lachte Sven.

»Banause.«

»Habt ihr nicht ein paar gelungene Aufnahmen von der Foruminarte heute? Vielleicht von der Gänseliesel?«, wechselte ich das Thema. Sie ließen sich nicht lange bitten, langten unter den Tisch, holten ihre Kameras heraus und begannen mit der Fotoshow, die Leute und Kunstwerke beinhaltete.

»Als Inspiration für deine Kunstraub-Krimigeschichte«, lächelte Sven.

»Das Erste wäre natürlich, ein verdammt gutes Foto von der Gänseliesel zu schießen, um eine Kopiervorlage zu haben«, befand Erik.

»Dann würde ich mir die beste Aufnahme auf dreißig mal vierzig Zentimeter vergrößern. Habe ich eben noch schnell zu Hause gemacht«, sagte Sven und zog ein Blatt mit diesen Maßen aus der Tasche. Die Gänseliesel guckte uns intensiv und schief an.

»Einen Primitivo, bitte.« Die Kellnerin, die sich genähert hatte, zog ab. »Ihr habt ja vollen Einsatz gezeigt«, lobte ich die zwei.

»Schenk ich dir«, Sven rollte Liesel zusammen und schob sie über den Tisch.

»Danke.«

»Mit so einer Vorlage wäre es ein Leichtes, ein Gemälde anzufertigen, für mich jedenfalls«, dozierte Erik. »Hört ihr mir eigentlich zu?«

Fast. Sven und ich schauten uns tief in die Augen und rissen uns mühsam los.

Sven trank einen Schluck.

»Man könnte natürlich das Gänseliesel-Bild auch verändern.« Erik fuhr über den Touchscreen seiner Kamera. »Hier die Pop-Art-Version.«

Andy Warhol ließ grüßen. Die beiden hatten eine diebische Freude an ihren Fotos und deren Neugestaltungen. Als Sven aufs Klo ging, beugte sich Erik zu mir rüber. »Seit Sven dich kennengelernt hat, ist er wieder richtig gut drauf. Das war nicht mehr der Fall, seit sich Valerie mit Lukas abgesetzt hat.«

»Wer ist Valerie?«

»Seine Freundin, On-off-Beziehung, diesmal scheint es aber ziemlich off zu sein. Lukas ist sein Sohn. Fünf Jahre. Hat er dir das nicht erzählt?«

Reichlich spät kam ich nach Hause. An meiner Wohnungstür klebte ein Zettel. Hast du Lust auf ein gemeinsames Frühstück morgen? Grete. Die hatte ich in den letzten Tagen sträflich vernachlässigt, ebenso wie Pünktchen und Kasimir, der maunzend um meine Beine strich, als ich die Tür öffnete. Zum Glück war er nicht sehr nachtragend. Ich füllte seine Näpfe auf und trank ein Glas Wasser in der Küche. Dabei fiel mir Sven ein, der mich zum Abschied umarmt und mir einen Kuss auf die Wange gegeben hatte. Ein warmer, erdiger Hauch, der nach mehr schmeckte.

»Alle meine Kunstwerke haben ihre Wurzeln tief in der Vergangenheit.«
Daniel M. Ritzelbeck

19. September

Luise:

»Was ist denn das?«, wollte Lewinsky wissen.

»Aroma für unseren Mokka«, erläuterte ich. »Vanille und Haselnuss.«

»Irish Coffee war gut«, meinte Rubisch. »Hast du das nicht bekommen?«

»Leider nicht«, grinste ich. »Wer mag?« Und zu Lewinsky. »Hast du den Kaffee schon fertig?«

»Bin ich jetzt hier der Getränkesklave?« Das gefiel ihm offensichtlich nicht. Aber mir. Den anderen auch.

»Ich kann mich ja heute mal drum kümmern«, lenkte Tina ein. »Ausnahmsweise. Morgen bist du wieder dran, Lewinsky.«

»Neues von der Spurensicherung«, eröffnete ich die Soko-Sitzung. »Auf dem Hochsitz waren schwarze Fasern, die nicht identisch sind mit irgendwelchen Jägerklamotten oder mit Ritzelbecks.«

»Nutzt uns das was, wenn wir nicht wissen, womit wir vergleichen sollen?«, merkte Lewinsky ketzerisch an.

»Vielleicht finden wir ja später mal was Passendes.« Ich bemühte mich um einen optimistischen Klang meiner Stimme. »Gibt es sonst noch etwas zu berichten?«

»Ja.« Lewinsky raschelte mit einigen Zetteln. »Ich habe alle Jäger der vergangenen Wochenenden abgeklappert.« Rubisch hüstelte. »Rubisch war mit. Also dabei ist Folgendes herausgekommen. Es ist bei Eisenhans' Freunden offenbar Usus, sämtliche Gewehre zusammen irgendwo abzustellen. Bei der Aufteilung am Ende gibt es dann mitunter Probleme. Eisenhans' Knarre ist bei der letzten Jagd in die Hände eines Hubert Sondermann geraten, der das bis heute nicht gemerkt hatte. War dasselbe Modell. Eisenhans hatte aber nicht im Gegenzug Sondermanns Flinte. Sondern eine dritte. Bei der Jagd hatten fast alle Blaser-Gewehre mit Zeiss-Zielfernrohren. Haben am Schluss wohl zusätzlich Zielwasser getrunken, was die Verwechslungen begünstigte. Ich habe mir erlaubt, diesen Sachverhalt an die zuständigen Behörden zu übermitteln. Schätze, die Herren werden Ärger bekommen, vermutlich eine Prüfung auf ihre charakterliche Eignung, eine Waffe zu führen.«

»Rubisch, irgendwelche Ergänzungen?«

»Das Problem ist, dass uns das derzeit nicht weiterhilft. Die Ballistiker arbeiten noch daran, das für Ritzelbeck tödliche Geschoss einem der Gewehre zuzuordnen. Hoffentlich kriegen sie bald was raus. «

»Wenn die alle Knarren an einen Baum gelehnt haben, hätte sich vielleicht auch jemand, der vorbeikam, spontan bewaffnen können«, meinte Tina, die mit Kaffee hereingekommen war.

Lewinsky hielt ihr seinen Becher hin.

»Bedien dich«, lächelte Tina und stellte die Kanne auf den Tisch.

»Ist doch unwahrscheinlich, dass ein Passant eine Flinte mitnimmt, Ritzelbeck erschießt und anschließend das Ding wieder zurückstellt. Mist.« Lewinsky hatte gekleckert. Die erste Tasse aus der vollen Kanne war besonders unfallträchtig. Er wischelte mit einem Papiertaschentuch herum, das er danach zusammenknüllte und eineinhalb Meter durch den Raum in den Mülleimer warf. »Ich meine, woher soll jemand, der Ritzelbeck erschießen will, wissen, dass da Waffen herumstehen?«

»Der müsste sich genau mit dem Jagdgeschehen bei Eisenhans auskennen«, folgerte Huber.

»Womit wir wieder bei den Jägern wären«, führte Tina weiter. »Aber bei keinem von den Typen konnten wir bisher eine Verbindung zu Ritzelbeck nachweisen. Von den Eisenhanseln mal abgesehen.«

»Und es stellt sich auch die Frage nach dem Motiv?«, überlegte Rubisch.

Wir schwiegen eine Weile.

»Pollmeier hätte mit einer Knarre von seinem Kumpel in den Wald marschieren können«, fand Lewinsky schließlich. »Die müssten wir ebenfalls einsammeln lassen.«

»Woher sollte er denn wissen, wo Ritzelbeck herumläuft?«

»Hat das Taxi verfolgt, mit dem Ritzelbeck vermutlich gefahren ist. Haben wir übrigens den Taxifahrer?«

»Meinst du nicht, dass das etwas weit hergeholt ist?«

»Auch nicht weiter als alles andere, was wir bisher haben.«

»Dann kümmere dich darum.«

»Wir haben mit Sonja Diehl gesprochen, der vierten aus der Kunst-Wohngemeinschaft«, erzählte Huber. »Sie lebt als freie Künstlerin in Frankfurt und gibt Aktzeichenkurse in der Volkshochschule. Sollen immer gut besucht sein, wie sie uns sagte.«

Lewinsky lachte dreckig.

»Zum Glück ist sie gerade wegen der Foruminarte auf Besuch in Kassel. Über Ritzelbeck konnte sie uns nicht viel erzählen. Sie hat keinen Kontakt mehr zu ihm, seit er berühmt geworden ist. Leider, wie sie betonte. Und vorher in der Wohngemeinschaft fand sie ihn nett und umgänglich. Als Lens die Urheberschaft der Fotos beansprucht hat, mit denen Ritzelbeck groß herausgekommen ist, habe er sich irgendwie geirrt. Immerhin seien zu der Zeit massenweise Drogen und erhebliche Mengen an Alkoholika konsumiert worden.«

»Wie genau hat Lens denn darauf reagiert?«

»Er war total wütend. Er hat seinem WG-Genossen wohl ein paar Kinnhaken verpasst, so dass der einige Wochen ziemlich lädiert herumlief.«

»Merkwürdig, dass Ritzelbeck ihn nicht angezeigt hat. Wenn er wegen der Aufnahmen ein ruhiges Gewissen gehabt hätte, hätte er das doch vermutlich gemacht. Übrigens. Der Typ lebte auf Kosten seiner Exfreundin.« Ich erzählte von unserem Besuch bei Vera Macke.

»Interessant«, fand Tina. »Warum unterstützt die den? Das würden nicht viele Leute machen.«

»Ist da kein Motiv zu suchen?«, überlegte Huber. »Vielleicht wollte Vera nicht mehr zahlen.«

»Sie legt ihren Exfreund um, um die tausend Euro zu sparen, die sie ihm völlig freiwillig monatlich überweist? Sie hätte das einfach einstellen können. Schließlich war sie nicht dazu verpflichtet. Außerdem hat sie überzeugend dargelegt, dass sie gut klarkommt.«

»Die Frage ist doch vielmehr: Was hatte sie davon, den Mann zu unterstützen?« Lewinsky runzelte die Stirn. »Oder hat er sie vielleicht mit irgendwas erpresst?«

Xenia:

Für das Frühstück mit Grete ging ich morgens einkaufen bei Metzger Maier. Irgendwie fühlte sich auch Anni von mir vernachlässigt.

»Warst ja lange nicht da. Hab schon gedacht, du wärst Vegetarierin geworden.«

Mit duftenden Brötchen und einer ordentlichen Portion feiner Cervelatwurst stieg ich die Treppe hinauf.

Grete hatte den Tisch drinnen gedeckt. Heute war es nicht so schön draußen. Aber die Wetterfrösche hatten für die kommenden Wochen noch einen richtigen, warmen Spätsommer prognostiziert.

Grete umarmte mich. »Was ist los?«, fragte sie in der ihr eigenen direkten Art. Einer der Gründe, warum ich sie so mag. Ich erzählte ihr von den letzten Tagen.

»Also Krise mit Milan«, fasste sie zusammen.

Jetzt, wo sie es mir spiegelte, wurde mir das Ausmaß klar. »Ja, leider.«

»Wie ernst ist es dir mit Sven?«

»Ich bin verknallt.«

»Und Milan.«

»Den liebe ich.«

Leben ist Veränderung, mischte sich Oma Xenia ein. – He, du hast Opa Felix nicht verlassen. – *Der hat sich auch mitbewegt.* Das schafft sicher nicht jeder.

Wir schwiegen eine Weile.

»Und der Krimi?«, fragte Grete.

»Ich habe schon hundertfünfzigtausend Zeichen. Jetzt noch ein bisschen Mord und ein kleines Verwirrspiel für die Leser …«

»Die Stofflöwen in der Ausstellung, ich glaube, dass die wichtig sind für Ritzelbecks Tod. Frag mich nicht warum. Ist so eine Art inneres Radar.«

»Wir wissen eigentlich nicht viel darüber.«

»Irgendetwas muss es doch geben. Sind da keine Überwachungskameras?«

»Die Filme davon werden sie mir kaum zeigen. Aber Sven und Erik haben Unmengen von Fotos auf der Foruminarte gemacht. Auch von den Leuten. Wenn die anfangen zu fotografieren, geraten sie regelrecht in Rauschzustände. Und ihre Kameras haben enorme Speicherkapazitäten. Wonach würdest du suchen?«

»Irgendetwas, was aus der Norm fällt. Du wirst das schon nicht übersehen.«

Vor der Foruminarte-Spätschicht suchte ich Sven auf. Er freute sich sichtlich, mich zu sehen. Ich bekam wieder so einen verheißungsvollen Kuss auf die Wange.

»Du möchtest die Schnappschüsse von der Foruminarte noch mal in Augenschein nehmen?«

» Wenn es dir gerade passt ...«

»Aber ja, für dich habe ich immer Zeit.« Er lächelte mich strahlend an. »Ich habe sogar Eriks Aufnahmen auf dem Rechner, weil er sie mit meinem Bildbearbeitungsprogramm bearbeiten wollte.«

Der Computer summte leise, als wir zwei uns davor setzten und einträchtig auf den Monitor starrten. Von Svens Körper ging eine Wärme aus, die mir ein Gefühl von Geborgenheit vermittelte. So ein richtig kuscheliges Nestgefühl und noch etwas anderes.

Oma Xenia, mir wird das zu heiß hier. – *Selber schuld. Aber wenn du schon mal da sitzt: Einfach genießen.* – Du hast gut reden.

Sven klickte derweil mit seiner Maus herum. Die ersten Fotos wurden geladen. Ungefähr das, was ich in einer Foruminarte-Schicht so zu sehen bekam. Kunstwerke und Menschen zogen vorbei. Ich begann, mich bei der Fotoshow zu langweilen und mich mehr auf Svens faszinierende Gegenwart zu konzentrieren, als plötzlich ein Bild erschien, das etwas in mir wachrief.

»Kannst du das mal vergrößern?«

Bald hielt ich einen Ausdruck in den Händen.

Luise:

Mir hing das Waidwerk mittlerweile mächtig zum Hals heraus. Es wurde viel geredet von den Männern mit den grünen Jacken, ohne gescheite Ergebnisse. Im Gegenteil: Ein betuchter

Hubertus-Jünger hatte gleich einen Rechtsanwalt eingeschaltet, um den Vorwurf zurückzuweisen, er gehe nicht sorgsam genug mit seinen Waffen um. Jetzt waren die Jäger sauer auf uns. Hätte Lewinsky nicht damit warten können, die Behörden zu informieren, bis wir die Herren ausgequetscht hatten? Vielleicht hätten wir dann mehr erfahren. Ich schob die Aktenordner auf meinem Schreibtisch hin und her, warf Fricko ein Schweineohr zu, damit er etwas zu tun hatte, und grübelte. Wenn Ferdi zurückkam, würde ich den Hund vermissen. Erstaunlich, wie schnell man sein Herz an ein Tier verlieren kann. Trotzdem würde ich mich freuen, wäre Ferdi wieder heil in Kassel. Warum nur, hatte er diesem gefährlichen Einsatz zugestimmt?

Das Telefon riss mich aus meinen Gedanken: »Frau Wiese? Hallo. Hier ist Vera Macke. Ich wollte nur sagen, dass ich alles geregelt habe wegen Danis Beerdigung. Im Friedwald. Und möchte fragen, wann die … er ins Krematorium überführt wird.«

»Es tut mir sehr leid, Frau Macke. Ich kann Ihnen keinen genauen Termin nennen. Der Rechtsmediziner ist mit den Untersuchungen noch nicht durch«, was ich eigentlich nicht sicher wusste, aber vermutete. Es ging mir einfach gegen den Strich, einen Toten einäschern zu lassen, dessen Ermordung ungeklärt war. Zum Glück zeigte sie Verständnis, und ich versprach anzurufen, sobald sich etwas Neues ergeben würde.

Xenia:

»Farid, kennst du diese Person?« Ich hielt ihm das Foto unter die Nase.

»Ja, die ist mir auch aufgefallen. So jung und schon schwanger.«

»Schwanger?«

»Ja. Hast du das nicht bemerkt?«

»Wie schwanger?«

»Meine Güte. Mindestens fünfter Monat. Ein deutliches Bäuchlein.«

»Komisch. Ich habe dieselbe Frau gesehen, und sie kam mir kein bisschen schwanger vor.«

Farid runzelte die Stirn. »Schau dir mal die Haare an. Sieht aus wie eine Perücke, findest du nicht?«

Meine Gedanken kreisten wie ein Käfighamster bei seinem Sportprogramm. »Und wenn diese Frau oder besser, dieses Mädchen, irgendetwas unter seinem Pulli gehabt hätte, was den Bauch vorwölbte, aber alles andere als ein Baby war? Einen Plüschlöwen, zum Beispiel.«

Später kellnerte ich im La Paloma. Es war ernüchternd. Ich schleppte mit Mühe zwei soßetriefende Teller zu einem Tisch, während Fiora mich mit der doppelten Telleranzahl schwungvoll überholte, um sie graziös am Nebentisch zu platzieren. Ich sagte Milan, ich hätte Kopfschmerzen, was er mit deutlich gemischten Gefühlen zur Kenntnis nahm, und meldete mich für den Abend ab.

Im Ulenspiegel saßen Sven und Erik, vertieft in ein heiteres und vertrautes Gespräch. Ich gab Sven den Abzug zurück und bat ihn, dem Gesicht andere Haare zu verpassen. Wir verabredeten uns für den kommenden Tag in einer Kunstgalerie, die uns Erik sehr ans Herz legte. Dann ging ich nach Hause, hievte Kasimir auf meinen Schoß und streichelte ihn, bis er protestierend das Weite suchte. Irgendwie sind Katzen selten da, wenn man sie braucht.

»Viele sagen ja: Ist das Kunst, oder kann das weg? Das ist aber kein Widerspruch. Wenn die Botschaft beim Betrachter angekommen ist, hat das Werk seine Aufgabe erfüllt.«
Daniel M. Ritzelbeck

20. September

Xenia:

Ich stand früh auf. Nachts war ich ein paar Mal wach geworden, und plötzlich lag die weitere Entwicklung meines Romans wie ein roter Faden vor mir. Ich schrieb wie besessen. Meldete mich auf der Foruminarte krank. Magen-Darm. Voll die Scheißerei. Konnte man halt nichts machen.

Ich kochte einen Apfel-Ingwer-Tee und hackte die Story in die Tasten. Um zwölf ging ich zu Grete hoch. »Hast du Lust und Zeit für eine kleine Krimilesung?«

»Ungefähr zwei Stunden. Dann muss ich unterrichten.«

Ich begann vorzutragen.

»Du spinnst«, unterbrach sie mich, »Kleinwüchsig und magersüchtig. Eins davon lasse ich mir ja zur Not noch gefallen, aber beides ist einfach übertrieben.«

»Wieso?«, entgegnete ich unbeeindruckt. »Das Leben ist voller Überraschungen, und an dieser Stelle brauche ich nun mal jemanden, der dünn und nicht allzu groß ist.«

Wir saßen in Gretes Küche, tranken Tee und beobachteten, wie sich Paganini mit zuckender Nase vorsichtig der offenen Pralinenschachtel näherte.

»Es gibt auch Leute, die sind von Haus aus klein und zierlich, da musst du denen keine Magersucht andichten«, beharrte

Grete und nahm Nini vom Tisch, der protestierend fauchte. Er war ein total schwarzer Kater, ganz nach seinem Vater Ahlewurscht. Im Gegensatz zu den Geschwistern Kasimir und Esmaralda durfte er raus in die weite Welt und erwies sich dort als erstaunlich zäh. Blieb mitunter tagelang weg und sah hinterher nicht unterernährt aus.

»Na gut, wie auch immer. Soll ich weiterlesen? – Sie gab dem Kellner ein nicht zu knappes, aber keineswegs übertriebenes Trinkgeld. Bloß nicht auffallen. Als er von ihrem Tisch verschwunden war, nahm sie ihre Tasche an sich und schlug den Weg in Richtung Toiletten ein. Niemand beachtete sie, und so ging sie weiter, vorbei an einem alten Klavier, an großformatigen Werken rechts und links des Ganges, auf die Ölfarbe flächig aufgetragen war. In der Zentralgarderobe des Fridericianums machte sie kurz Halt, kramte das Ordnerleibchen hervor, das sie sich bei ihrer Mitbewohnerin ausgeliehen hatte, und zog es an.«

»Moment mal. Das funktioniert? Du kannst vom Restaurant Pyramide im Keller aus einfach in das Fridericianum hineinspazieren? Direkt zur Foruminarte?«

»Ja, habe ich ausprobiert. Warum die die Verbindungstüren offen haben, weiß ich auch nicht. Vielleicht Notausgang für den Brandfall oder so.«

»Starkes Stück.«

»Weiter also – Sie schulterte ihre Tasche und stieg die Treppe hinauf.«

»Will die darin das Kunstwerk abschleppen?«

»Hast du eine bessere Idee?« Manchmal war Grete wirklich spitzfindig.

»Meinst du nicht, dass deine Diebin – wie heißt sie überhaupt? – auffallen würde, mit so einem Riesending? Das Bild ist wie groß? Dreißig mal vierzig Zentimeter?«

»Schließlich hat sie ein Ordnerleibchen an. Sie könnte doch einem Besucher die Tasche weggenommen haben.«

»Ich dachte, die überdimensionalen Rucksäcke würden am Eingang ausgemustert und müssten in der Zentralgarderobe abgegeben werden?«

»Rucksäcke, okay, aber im Gedränge geht der ein oder andere Beutel mit durch. Soll ich jetzt weiterlesen?«, fragte ich etwas ungehalten. »Sie ging nach oben in den ersten Stock. Die Zeit war gut gewählt. Die meisten Ausstellungsbesucher hatten die Räume bereits verlassen. Die Athletinnen und Athleten der Grace-Collister-Performance standen vermutlich bereits zu Hause unter der Dusche, niemand war da. Ein schneller Blick rundherum. Jacqueline hing sich die Tasche um, griff eine der herunterhängenden Lianen und schwang sich in die Metalläste. Dass eine Figur hoch in den Bäumen lebendig war, fiel Ordner Klaus nicht auf, als er vorbeiging. Auch den zwei Leuten aus der Putzkolonne nicht, die wenig später halbherzig herumfeudelten, angetrieben vom Hausmeister, der seinen Kontrollgang unternahm.«

»Das funktioniert?«

»Ich habe genau hingeschaut, wenn die Turnerinnen da drin waren. Die konntest du kaum von den Plastikfiguren unterscheiden. Super Versteck. Rechnet ja keiner damit, dass da hoch oben jemand ist.«

»Aber war da nicht noch eine Verbindungstür, die der Hausmeister gleich garantiert abschließt?«

»Warte es doch ab, geht ja schon weiter. – Hausmeister Garbusch guckte auf die Armbanduhr. Halb neun. Heute hatte er Geburtstag. Um diese Zeit trafen die Gäste ein. Die seine Frau jetzt ohne ihn begrüßen musste. Er hatte keineswegs vor, sich länger als eben nötig hier aufzuhalten. Er zog die Verbindungstür zwischen dem Brückenraum und Grace Collisters Werk zu. Was war das? Die Schlösser mit Kaugummi überklebt. So eine Sauerei. Der war bereits fast ausgehärtet. Völlig ausgeschlossen, den auf die Schnelle abzukriegen. Da müsste man mit Spezialwerkzeug und Reinigungsmittel heran. Garbusch fluchte leise. Dann traf er eine Entscheidung. Bei so vielen abgeschlossenen Türen fiel eine unabgeschlossene nicht ins Gewicht. Jacqueline hörte, wie er an der Tür zum Treppenhaus herumklapperte. Schwere Schritte entfernten sich. Die Lichter erloschen. Sie kletterte aus der Baumkrone und setzte sich gemütlich auf den Boden. Ihre Tasche hielt sie in der Hand. Sie müsste bereit sein, wenn es so weit wäre. Es würde eine lange Nacht werden. Wo Kevin wohl gerade war?« Ich warf einen kurzen Blick zu Grete, die gebannt lauschte.

»Kevin machte sich zur Baustelle am Platz der deutschen Einheit auf. Was die genau arbeiteten, wusste er nicht. War auch gänzlich unerheblich. Entscheidend war, dass es ihm gelungen war, die Schlüssel für den Bagger aus dem Baubüro zu klauen, wieder zurückzuhängen und jetzt mit seinen nachgemachten Exemplaren die Baustelle zu betreten. Obwohl es Nacht war, wurde noch gearbeitet. Schließlich war der Kreisel eine wichtige Querverbindung durch die Stadt. Der Polier sprach ihn an: Was willst du denn hier? – Kevin hielt den Schlüsselbund hoch: Mein Chef hat gesagt, ich soll den Graben da vorne nachziehen. Der wäre noch nicht tief genug. – Der Polier hakte nach: Im Dunkeln? – Kevin hatte sich eine Antwort schon zurechtgelegt: Habe ich ihm auch gesagt, aber mein Chef hört so selten auf mich. – Der Polier lachte.« Grete auch.

»Kevin schaute dem Polier hinterher und ließ seine Blicke schweifen. Der Bagger war in der Kurve geparkt, genau am richtigen Platz nah dem Loch mit den Kabelsträngen. Kevin grinste und stieg in das Führerhaus ein, machte sich vertraut mit den Armaturen. Dann startete er den Motor und drehte den Knopf für die Scheinwerfer. Lichtkegel erfassten das Erdloch. Dort irgendwo musste es sein. Er begann zu baggern. Nach einigen Minuten gingen die Straßenlaternen aus. Kein Lichtschimmer mehr aus einem der benachbarten Häuser. Er schaltete die Fahrzeugbeleuchtung aus, senkte die Schüppe ab, sprang aus der Fahrerkabine und verschwand zügig in der Dunkelheit. Die Rufe der Bauarbeiter wurden immer leiser.«

»Bist du sicher, dass das funktioniert? Wird in Kassel nicht schnell umgeschaltet, so dass der Strom aus weiteren Quellen fließt? Ein Stromausfall dauert nie so lange.«

»Wenn eins zum anderen kommt, vielleicht doch. Nehmen wir mal an, der Mann, der den Schalter betätigen soll, sitzt gerade auf dem Klo.«

»Könnte funktionieren. Und dann?« Grete beugte sich mit funkelnden Augen über den Tisch.

»Musst du nicht unterrichten? Den Rest gibt es heute Abend«, erklärte ich grinsend.

Luise:

Rubisch kam mit den ballistischen Auswertungen in mein Büro. »Aus Grossers Gewehr stammte mit ziemlicher Sicherheit die tödliche Patrone. Und im Vernehmungszimmer hockt der junge Eisenhans«, informierte er mich.

»Dann geh doch bitte schon mal zu dem. Ich komme gleich nach.« Kurz setzte ich den Staatsanwalt in Kenntnis, der mich ermahnte, mit Herrn Grosser, einem verdienten Mitglied der Kasseler Gesellschaft, vorurteilslos und respektvoll umzugehen. Die Tatsache, dass aus seiner Waffe möglicherweise der tödliche Schuss abgefeuert worden sei, sei zunächst lediglich ein Grund für eine intensive Befragung.

Etwas genervt ging ich zum Vernehmungszimmer. Der junge Eisenhans rutschte auf der Kante des unbequemen Besucherstuhls hin und her und verschränkte die Hände über seinem Bierbauch. Die Untersuchungshaft schien ihn weich zu klopfen. Er wurde anscheinend immer dünnhäutiger, und ich hatte die Hoffnung, dass er irgendwann plaudern würde. Tiefe Ringe unter den Augen, teigige Haut. Das ließ hoffen.

»Haben Sie eigentlich mit Herrn Grosser über Herrn Ritzelbeck gesprochen?«

Die Frage schien ihn zu erstaunen. »Nee, wieso. Der kannte den, glaube ich, gar nicht.«

»Woraus schließen Sie das?«

»Na ja, als mein Vater was erzählte, da hat er ganz blöd nachgefragt, Ritzelbeck, wer ist das denn?«

»Ach. Und was hat Ihr Vater genau erzählt?«

Herr Eisenhans senkte den Kopf und schwieg.

»Herr Eisenhans, was sagen Sie, wenn an Ritzelbecks Leiche Fasern ihrer Jagdkleidung gefunden worden sind?« Das war nicht falsch, nur ein wenig tricky formuliert. Ich hoffte, er würde in der Aufregung »dass« statt »wenn« hören.

In Juniors Gesicht zuckte ein Muskel, es schien zu funktionieren. »Von meinen Klamotten?« Sein Adamsapfel hüpfte wie ein Frosch hin und her.

»Genau«, bestätigte ich und lehnte mich erwartungsvoll zurück, mit halb geschlossenen Augen, voll konzentriert. »Das Netz zieht sich zusammen. Merken Sie es schon? Wenn Sie jetzt aussagen, kann ich mildernde Umstände für Sie beantragen, weil Sie mit der Polizei zusammengearbeitet haben, aber wenn Sie weiter schweigen …«

Er schluckte. »Das ist nicht so, wie Sie denken.«

Ich war gespannt wie ein Flitzebogen, blieb jedoch äußerlich gelassen. Fricko spürte meine Unruhe und hob den Kopf. Rubisch schaute den jungen Mann aufmerksam an.

»Ich habe Ritzelbeck nicht umgebracht. Der lag einfach da rum. Mausetot.« Eisenhans schaute zu mir hinüber.

Ich zog es vor, nichts zu sagen.

»Wirklich. Sie müssen mir glauben. Wir hätten ihn ja gar nicht bemerkt, aber mein Vater hatte seinen Sitzstock im Wald vergessen. Den hätte sonst der nächste Wanderer eingesackt.

Da sind wir noch mal mit einer Taschenlampe los. Dabei haben wir ihn gefunden. Er lag da …«

»Wo genau?«

»Vielleicht hundert Meter vom Hochsitz entfernt auf dem Weg.«

»Was haben Sie gemacht?«

»Mein Vater und ich haben uns sehr erschrocken und überlegt, was wir tun sollen. Papa hat entschieden, dass der Tote weg muss aus unserem Revier. Wir haben den Sitzstock geholt, sind mit dem Auto zu der Leiche und haben sie reingehievt. Dann sind wir rüber zum Rimbach und haben Ritzelbeck dort abgeladen.«

Xenia:

Um halb vier stand ich mit Sven und Erik vor der Galerie Martin Steinbach.

»Keine Foruminarte-Kunstwerke bewachen heute?«, fragte Erik.

»Jeder braucht mal einen freien Tag.«

Sven umarmte mich zur Begrüßung. Kuss auf die Wange. Die Türglocke gab einen melodiösen Ton von sich, als wir eintraten.

»Hier bekommen wir wirklich meisterhafte Werke zu sehen.« Aus Eriks Mund waren dies enorme Vorschusslorbeeren. Ich kannte ihn noch nicht sehr lange, aber es gab bisher wenig, was Gnade vor seinen Augen gefunden hatte.

Die Bilder nahmen auch mich gefangen. Mediterrane Landschaften, die viel Wärme und Leichtigkeit in sich trugen, ohne in Postkartenkitsch zu versinken. Porträts von Menschen, die deren komplexes Leben erzählten, ohne zu bewerten. Wunderbar ästhetische Aquarelle von Pflanzen. Fasziniert ging ich in den zweiten Raum, der Abbildungen von Tieren enthielt. An einer Wand hingen Ölgemälde von Hunden und Katzen, die ihr unterschiedliches Temperament auch über die Leinwand vermittelten. Die gegenüberliegende Wand war Waldtieren vorbehalten. Ein Dachs in der Dämmerung, die Nase am Boden, ein wachsamer Feldhase mit hoch aufgerichteten Ohren, ein Waschbär, der gerade im Begriff war, aus seiner Baumhöhle herauszusteigen. Wie gut es der Malerin gelungen war, Wildheit, Scheu und Neugierde der Lebewesen einzufangen!

Hinter mir hörte ich Schritte. In der Annahme, dass es Sven sei, sagte ich. »Merkwürdig, dass die Künstlerin nicht die gängigen Wildtiere gemalt hat, Wildschwein, Fuchs und Reh.«

»Doch, das hat sie«, erklärte eine gänzlich fremde Stimme. Ich drehte mich um.

»Gestatten? Martin Steinbach, Galerist.« Der schwarz gekleidete Mann deutete eine Verbeugung an.

Mittlerweile hatten Sven und Erik aufgeschlossen und nickten Herrn Steinbach zu.

»Frau Macke hat einige Werke ihrer Tierserie schon verkauft. Und der Besitzer wollte sie sofort in seinem Haus aufhängen und sie uns nicht noch zwei Monate lang für die Ausstellung überlassen. Die Künstlerin hat auch einen Luchs gemalt, das ist ihr persönliches Lieblingsbild. Sie wollte es eigentlich präsentieren, hat es dann jedoch nicht zur Verfügung gestellt, was ich sehr bedauere. In jedem Fall haben Sie einen repräsentativen Einblick in die Arbeiten von Frau Macke.«

Ich sah, dass der Platz in der Galerie optimal genutzt war, und beim besten Willen kein Bild mehr hineingepasst hätte. Womöglich eher ein Raumproblem, als eine Unstimmigkeit mit dem Kunstliebhaber. Macke, der Name sagte mir was, nicht der August, aber auch in Verbindung mit Kunst. Ich kam nicht drauf.

»Schade«, befand ich nach einem Blick auf die Preisschilder, »dass meine momentane Lage keinen echten Macke in meiner

Wohnung erlaubt.« Eine Katze hatte es mir angetan, die zwar nicht wie Kasimir aussah, jedoch eine ähnliche Ausstrahlung hatte.

»Soll ich mal mit Vera reden? Vielleicht kriegst du einen Sonderpreis«, schlug Erik vor.

»Kennst du sie?«, wunderte ich mich.

»Gut sogar. Ich habe immerhin ungefähr zehn Jahre mit ihr in einer Wohngemeinschaft gelebt. Und mit Ritzelbeck.«

Ich war gleich Feuer und Flamme. »Erzähl doch mal.«

Warum hatte Luise mir das eigentlich nicht verraten? Wo ich ihr so viel geholfen hatte in diesem Fall! Etwas mehr Vertrauen in die Zwillingsschwester könnte sie schon haben.

»Wollen wir noch einen Kaffee trinken?«

»Im La Paloma?«

»Nee, lieber nicht!«

Sven grinste. »Dein Chef sieht dich dann, und du wolltest dich heute krank melden?«

»Genau.«

»Wir könnten in die Orangerie gehen.«

Auf dem Weg dahin passierten wir auf dem Friedrichsplatz vor dem Theater Hunderte von blauen Kinderschutzbund-Fähnchen, die, in die Wiese gesteckt, wie Vogelflügel rauschten, als der Wind durch sie fuhr. War das jetzt ein Kunstwerk oder eine Werbeaktion? In diesen Zeiten verschwammen die Grenzen zwischen beiden.

Wir saßen auf der Terrasse. Das Wetter wurde von Tag zu Tag besser. Nach dem Regen setzte die Sonne endlich wieder spätsommerliche Akzente. Bestimmt würde es morgen richtig warm werden. Ich nippte an meinem Milchkaffee. »Du hast mit Vera und Ritzelbeck in einer WG gewohnt?«

»Ja«, nahm Erik den Faden auf. »Vera und Ritzelbeck waren ein Paar.«

»Das ist ja ein Ding.«

»Etwas Futter für die Krimiautorin.« Sven zwinkerte mir zu.

»Ritzelbeck wurde immer mehr der typische Künstler. War er anfangs noch eher schüchtern, nahm er sich bald Freiheiten heraus, die er für seinen künstlerischen Prozess förderlich fand. Er zog sich zurück oder laberte uns voll, je nachdem, wie er sich gerade fühlte. Er arbeitete wie ein Besessener, gab sein ganzes Geld für Materialien aus, pumpte die anderen dann an, zahlte nicht in die Haushaltskasse ein, hatte trotzdem stets einen gesegneten Appetit. Während ich öfter mit ihm im Clinch lag und Sonja, die Vierte in der WG, sich vornehm zurückhielt, tolerierte Vera seine Eskapaden. Er war ihre große Liebe. Für ihn tat sie alles. Nur einmal ist sie vollkommen ausgeflippt. Weiß gar nicht mehr warum. Doch. Sie dachte, Ritzelbeck wäre in eine Frau verknallt, die bei uns zu Besuch war. Das war zwar totaler Quatsch, aber sie hat Dani mit unserem Kaffeeservice bombardiert. Die Tassen sausten ihm um die Ohren und zerschellten an der Wand. Das ein oder andere Teil hat er auch abgekriegt.«

»Und dann?«

»Vera fegte die Scherben zusammen, Sonja half ihr. Ich verpflasterte das Opfer im Bad. Um das Geschirr war es nicht schade. Vera hatte es von zu Hause mitgebracht. Es war mehr als spießig. Ich hätte am liebsten einen Sekt aufgemacht, weil es endlich weg war. Schon am selben Abend haben sich die beiden versöhnt. Vera tobte von Zeit zu Zeit, versuchte immer wieder, Dani Zügel anzulegen, und Dani lernte es, auf Veras Schuldgefühle-Tastatur Klavier zu spielen und sich nicht zu sehr zügeln zu lassen.«

»Und das ging gut?«

»Wie man es nimmt, sie haben sich arrangiert. Er machte zunehmend, was er wollte. Vermutlich meinte er das gar nicht böse, aber er hatte kaum Sensoren für Bedürfnisse anderer Menschen. Vera hat sich ihm untergeordnet, auf eine zähe, ausdauernde Art. Eigentlich hat sie im Hintergrund die Fäden gezogen. Auf jeden Fall hat sie zehn Mal mehr Talent im kleinen

Finger, als im ganzen Ritzelbeck steckte. Und damit ist sie Lehrerin geworden. Ob die Schüler das zu schätzen wissen?« Erik trank einen Schluck Caipirinha. »Ich glaube, von uns vieren hat Vera die größte Begabung und Ritzelbeck die meiste offizielle Anerkennung. Bis jetzt.«

Noch ein Schluck Caipirinha.

»Warum ist Vera bei Ritzelbeck geblieben?«

»Auf der einen Seite hat sie manches ausgeblendet oder so lange hin und her interpretiert, bis es in ihr Konzept passte, dass Dani sie irgendwie liebte, was er wohl auch tat. Sie war vernarrt in ihn, idealisierte ihn gnadenlos. Außerdem glaubte sie, ihre Liebe könne Berge versetzen. Und letztlich würde er erkennen, was sie für eine tolle, begabte Frau wäre. Happy End.«

»Gab's das?«

»Was denkst du? Die Ritzelbecks dieser Welt sind Blaubärte. Als sie schwanger wurde, hat er sie verlassen. – Ich habe vielleicht ebenfalls einen blauen Bart. Jedenfalls habe ich es bisher mit keiner Frau länger ausgehalten. Im Gegensatz zu Sven. Ich war auch nur einmal richtig verliebt. Aber sie liebte einen anderen.«

»In Vera?«

»Noch einen Milchkaffee?«

Also in Vera. »War Vera nicht sehr verletzt, als Ritzelbeck sie verlassen hat?«

»Sicher. Aber sie hat sich schnell getröstet und im Rekordtempo den alten Knacker Professor Macke geheiratet, der ihr schon mehrere Semester lang hinterhergestiegen war.«

Mein Kaffeekonsum überschritt derzeit jedes erträgliche Maß. Dabei wurde ich nicht wacher, sondern nervöser. Ich war mir nicht sicher, was von Eisenhans' Geständnis zu halten war. Es war immerhin möglich, dass jemand von der Jagdgesellschaft Ritzelbeck getötet hatte – Grosser zum Beispiel, ich wüsste nur nicht warum – und dass die neue Aussage ein Versuch war, so viel zuzugeben wie die vermeintlichen Spuren ohnehin nahelegten. Hatten wir irgendetwas übersehen? Eine Verbindung zwischen irgendeinem Teilnehmer der Jagd und Ritzelbeck?

Da mir gar nichts anderes einfiel, googelte ich drauflos. Ritzelbeck, Grosser ... Ziemlich erfolglos. Bis ich in einen Chat geriet, in dem sich, der Sprache nach zu urteilen, wohl hauptsächlich Jugendliche tummelten. Ein Leon Ansgar Grosser – der hoffnungsvolle Sprössling des Jagdteilnehmers? – fand es »voll krass, dass die Alte mir eine Sechs gegeben hat.« Weil er Ritzelbecks Kunstwerk als »voll Scheiße« bezeichnet hatte. »Die hat ne Macke, die Macke!« Da kam eine Menge Groll rüber. Den zumeist mitfühlenden Beiträgen der anderen entnahm ich, dass Leon nunmehr die gymnasiale Oberstufe mit Realschulabschluss verlassen musste, da er schon ein Jahr wiederholt hatte. Und in Kunst und Mathe »unberechtigterweise« (?) unter fünf Punkten läge. Mit den Zulassungsregeln kenne ich mich nicht mehr aus. Aber für einen statusbewussten Bauunternehmer musste es ein herber Schlag sein, wenn der Sohn das Abi nicht schafft.

Ich ließ Grosser aufs Präsidium bringen. Er war ziemlich ungehalten, obwohl Rubisch ihm ganz freundlich eine Tasse servierte. »Ich bin ein viel beschäftigter Mann und habe keine Zeit, hier bei Ihnen herumzusitzen und diese braune Brühe zu trinken. Ganz schlecht, übrigens. Zu schwach.«

»Vielleicht müssen Sie bald mit deutlich schlechterem Kaffee vorliebnehmen. Im Gefängnis muss gespart werden.«

»Was soll das heißen?«

»Dass Ritzelbeck mit Ihrem Gewehr erschossen worden ist.«

»Unfug. Hören Sie, ich war das nicht. Ich kannte den Typen gar nicht. Und überhaupt sage ich jetzt nichts mehr ohne meinen Anwalt.«

»Sie können den gerne anrufen«, ich schob ihm das Telefon herüber. »Kennen Sie den Film Der Orientexpress?«

»Was hat der denn damit zu tun?«

»Da sind mehrere Menschen, die gemeinsam einen anderen getötet haben, das Ganze aber verwirren und einem Fremden die Tat in die Schuhe schieben wollen. Und was haben wir hier? Eine verschworene Jagdgesellschaft. Einer gibt den tödlichen Schuss ab. Andere transportieren den Toten ab. Alle geben sich gegenseitig Alibis.«

Grosser versuchte zu lachen. »Das ist der größte Blödsinn, den ich je gehört habe.« Dann zog er den Apparat zu sich und begann zu wählen.

Meister Lampe wollte gegen ein so verdientes Mitglied der Gesellschaft in keiner Weise vorgehen. Ich vermutete stark, dass die beiden sich aus dem Lions-Club kennen. »Frau Wiese, wir haben doch bereits festgestellt, dass die Waffen frei zugänglich waren. Es kann also gut jemand anderes mit seiner Waffe geschossen haben. Und er war die ganze Zeit bei den anderen. Er hat demnach ein Alibi. Also lassen Sie ihn frei. Der läuft uns nicht weg. Und ich kann Ihre Idee, bei ihm eine Hausdurchsuchung zu veranstalten oder die Handydaten auszuwerten, in keiner Weise gutheißen.«

Ich ärgerte mich maßlos, wie diese Seilschaften mal wieder zusammenhielten. Schon allein deshalb hätte ich Grosser gern etwas angehängt. Wenngleich meine kriminalistische Intuition mit leiser, aber nachhaltiger Stimme verkündete, dass der Typ es aller Wahrscheinlichkeit nicht war.

Xenia:

Erik war in Vera verliebt gewesen, liebte sie vielleicht immer noch. Zumindest schwärmte er in höchsten Tönen von ihren Kunstwerken, während er ansonsten einen eher kritischen Eindruck machte. Womöglich waren alle anderen Frauen am Vergleich mit Vera Macke gescheitert. Könnte es sein, dass er Ritzelbeck umgelegt hatte, um endlich freie Bahn zu haben und den Witwentröster zu spielen? Der hatte ihm zudem die Fotos geklaut. Ein starkes Motiv in Kombination, auch wenn das lange zurücklag, aber es hatte viel Zeit zum Gären gehabt.

Gab es nicht eine Statistik, die in 99,9 Prozent der Tötungsdelikte eine nahe Bezugsperson des Opfers als Täter auswies? Da war Vera selber noch näher dran. Hatte Luise sie als mögliche Mörderin auf dem Schirm? Allerdings schien die Liebesbeziehung mit Ritzelbeck einige Jahre zurückzuliegen.

Ein Räuspern von Sven holte mich in die Realität zurück. »Ich habe etwas für dich.« Er kramte in der Innentasche seiner Lederjacke herum und legte mindestens zwanzig kleine Bilder auf den Tisch. »Das Foto, das du verändert haben wolltest. Verschiedene Haarfarben und Frisuren nach Wunsch. Als ich die Haare entfernt hatte, ist mir aufgefallen, dass es genauso gut ein jugendliches männliches Gesicht sein könnte. Hier hast du einige Versionen in dieser Richtung. Sogar mit Kappe. Tragen die doch jetzt alle.«

»Interessant.«

»Nein, Milan, heute bin ich lieber allein. Ich bin angeschlagen.

Total kaputt. Irgendein Virus. Ich hoffe, morgen geht es mir besser. Ich dich auch.«

Ich drückte das Gespräch weg, nahm meinen Laptop und stieg einen Treppenabsatz hoch zu Grete. Kasimir folgte mir. Pünktchen würde mit Maunzi kommen. Familienzusammenführung. Wenn Paganini zu Hause war.

War er. Die Katzen beschnupperten sich und fingen dann an, in der Wohnung herumzutoben, Paganini zeigte ein gewisses Revierverhalten, während wir uns auf dem Balkon in Decken wickelten und heißen Tee tranken. Das Windlicht flackerte.

»Ich vermute, Erik Lens oder Vera Macke haben Ritzelbeck erschossen«, erklärte ich unvermittelt meinen Freunden.

»Wie kommst du denn auf die Idee?«, wollte Grete wissen.

»Erik war - oder ist noch - in Vera verknallt. Außerdem hat Dani ihm Fotos geklaut. Vera allerdings liebte Ritzelbeck. Alle drei haben vor zig Jahren zusammengewohnt. Vera hat sogar ein Kind von Ritzelbeck bekommen. Sie hat früher schon mal sehr impulsiv auf eine vermeintliche Rivalin reagiert. Sagt zumindest Erik. Vielleicht gab es wieder eine.«

»Wenn Impulsivität ein Kriterium wäre, kämst du auch als Mörderin von irgendwem in Frage«, merkte Pünktchen gemeinerweise an. »Im Übrigen ist es keineswegs gesagt, dass sie ihn immer noch geliebt hat. Das gilt ebenfalls für Erik Lens' Gefühle.«

»Du musst es ja wissen.« Ich lächelte maliziös und genoss Pünktchens Irritation, die ihn stets zu packen scheint, wenn das Thema Liebesbeziehung auf ihn angewendet wird. Er hat nämlich keine, nie eine gehabt, soweit ich weiß.

»Was macht denn dein Krimi«, lenkte Grete gnädig ab.

»Wollt ihr erfahren, wie es weitergeht?«

»Ja.« Grete und Pünktchen unisono.

Also gab ich eine kleine Lesung für die beiden.

Draußen im Polizeicontainer neben dem Café Alex gähnte Krause so eindrücklich, dass Schulze befürchtete, er würde sich dabei den Unterkiefer auskugeln. Gleich darauf spürte er ebenfalls einen unwiderstehlichen Hang zum Gähnen und presste die Lippen fest aufeinander. Öffnete sie jedoch wieder, um von seinem Brot abzubeißen. Essen hatte ihn bisher immer wach gehalten. Das Kasseler Nachtleben, soweit vorhanden, war nach und nach eingeschlafen. Außer ihnen beiden war wohl niemand mehr auf den Beinen. Vielleicht noch sehr vereinzelt ein paar Nachtschwärmer, die aber werktags doch eher selten vorkamen, oder Obdachlose, die einen sicheren Platz zum Übernachten suchten. Da ging plötzlich das Licht aus.

»Schulze, wo bist du?«, fragte Krause wenig logisch. Natürlich saß der auf demselben Stuhl wie vorher, nur unsichtbar. »Was sollen wir jetzt machen?«

»Gar nichts. Wir warten. Wahrscheinlich ein kurzfristiger Stromausfall. Fehler beim Umspannen oder so. Hast du eine Taschenlampe?«

»Ja, aber die Batterie ist leer.« Ganze zehn Minuten lauschten die Ordnungshüter in die sie umgebende Stille. Dann flackerte die Birne, die von der Decke des Containers herabhing. Krause blinzelte. Beide schauten hinüber zum Fridericianum. Alles war in bester Ordnung.

Jacqueline hatte die Zeitvorgabe unterboten. Vier Minuten, neunundvierzig Sekunden. Maximal fünf Minuten, hatte Kevin gesagt. So hatte sie gut vorbereitet gewartet. Am längsten hatte das Zerschneiden der Scheibe gedauert. Sie war stolz auf sich, als das Glas wieder an Ort und Stelle saß. Geklebt an die Gänseliesel-Kopie, die sie liebevoll hergestellt und vorsichtig an zwei Leisten befestigt, zusammengerollt in ihrem Beutel hineingeschmuggelt hatte. Im Licht der Taschenlampe sah das Bild dem Original so ähnlich wie nur irgend möglich. Ein schneller Blick auf das Meisterwerk. Liesels Augen schienen sie zu verfolgen, als sie die Leinwand in einen der Stahlzylinder an der Wand gleiten ließ. Dann machte sie es sich mitsamt ihrer Tasche wieder auf Grace Collisters Metallbaum gemütlich.

Ehe der Hausmeister am nächsten Morgen aufschloss, war Jacqueline zu einer Entscheidung gekommen. Sie würde das Bild entgegen ihren ersten Plänen nicht im Versteck im Nebenraum lassen. Wenn die Kopie auffiel, vielleicht die dünne Schnittlinie an der bedeckenden Glasplatte, war es schwierig, nahezu unmöglich, es noch herauszubekommen. Sie steckte das Werk in die Tasche. Natürlich guckte es oben heraus, aber das war leider nicht zu ändern. Sie zog ihren Pullover aus und drapierte ihn darüber. Dann wartete sie mit klopfendem Herzen auf den Hausmeister mit dem Schlüsselbund.

»Möchten Sie identifizierbar sein? Oder zieht es Sie zurück in die große Herde, wo alle nach Schafwolle riechen.«
Daniel M. Ritzelbeck

21. September

Luise:

Fricko stupste mich an, immer wieder. Kalte Hundeschnauze mit spezifischem Mundgeruch.

»He, was ist denn los?« Ich warf einen Blick auf meinen Radiowecker. Die Anzeige blinkte. Offensichtlich hatte es nachts einen Stromausfall gegeben, und die Batterie, die ich vor längerer Zeit zur Sicherung eingelegt hatte, hatte den Dienst versagt. Wie spät war es? Alarmiert stand ich auf und schaute auf die Küchenuhr. Zwölf nach sieben. Jetzt aber schnell. Trockenfutter und Wasser für Fricko, Kaffee und Toast für mich, ein Minirundgang entlang der Mauer des Wehlheider Friedhofs. Und ab zum Präsidium. Lewinsky war noch nicht da. Wahrscheinlich hatte er ebenfalls einen Radiowecker. Jedoch keinen Hund. Oder er nutzte die gute Gelegenheit, höhere Gewalt für sein Zuspätkommen verantwortlich zu machen. Ich holte mir einen starken Cappuccino aus der Kantine und betrat das Büro. Mein Gefühl sagte mir, dass der Fall Ritzelbeck kurz vor dem Abschluss stand. Wie auch immer der aussah.

Das Telefon klingelte. Krause. »Chefin, da war ein Stromausfall heute Nacht. Schulze und ich haben im Container gesessen, im Dunkeln.« Irgendwie hatten mich Schulze und Krause als Hauptansprechpartnerin gewählt. Weiß gar nicht warum, aber es ist bisweilen sehr nützlich, wenn man einen guten Draht zu den uniformierten Kollegen hat.

»Ihr wisst nicht zufällig, wie der Stromausfall zustande gekommen ist?«

»Doch. Die Baustelle in der Leipziger Straße, Kanalbauarbeiten. Da hat ein Baggerfahrer ein Stromkabel erwischt.«

Xenia:

Der alte mechanische Wecker von Oma Xenia hämmerte mich in den Tag hinein. Wenn sie das überlebt hatte, konnte ich das auch. – *Davon wird man wenigstens wach!*

Kasimir wackelte mit den Ohren, machte einen Buckel und sprang vom Bett. Ich gähnte und schlurfte in die Küche. Betätigte die Kaffeemaschine, füllte die Näpfe auf dem Boden mit Trockenfutter und Wasser und stellte fest, dass das Brot schimmelig geworden war. Glücklicherweise hatte Metzger Maier das Sortiment seit kurzem auf Frühstücksbrötchen ausgeweitet.

»Das muss ja zappenduster gewesen sein. Heute Nacht. In der Innenstadt«, begrüßte mich Anni.

»Wieso das? Ein Roggenbrötchen und ein Croissant, bitte.«

»Stromausfall. Hat unser Bäcker erzählt. Dem ist eine halbe Stunde der Ofen ausgegangen. Ein Glück, dass er pünktlich mit den Brötchen kommen konnte.«

Stromausfall in der City? Einen Moment lang war ich verwirrt. Anni war doch gestern bei meiner Krimi-Lesung gar nicht dabei gewesen. Wieso wusste sie davon? Dann begriff ich. Es hatte wirklich einen gegeben, in echt! Ich war alarmiert. »So was. Auf das Roggenbrötchen bitte ein paar Scheiben Cervelatwurst.« Wenn Anni mein Pausenbrötchen schmierte, musste ich das nicht machen. Schade, dass sie mir nicht noch eine Thermoskanne Tee dazu kochen konnte.

Meine Erregung hielt an. Recht früh war ich am Fridericianum. Die Türen waren geschlossen. Die Ordner standen in kleinen Grüppchen davor. Auch einige Kunstbegeisterte hatten sich schon eingefunden und warteten gespannt. Farid, Moritz und die fade Anja waren in ein Gespräch vertieft.

»Die Polizisten von der Foruminarte-Wache sind reingegangen. Dann sind noch Blaulichtwagen mit Zivilpolizisten gekommen. Was die da nur wollen?«, fragte Anja.

»Irgendwas muss passiert sein«, mutmaßte Farid. »Morgen, Xenia, das ist doch was für dich. Da kannst du einen Krimi raus stricken.«

»Wir müssen hinein. Gucken, was los ist.«

»Die Türen sind zu«, erinnerte Moritz. »Ich wäre ganz froh, wenn ich heute nicht arbeiten müsste, bei vollem Lohnausgleich, versteht sich.«

Soeben stellte der dunkeläugige Kellner der Pyramide die Tafel mit den Frühstücksangeboten auf das Pflaster neben dem Eingang und nickte uns freundlich zu.

»Ich gehe rein in die Pyramide«, informierte ich Farid, »es könnte sein, dass gleich jemand herausstürzt. Halte ihn oder sie fest, bis die Polizei kommt.«

Farids Muskeln spannten sich. »Wenn ich es schaffe.«

Meine Augen gewöhnten sich schnell an das Halbdunkel des Restaurants, dessen gemütliche Nischen zum Verweilen einluden. Mich zog es zur Irritation des Servierpersonals daran vorbei in Richtung Toiletten und weiter. Bald war ich in der Garderobe des Fridericianums angekommen. Niemand da. Ich ging die Treppe hinauf.

»Ach, die Kollegin Wiese«, begrüßte mich ein mir völlig fremder Mann. »Ich dachte, Sie sind nur für Morde zuständig. Was treibt Sie denn hierher?«

»Haben Sie schon jemanden in der Garderobe positioniert?«, konterte ich. »Durch das Restaurant Pyramide kann man direkt dorthin spazieren.«

»Wirklich?«

»So bin ich gerade hereingekommen.«

»Das wusste ich nicht. Danke. Eduard, bewach du mal den Zugang zu dem Restaurant!«

Ich ging weiter. Polizisten allerorten. Die mich wohl für meine Schwester hielten. Hausmeister Kledmann im Gespräch mit Streifenpolizisten, die ich bei einem früheren Fall als Krause und Schulze kennengelernt hatte. Ich ließ mich von meiner Intuition führen. Hin in den kleinen Nebenraum. Die Gänseliesel war aus dem nunmehr gähnend leeren Rahmen entfernt worden. Eine gezackte Kante zeugte von einem dilettantischen Umgang mit einem Glasschneider. Mein Herz machte einen Extrahüpfer.

»Die Diebe haben den Stromausfall genutzt und sind wahrscheinlich schon über alle Berge«, resignierte der Typ, der mich zuvor angesprochen hatte. Ein paar Polizisten nickten.

»Nein«, mischte ich mich ein, »zwar haben die Diebe den Stromausfall herbeigeführt, um die Gänseliesel zu klauen. Weg sind sie allerdings nicht. Wenn Herr Kledmann alle Türen abgeschlossen hat, müssen sie noch hier sei.«

Des Hausmeisters Gesicht überflog eine leichte Röte.

»Es gibt eine offene? Es stimmt also, dass Sie die Verbindungstür zum Grace-Collister-Raum gestern nicht abschließen konnten?«

Er nickte, sichtlich gestresst. »Da war Kaugummi reingedrückt. Beinahe ausgehärtet.«

»Die anderen Türen waren abgesperrt. Der Langfinger konnte sich nur in diesen beiden Räumen bewegen. Ergo müssen wir hier nach ihm und dem Bild suchen. Wobei das Bild schon weg sein könnte. Die Fenster lassen sich öffnen. Es könnte durch die Gitter abgeseilt worden sein, aber der Täter ist noch hier.« Ich schlenderte zur Wand und linste in die angeschraubten Stahlzylinder. Nichts.

Die Polizisten standen erst unschlüssig herum, dann begannen auch sie mit der Durchsuchung. Ich ging in den Nebenraum. Grace Collisters Mini-Wald ragte zur Zimmerdecke. Mein Blick schweifte die künstlichen Wipfel und die sie bevölkernden Figuren entlang. Eine Gestalt mit Mütze und Einkaufstüte bemühte sich um die gleiche Unbeweglichkeit wie ihre Plastikkollegen, was ihr aber nicht ganz gelang.

»Komm runter! Du hast keine Chance unbemerkt zu fliehen«, schrie ich nach oben. »Na los, wird's bald?«

Einige Polizisten wurden von meinem Gebrüll angelockt und beobachteten mit mir, wie die Frau langsam hinunterkletterte.

»Hallo, Cora.«

»Scheiße. Xenia, bist du bei der Polizei?«

»Nein, aber meine Zwillingsschwester. Gib mal deine Tasche her.«

Ein Gesetzeshüter entriss sie ihr geradezu. »Das ist ja nicht zu fassen.«

Luise:

»Herr Eisenhans, zum hundertsten Mal: Wir haben bereits die Aussage Ihres Sohnes. Ihr Schweigen nützt Ihnen nichts. Im Gegenteil. Das hat Ihnen Ihr Anwalt doch auch schon erklärt.« Zäher alter Kerl. Sein Verhalten war mehr als merkwürdig. Aber so langsam war er angezählt.

»Herr Eisenhans, ich werde jetzt den Staatsanwalt anrufen und den Haftbefehl gegen Sie erweitern lassen. Auf heimtückischen Mord. Wenn Sie nicht reden, muss ich davon ausgehen, dass Sie viel zu verheimlichen haben. « Ich griff zum Hörer. Er zuckte zusammen. Während ich ein paar Tasten drückte, räusperte er sich vielversprechend. Also baute ich ihm eine goldene Brücke. »Sie haben den Wald nicht ordentlich abgesperrt. Ritzelbeck ist in die Schusslinie geraten. Irgendjemand hat ihn für einen Überläufer gehalten.«

Er schluckte: »Nein, nein, so war das nicht. Niemand von unserer Jagdgesellschaft hat ihn erschossen. Wir waren nicht einmal in der Nähe des Hochstandes.«

»Wo die Leiche von Ihnen gefunden wurde, wie Ihr Sohn uns mitgeteilt hat«, grinste ich. Jetzt hatte ich ihn. Dass er sich verplappert hatte, ging ihm wohl gerade ebenfalls auf. Eine frische Röte überflog sein Gesicht. »Und weiter, Herr Eisenhans.«

»Ich hatte meinen Sitzstock vergessen. Da bin ich mit Mark nach dem Grillen noch mal los, ihn suchen. Mit Taschenlampe. Der Ritzelbeck lag auf dem Weg in der Nähe des Ansitzes. Tot.«

Wenn die Jäger wirklich nicht in der Nähe des Hochstandes gewesen waren, warum suchte er dann seinen Sitzstock dort? Aber zunächst konzentrierte ich mich auf das Wesentliche. »Sie haben ihn weggeschafft.«

Schweigen.

»Warum? Es wäre Ihre Pflicht gewesen, die Polizei zu benachrichtigen.«

Stumm.

»Verlassen Sie sich drauf, Herr Eisenhans. Ich kriege raus, was da los war. Möglicherweise wollten Sie einfach keine Leiche in Ihrem Revier haben, um keine Erinnerungen an den Unfall im letzten Jahr zu wecken Aber vielleicht haben Sie ja Ritzelbeck erschossen.«

Xenia:

Wer hatte eigentlich so zügig die Presse gerufen? Die HNA- und sonstigen Reporter hielten mir ihre Mikros unter die Nase.

»Frau Wiese, Sie haben die Situation als Einzige und äußerst schnell durchschaut. Das hat der Hausmeister erzählt. Wie sind Sie darauf gekommen?«

»Ich bin Krimiautorin, habe für mein neues Werk recherchiert und einen Einbruch konstruiert, der aufs Haar dem glich, der hier gelaufen ist.« Ich grinste etwas schief, weil mir aufging, dass nun niemand mehr meinen Krimi lesen würde. Die Realität hatte die Pointen ausgeplaudert. Wie desillusionierend.

»Dann musst du eben dein Buch umschreiben. Wie wär's mit Mord an Ritzelbeck, vorbereitet durch Sabotageakte«, versuchte mich Farid später zu trösten. Er hatte Recht.

Die Foruminarte öffnete heute im Fridericianum mit einigen Stunden Verspätung. So lange hatte es gedauert, bis die Spurensicherung ihre Arbeit abgeschlossen hatte. Die Gänseliesel konnte natürlich nicht besichtigt werden, dafür der gezackte Rahmen. Den ganzen Tag lang musste ich über den dreisten Kunstraub Auskunft erteilen. Anfangs machte es noch Spaß, doch dann war ich froh, als die Schicht vorbei war, und ging zum La Paloma. Das Mittagschaos flaute gerade ab. Fiora ignorierend trat ich direkt in die Küche. Milan saß auf einem Stuhl und wirkte ziemlich geschafft. Plötzlich brandete eine Welle von Zärtlichkeit in mir hoch. Er schaute auf. Als er mich sah, nahm sein Gesicht in schneller Folge verschiedene Ausdrücke an. In allen Facetten war der Grundton Zuneigung. Ich setzte mich auf seinen Schoß und schmiegte mich an ihn.

»Was ist denn hier los?«, schmetterte Fioras Stimme. Mir war noch nie aufgefallen, wie viel Ähnlichkeit ihr Sprechorgan mit einer Trompete hatte.

»Liebe«, sagte ich ebenso sanft wie unnachgiebig.

Luise:

Das Telefon klingelte. Meine Güte. Konnte man nicht ein Mal in Ruhe arbeiten?

»Krause hier. Chefin, Schulze hat gerade auch schon gesagt: Die Kriminalistik liegt in der Familie.«

»Was ist los?«

»Die haben ganz schön gestaunt, die Kollegen vom Diebstahlsdezernat.«

»Wobei?«

»Na, wie Ihre Schwester den Fall aufgeklärt hat.«

»Den Fall? Welchen Fall?«

»Den auf der Foruminarte. Noch gar nichts von gehört? Da wollte jemand die Gänseliesel klauen, und Ihre Schwester hat das verhindert. Weil sie einen Krimi geschrieben hat, in dem dieselbe Methode verwendet wurde.«

Wie bitte? Durch fiktives Krimigeschreibsel eine reale Straftat lösen? Natürlich erzählte mir Krause die ganze Geschichte. Das sah Xenia ähnlich. Wenigstens hatte sie nicht behauptet, sie wäre ich. Könnte ich nur in einem Buch nachlesen, was mit Ritzelbeck passiert ist! Verdammt frustrierend, das alles.

Ich scheuchte Fricko lange durch den Habichtswald.

Xenia:

Nachmittags war es mir gelungen, die Ereignisse so zu nehmen, wie sie nun mal waren. Wahrscheinlich musste ich wirklich den Krimi umschreiben. Mord, Totschlag, Sabotage, das lesen die Leute sowieso viel lieber. Um den aktuellen Stand der Ermittlungen zu erfahren, besuchte ich Luise auf der Polizeiwache.

»Herzlichen Glückwunsch«, begrüßte sie mich wenig freundlich.

Eine solche Stinklaune hatte meine Schwester immer, wenn es in einem Fall nicht voranging. Musste sie die unbedingt an mir auslassen?

»Ich kann sofort wieder abhauen. Aber dann würden dir wichtige Informationen für deine Soko Ruheeiche flöten gehen.«

»Nun sei doch nicht gleich eingeschnappt.«

»Wie wär's mit: Möchtest du einen Kaffee, Schwesterherz?«

Luise schnaubte.

»Ich würde sagen: Gerne. Am liebsten einen Latte macchiato.«

»Gibt's hier nicht. Normale schwarze Brühe.«

»Brrr.«

»Mit Aroma? Vanille schmeckt gut.«

»Her damit. Und außerdem könntest du auch fragen: Xenia, wie hast du das geschafft, den dreisten Kunstdiebstahl auf der Foruminarte zu verhindern? Und ich würde sagen. Ich habe über das Ereignis heute schon etwa hundert Mal berichtet. Morgen kannst du alles in der Zeitung nachlesen. Aber weil du es bist …«

Luise musste lachen und wollte natürlich die ganze Story hören. Ich kenne doch meine Schwester.

Schließlich kramte ich die bearbeiteten Fotos aus der Tasche und legte den Stapel auf den Tisch. »Du weißt ja, dass ich für den Krimi wegen der Sabotageakte auf der Foruminarte recherchiert habe. Ein befreundeter Fotograf, Sven, hat Schnappschüsse vom Publikum gemacht. Mir ist eine junge Frau aufgefallen, die ich etwas seltsam fand. Es sah aus, als trüge sie eine Perücke.«

»Na und?«

»Am Computer hat Sven dem Gesicht auf dem Foto verschiedene Haarschnitte verpasst. Ihm ist aufgegangen, dass das Gesicht nicht unbedingt weibliche Züge hat.«

Luise merkte auf, ihr Interesse war geweckt. Ich breitete die Fotos vor ihr aus. Plötzlich schoss ihre Hand vor und griff zu.

»Das gibt es doch nicht.«

»Was?«

»Das ist jemand, den ich schon einmal gesehen habe.«

»Meinst du, du bekommst weiterhin Informationen von mir, wenn du dich derartig in Schweigen hüllst?«

»Polizeiliche Ermittlungen.«

»Okay. Dann behalte ich eben den Rest für mich.« Ich stand auf.

»Bleib sitzen. Das ist Dominique Macke.«

»Dominique Macke? Veras und Ritzelbecks Sohn?« Ich plumpste geradezu auf den Stuhl zurück.

»Wie bitte? Ritzelbecks Sohn?« Luise war offensichtlich verblüfft. »Wohl eher von ihrem Mann Friedrich Macke.«

»Da hat Erik aber etwas anderes erzählt.«

»Erik?«

»Erik Lens. Kumpel von Sven Isken, meinem Fotografenfreund.«

Luise hatte Feuer gefangen. »Wie? Den kennst du?«

»Ja. Er hat gesagt, dass Vera und Ritzelbeck ein Paar waren und dass Ritzelbeck sie verlassen hat, als sie schwanger wurde.«

»Wie bitte? Was noch?«

»Dass Ritzelbeck Veras große Liebe war. Dass sie für ihn alles tat. Dass sie eifersüchtig reagierte und Tassen durch die Gegend warf, als sie dachte, er sei in eine andere Frau verliebt. Ich war mit Erik und Sven in einer fantastischen Ausstellung mit Werken von Vera Macke.« Ich erzählte meiner Schwester von dem Katzenaquarell. »Das könntest du mir übrigens zu Weihnachten schenken.«

»Bin ich Krösus, oder was?«

»Als Kriminalhauptkommissarin verdient man doch nicht schlecht. Und die Bilder sind echt gut, die Künstlerin hat schon ein paar verkauft. Der neue Besitzer wollte sie für die Ausstellung nicht mehr rausrücken. Und Veras Lieblingsluchsbild hängt auch nicht dort. Sag mal, hörst du mir eigentlich noch zu?«

Luise:

Manchmal quasselt Xenia ohne Punkt und Komma. Katzen- und Luchsbilder. Das interessierte mich vielleicht. Meine Gedanken kreisten um die Fotomontagen und um die Möglichkeit, dass Dominique Ritzelbecks Sohn war.

Ich fuhr mit Rubisch zu Vera Macke. Fricko machte keine Anstalten auszusteigen. Hatte er etwa Muskelkater? Ich kurbelte die Scheibe herunter und ließ ihn im Auto.

Hip-Hop-Beats dröhnten aus einem Fenster im ersten Stock. Zumindest Dominique schien zu Hause zu sein. Die Mutter öffnete die Tür. »Frau Wiese, hallo. Gibt es etwas Neues?« Ihr Blick glitt zu Rubisch hinüber, der freundlich nickte.

»Ja, dürfen wir hereinkommen? Meinen Kollegen Rubisch kennen Sie ja schon.«

Sie brüllte nach oben: »Mach mal leiser!«, zu mir: »Mein Sprössling hört manchmal gern laut Musik. Ich ebenfalls, aber eine andere Richtung.«

»Genau genommen, möchten wir Ihren Sohn sprechen.«

»Warum?« Vera wirkte jetzt ganz alarmiert.

»Das möchte ich ihm selbst sagen. Mit Ihnen möchte ich auch sprechen. Stimmt es, dass Dominique das Kind von Daniel Ritzelbeck ist?«

Sie stutzte, fing sich aber schnell. »Ja, Dani ist der biologische Vater. Aber Friedrich hat ihn geliebt wie einen eigenen Sohn.«

»Weiß Dominique, wer sein richtiger Vater ist?«

»Ja. Nachdem Friedrich gestorben war, kam Dani uns öfter besuchen. Domi war erst eifersüchtig auf ihn. Da hat Dani angefangen, sich mit Domi zu beschäftigen, hat mit ihm Fußball gespielt und gemalt. Irgendwann habe ich ihm dann erzählt, dass Dani sein Vater ist.«

»Wie hat Dominique reagiert?«

»Am Anfang etwas verstört. Er hat auch nie Papa zu Dani gesagt. Aber dann kamen die beiden gut klar. Domi hat sogar gefragt, ob er ihn in Berlin besuchen könne, aber Dani wollte lieber herkommen.«

»Waren Sie und Daniel Ritzelbeck wieder ein Paar?«

»Eine alte Liebe kann man schwerlich erneut entflammen. Wir waren gute Freunde.«

»Das werden wir noch überprüfen. Ich möchte jetzt gern mit ihrem Sohn reden.«

»Hören Sie, Domi hat es nicht immer einfach gehabt. Er ist sehr sensibel.«

»Wir auch. Machen Sie sich keine Sorgen.« Wir begannen, die Treppe hinaufzusteigen. Sie folgte uns. »Frau Macke, würden Sie mir freundlicherweise einen Kaffee kochen? Mit diesem fantastischen Vanillearoma. Bei uns im Präsidium ist heute die Maschine ausgefallen.« Ich lächelte sie freundlich an.

»Mir bitte auch«, sagte Rubisch. »Wenn möglich mit Irish Coffee.« Sichtlich ungern machte sich Vera auf den Weg in die Küche.

Ich öffnete Dominiques Zimmertür. Aggressiv wummernde Bässe. Er wackelte im Takt mit dem Kopf hin und her, während er eine Ahle Wurscht mit einem beeindruckenden Messer aufschnitt. Offensichtlich wollte er sie zu dem Brötchen essen, das auf einer Papiertüte lag. Ein sehr provisorischer Teller. Es herrschte überhaupt ein ziemliches Chaos. Viele gebrauchte Tassen auf Papierstapeln.

»Dominique, mach bitte die Musik aus. Wir möchten mit dir reden.« Mir fiel auf, dass ich ihn spontan geduzt hatte. Das lag wohl daran, dass er deutlich jünger wirkte als die achtzehn Jahre, die er anscheinend war. Vermutlich trug auch das Verhalten der Mutter dazu bei, die ihn wie ein hilfsbedürftiges Kind behandelte.

Er drehte sich um, erschrak, legte das Messer auf den Tisch und drückte auf einen Knopf an seiner Anlage. Plötzliche Stille. Der Junge wirkte nervös. Intuitiv blieb ich beim Du.

»Hast du eine Dauerkarte für die Foruminarte?«

»Sicher hat er die. Da ist er aber nicht der Einzige. Ich habe eine, und viele andere Kunstliebhaber auch.« Vera reichte mir und Rubisch je einen aromatisierten Milchkaffee. Ich stellte ihn auf einem niedrigen Schränkchen ab. Diese Vollautomaten produzierten den schnell, ein Knopfdruck genügte. »Frau Macke, ich muss Sie sehr bitten, sich ab sofort nicht mehr einzumischen. Sonst müssen wir Ihren Sohn und Sie mit ins Präsidium nehmen.«

Sie zuckte zusammen und lehnte sich Halt suchend an den Türrahmen.

»Dominique, deine Mutter hat erzählt, dass du in einer Theatergruppe mitspielst.«

»Ja, und?«

»Du bist sicher sehr gut.«

»Weiß nicht.«

»Bestimmt habt ihr dort eine Menge Verkleidungen.«

»Ja.«

»Perücken und Klamotten.«

Dominique schwieg.

»Hast du dich schon einmal als eine junge Frau verkleidet mit einer hellbraunen Perücke?«

Schweigen.

»Weißt du, was ich glaube? Du bist ganz oft in der Rolle dieser jungen Frau auf die Foruminarte gegangen. Und tust es noch. Mehrere Ordner haben mir davon erzählt. Sie haben dich genau beschrieben, aber in einer Sache waren sie sich nicht einig. Ein Ordner meinte, die junge Frau wäre schwanger, den anderen ist das nicht aufgefallen. Hast du Plüschlöwen unter deinen Klamotten transportiert?«

Der Junge kratzte wild an den Narben auf seinem Unterarm herum. Sie begannen zu bluten.

»Hör auf, Domi! Lass das sein! Bitte!«, flehte Vera. Sie ging zu ihm und versuchte, seine Hand vom Arm zu lösen. »Domi, fang nicht wieder damit an. Frau Wiese, Herr Rubisch, bitte gehen Sie.« Ihr Ton machte deutlich, dass sie ziemlich außer sich war.

»Frau Macke, sollen wir einen Arzt anrufen?«, fragte ich mitfühlend.

Plötzlich schnappte sie sich das Messer und fuchtelte vor meiner Nase herum: »Raus. Ich muss mich jetzt um meinen Sohn kümmern. Sonst fängt er wieder an zu ritzen. Raus! Ehe ich ein Stück aus Ihnen herausschneide.«

Xenia:

Mir ging das Luchsbild nicht aus dem Sinn, das meine Schwester anscheinend überhaupt nicht ernst nahm. Wenn ich eine Malerin wäre und eine Ausstellung hätte, wäre mein Lieblingsgemälde auf jeden Fall dabei. Ich schwang mich auf mein Dreigangfahrrad und radelte zur Galerie. Martin Steinbach war anwesend. »Das Luchsbild? Als ich mit Frau Macke bei ihr zu Hause die Exponate anschaute, hat sie es mir voller Stolz gezeigt. Und ich muss sagen, es ist ein außergewöhnliches Werk. Mit geradezu bezauberndem Licht. Es zeigt zwei Luchse, die es sich in einem Baum gemütlich machen, vielleicht sich ausruhen bis zur abendlichen Jagd. Frau Macke erzählte, sie habe die beiden im Kaufunger Wald beobachtet. Normalerweise seien die Tiere Einzelgänger. Nur zur Ranzzeit halte sich das Männchen wenige Tage in der Nähe des Weibchens auf. Das Weibchen paare sich nur mit dem einen Männchen und ziehe dann allein die Jungen groß.«

Das wies eine gewisse Ähnlichkeit mit Veras Leben auf, wie Erik es geschildert hatte.

»Frau Mackes intensive Auseinandersetzung mit dem Sujet merkt man den Bildern an«, versuchte ich mich als Kunstkritikerin. »Man spürt, dass sie die Tiere und deren Lebensraum liebt. Haben Sie eine Idee, wo sich das Gemälde befinden könnte?«

»Ich gehe davon aus, dass die Künstlerin es zurückbehalten hat, es also in ihrem Haus ist. Warum interessiert Sie das eigentlich, wenn ich fragen darf.«

»Ich würde es gern kaufen. Für meinen Freund zu Weihnachten. Luchse sind seine Lieblingstiere.«

»Da werden Sie vermutlich kein Glück haben. Frau Macke erwähnte, dass sie dieses Bild selbst behalten möchte.«

Luise:

Um die Situation zu deeskalieren, zogen wir uns zurück. Vera Macke war total von der Rolle und Vernunftargumenten nicht zugänglich. Sie bedrohte uns die Treppe herunter bis zum Eingang, schob uns hinaus und donnerte die Haustür zu. Ich zückte mein Handy, um Verstärkung zu organisieren. Ausgerechnet Lewinsky nahm den Anruf entgegen. Er versprach, sobald wie möglich mit den Kollegen vom Bereitschaftsdienst zu kommen. Das konnte noch mindestens zehn Minuten dauern. Am besten wäre jetzt ein Arzt. Mir fiel nur einer ein, zu dem ich Vertrauen hatte: Werners, unser pensionierter Rechtsmediziner. Zum Glück hatte ich seine Nummer in meinem Mobiltelefon gespeichert. Wohnte er nicht sogar hier auf der Marbachshöhe? Quasi um die Ecke?

»Hallo, Doktor Werners. Luise Wiese hier.«

»Wie schön. Wollen Sie mein Rentnerdasein aufpeppen?«

»Wenn Sie einen Einsatz in der Nachbarschaft so empfinden, ja.«

»Wo?«

Das hatte ich schon immer an Werners sehr geschätzt. Kein Geschwafel. Direkt zum Punkt. Ich gab die Adresse durch.

»Ich bin in spätestens fünf Minuten da.«

Ich überlegte. Vera Macke würde vermutlich auch einen Arzt nicht hereinlassen. Ohne richterliche Verfügung ging eigentlich gar nichts. Aber wenn ich an die Entschlossenheit in Dominiques Blick dachte ... Würde seine Mutter die Kraft haben, ihn davon abzuhalten, sich selbst zu schaden, im schlimmsten Fall sich etwas anzutun. Ja, ganz sicher, hier war Gefahr in Verzug. Ich umrundete das Haus. Ein Fenster im Erdgeschoss stand offen. Ich überlegte jetzt nicht mehr lange, zog mich leise am Fensterbrett hoch und stieg ein. Ich landete im Bad. Lauschte und schlich zur Haustür, um sie für Werners zu öffnen.

Er hatte sogar an einen Erste-Hilfe-Koffer gedacht. »Worum geht es genau?«

Ich setzte ihn kurz ins Bild. Rubisch sah so mitgenommen aus, dass ich ihn bat, die Kollegen in Empfang zu nehmen. In diesem Zustand war er keine große Unterstützung. Er hielt immer noch seinen Kaffeebecher umklammert und war ziemlich blass. Werners und ich erklommen die Stufen und gingen vor zu Dominiques Zimmertür.

Er klopfte: »Frau Macke, mein Name ist Werners. Ich bin Arzt und möchte mit Ihnen und Ihrem Sohn sprechen. Darf ich hereinkommen?«

Keine Reaktion.

»Frau Macke, ich möchte Ihnen gerne helfen.« Statt eine Antwort abzuwarten, öffnete er die Tür. Es bot sich ein erschütterndes Bild: Vera hielt beide Handgelenke von Dominique so fest, dass ihre Knöchel weiß hervortraten. Tränen rannen über ihre Wangen. »Lass das!«

Die Messerklinge blitzte auf dem Schreibtisch. Werners fasste Vera an den Schultern und redete beruhigend auf sie ein. Langsam sanken ihre Arme hinab.

Dominique saß kreidebleich auf dem Schreibtischstuhl und kratzte an den Narben herum. Seine Augen glitten zu dem Messer hinüber. Ich griff seine Hände.

»Hör auf, Dominique«, sagte ich so sanft wie möglich. »Und komm mit.«

Schritte polterten die Treppe hinauf und jemand schoss an mir vorbei. Lewinsky, der das Messer an sich nahm.

Xenia:

Das Luchsbild musste in Veras Haus sein. In Milans Smartphone schaute ich die Adresse nach. Und lieh mir seinen Skoda Oktavia Combi aus, um hinzufahren. Blinkende blaue Lichter ließen vermuten, dass Luises Truppe vor Ort war, wahrscheinlich um Dominique Macke zu verhaften. Hätte ich mir eigentlich denken können. Ein weiterer Wagen traf ein. Ich erkannte Tina und Huber, die schnurstracks hineingingen. Da konnte ich unmöglich hinterher. Abwarten. Ich betrat ein kleines Internetcafé um die Ecke und orderte einen Milchkaffee. Die Wartezeit wollte ich für Nachforschungen nutzen. Ich googelte Vera Macke. Zig Verweise auf Ausstellungen, lobende Zeitungsartikel, Fotos von Vernissagen. Die Frau hatte eine eigene Homepage, auf der ihre Bilder zu sehen waren. Auf der Startseite das Luchsgemälde. Wirklich klasse. Ich stieß auf den Internetauftritt ihrer Schule und erfuhr, dass Vera eine Arbeitsgemeinschaft leitete, in der künstlerisch besonders begabte Kinder gefördert wurden.

Ein Blick aus dem Fenster zeigte, dass die Polizeipräsenz noch nicht nennenswert nachgelassen hatte. Ich googelte Dominique Macke. Überraschung. Ebenfalls Zeitungsartikel. Über erfolgreiche Theaterauftritte des Ritzelbeck-Sprösslings. Er wirkte auf den Fotos lebendig, und aus den kurzen begleitenden Texten ging seine Vielseitigkeit hervor, sein Rollenrepertoire bestätigte das. Ich druckte ein paar Aufnahmen von Aufführungen aus, ebenso die Kontaktadresse. Zuletzt hatte die

Gruppe Woyzeck aufgeführt. Dunkel erinnerte ich mich, das Stück in meiner Schulzeit sowohl als Lektüre im Deutsch-Leistungskurs als auch in Auszügen als Oper serviert bekommen zu haben. Eine düstere Geschichte von einem verrückten Perückenmacher, der bei Büchner an den gesellschaftlichen Gegebenheiten und seinen eigenen Grenzen gescheitert war. Dominique hatte die Titelrolle gespielt.

Luise:

Vera und ihr Sohn wurden in zwei Streifenwagen zum Präsidium gefahren und saßen nun in verschiedenen Vernehmungszimmern. Werners hatte Dominiques Arme mit Mull verbunden. Wir warteten auf den Amtsarzt.

»Dominique, hast du Plüschlöwen in Foruminarte-Kunstwerken hinterlassen?«

Er schwieg trotzig.

»Warum?«

Stumm wie ein Fisch.

»Wo warst du am zweiten September, Sonntagnachmittag und -abend?«

Keine Antwort. Dominique hatte eine Ausstrahlung zwischen unterdrückter Wut, Angst und Resignation. War ihm der Mord an seinem Vater zuzutrauen? Und wenn ja, was könnte sein Motiv gewesen sein? Der Amtsarzt entschied auf Einweisung in die Kinder- und Jugendpsychiatrie. Der leitende Arzt dort hielt es für das Beste, Dominique für eine Weile stationär aufzunehmen.

Tina schaute auf, als ich den Raum betrat. Die Situation ging ihr offensichtlich nahe. Sie sah angespannt aus. Vera Macke war nach ihrem emotionalen Ausbruch geradezu zusammengefallen. Als ich ihr mitteilte, dass ihr Sohn in die Klinik eingewiesen worden war, schluchzte sie auf. Sie tat mir leid.

»Er war doch schon in Behandlung. Wegen der Ritzerei. Er hatte damit aufgehört. Aber es ist für ihn eine Versuchung geblieben. Er sagte mir, dass er noch oft daran dächte.«

»Warum hat sich Dominique geritzt?«

»Der Arzt hat gesagt, das tue er, um unerträgliche Spannungen und Stress abzubauen. Um den seelischen Schmerz mit körperlichem zu überdecken. Wenn Blut fließt, ist das eine Erleichterung.«

»Was ist für Ihren Sohn so schrecklich?«

»Ich weiß es nicht. Domi hat nie gern über seine Gefühle geredet. Er frisst da viel in sich rein.«

Xenia:

Später – ich hatte ein paar Besorgungen für meine Eltern erledigt und bei ihnen einen Tee getrunken – kehrte ich zu Vera Mackes Haus zurück und fand einen Parkplatz fast genau gegenüber. Endlich waren die Polizeifahrzeuge verschwunden. Ebenso die Menschen, die sich versammelt hatten, um festzustellen, was da los war. Als ich gerade aussteigen wollte, öffnete sich die Haustür und Tina und Huber kamen heraus. Sie schlossen sorgfältig ab und fuhren in einem Zivilfahrzeug davon. Also war wohl keiner mehr im Haus. Aber ich wollte es genau wissen und klingelte. Wie erwartet öffnete niemand. Wahrscheinlich hatte Luise beide Mackes mitgenommen. Wäre Vera allein zu Hause gewesen, hätte ich sie befragen können. Was nun? Das Luchsgemälde ließ mich nicht los. Es war doch merkwürdig, dass die Künstlerin es auf die Startseite ihrer Homepage gesetzt, aber nicht bei der Ausstellung gezeigt hatte. Um darüber etwas herauszufinden, gab es nur eine Möglichkeit, nämlich in Veras Wohn- und Arbeitsräumen nachzuforschen. Kurz meldete sich eine Bedenken vortragende innere Stimme, aber eine viel lautere überlegte bereits, wie ich hineingelangen könnte.

Ich ging ums Haus herum. Natürlich stand kein Fenster offen. Wäre ja auch zu schön gewesen. Die Kellertür war abgeschlossen. Toll. Nicht gleich aufgeben, Xenia Wiese. Viele Leute haben irgendwo einen Haustürschlüssel deponiert, für den Fall, dass sie sich mal aussperren. Ich hob einen Blumentopf an. Nichts. Unter der Fußmatte lag ebenfalls nichts, außer etwas Staub. Da fiel mein Blick auf einen kleinen unkonventionellen Gartenzwerg mit Sonnenbrille und Kiepe auf dem Rücken. Die ließ sich öffnen und – Bingo.

Die Polizei hatte keine Unordnung veranstaltet. Das einzige Chaos-Zimmer lag im ersten Stock. Ich tippte auf Dominique. Das Ambiente im restlichen Haus war fantastisch. Ich habe Sinn für Schönheit und Styling, auch wenn ich das selbst nicht so hinkriege. Vera hatte einen tollen Geschmack. Überall hingen Bilder mit der Signatur VM. Wunderschön. Die Luchse waren nicht dabei. Blieb noch der Keller. Es gab dort Räume, in denen eingestaubte Werke an der Wand lehnten. Frau Macke war anscheinend äußerst produktiv und verkaufte nicht alle. Hier ebenfalls Fehlanzeige. Ich stieg die Treppe hinauf und grübelte. Wo könnte das Luchsbild sein?

Luise:

Zum Glück hatte Meier-Lampe nicht gezaudert, einen Durchsuchungsbeschluss für Frau Mackes Haus zu beantragen, der im Eiltempo vom Richter genehmigt worden war. Tina und Huber waren mit einigen Kollegen vor Ort gewesen. Als sie zurückgekehrt waren, ordnete ich eine Soko-Sitzung an.

»In Dominiques Schrank haben wir zwei Fotos seines Vaters gefunden, über die mit schwarzem Edding ein Totenkopf gemalt war«, erzählte Huber, »da kommt schon eine Menge Hass rüber. Und ein ebensolches von der Mutter.«

»Gibt es nicht bei jedem Sprössling Situationen, in denen er die Eltern verwünscht?«, gab Lewinsky zu bedenken. Vermutlich hatte er früher ebenfalls solche Zeichnungen angefertigt.

»Bestimmt. Aber wenn der Vater so ein egoistischer Typ ist wie Ritzelbeck, kann das Kind mit seiner Kritik nicht landen. Das könnte die Hassgefühle steigern«, vermutete ich. »Vielleicht ist das auch eine Erklärung für das Ritzen.«

»War denn der Vater so präsent, dass er Einfluss nehmen konnte?«, wollte Tina wissen.

»Er soll sich hin und wieder mit dem Sohn getroffen und öfter angerufen oder gemailt haben. – Auf jeden Fall hat der Junge ein Ventil für seine Aggressionen gefunden. Die Sabotageakte auf der Foruminarte. Hat ihm das zum Ausgleich der Emotionen schon genügt?«

»Du meinst, er könnte Ritzelbeck getötet haben?«

»Vielleicht, aber ich wüsste keinen Zusammenhang herzustellen zu der Jagd. Genauso wenig wie bei der Mutter.«

Xenia:

Ich verließ das Haus, versteckte den Schlüssel am angestammten Platz und war etwas frustriert. Da fiel mein Blick auf die Garage. Letzte Chance. Das Tor ließ sich problemlos aufschwingen. Innendrin kein Auto, sondern Chaos. Mittendrin ein zähnefletschender Waschbär. Im ersten Moment befürchtete ich, der wäre lebendig, stellte aber erleichtert fest, dass er ausgestopft war. Es roch modrig und faulig. Ritzelbecks Rumpelkammer. Mit potentiellen Kunstwerken. Igitt. Ich machte mich schnell auf die Suche. An den Wänden lehnten ein paar Leinwände. Ich drehte sie herum. Und dann fand ich es. Das Bild zeigte rechts oben ein spitzes Ohr mit Haarbüscheln, in der unteren Ecke verriet die Signatur VM die Urheberin des Werkes. In der Mitte der Fläche war das Original offensichtlich überstrichen worden. Mit groben Linien hatte jemand mehrere Wolfsgesichter gepinselt, nicht sehr individuell jedes einzelne. Eher Karikaturen. Die Unterschrift ein schwungvolles, ineinander verschlungenes DM.R.

Luise:

Ich wollte gerade mit Fricko Gassi gehen, als das Telefon klingelte.

»Hallo Schwesterherz. Was gibt es Neues? Hast du schon jemanden verhaftet?«

»Danke für deinen Tipp mit Dominique Macke. Wir ermitteln noch.«

»Ich habe nachgedacht.«

»So?«

»Über das Luchsbild, das Vera nicht ausgestellt hat. Der einzige Grund, den ich mir vorstellen könnte, wäre, dass das Bild zerstört ist. Irgendwie kaputt gemacht.«

»Du denkst an Dominique?«

»Dominique oder Ritzelbeck. Vera wird das kaum selbst vernichtet haben. Ich würde an deiner Stelle danach suchen. Das muss doch irgendwo sein, in Veras Haus oder in der Garage.«

»Jetzt sag du mir noch, wie ich meine Arbeit machen soll.«

Leicht angesäuert legte ich auf. Dauernd mischte sich Xenia in die Ermittlungen ein. Das stand ihr nicht zu. Aber ganz abwegig waren ihre Überlegungen nicht. Mir fielen die ruinierten

Elternfotos ein. Wenn das Gemälde wirklich beschädigt wäre, könnte uns das vielleicht einen Hinweis geben. Die Spurensicherung hatte sicher nicht nach einem Luchsbild Ausschau gehalten. Nach einigen Telefonaten mit Meier-Lampe, der seinerseits mit dem Richter sprach, bekam ich die Erlaubnis, noch einmal in Frau Mackes Wohnung nachzuforschen. Ich nahm den Schlüsselbund und pfiff Fricko heran. »Ich möchte mich gern noch einmal bei Vera Macke umschauen. Rubisch, kommst du mit?«

Als wir die Tür aufschlossen, kam der Nachbar aus dem Haus, mit dem wir schon einmal gesprochen hatten. »Was, um Himmels Willen, ist hier los? Ich verstehe Gott und die Welt nicht mehr!«, fragte er Rubisch.

»Das darf ich Ihnen nicht sagen. Polizeiliche Ermittlungen«, hielt der sich bedeckt.

»Ich hätte da noch eine Frage, Herr ...«, mischte ich mich ein.

Überrascht schaute er mich an. »Sommer. Wie Winter.«

»Herr Sommer, in welcher Beziehung stand Frau Macke zu Herrn Ritzelbeck?«

»Du meine Güte, Frau Kommissarin. So ein Nachbar bin ich nicht. Ich spioniere der Frau Macke doch nicht hinterher.«

»Sicher nicht. Aber manchmal bekommt man ja zufällig was mit.«

»Ja, wenn Sie mich so fragen ... Ich hatte schon das Gefühl, dass die beiden sehr vertraut waren. Einmal habe ich auch gesehen, wie sie sich geküsst haben. Und manchmal hatten sie Streit und haben sich angebrüllt. Dann haben sie sich offenbar wieder vertragen. Ich habe mich gefreut. Dass die Frau Macke wieder einen Mann hatte und einen Vater für Dominique, auch wenn er nicht so oft da war. Im letzten Jahr war er fast nie da. Erst jetzt, zur Foruminarte, ist er wieder hierhergekommen.«

Rubisch und ich begannen unsere Suche nach dem Luchsbild. In der unbeschreiblich vermüllten Garage, in der ein ausgestopftes Exponat von Ritzelbeck herumstand, wurden wir endlich fündig. Zurück im Präsidium berief ich eine Soko-Sitzung ein.

Die anderen schauten mich verständnislos an. »Vera Macke hat gerade eine Ausstellung in dem Atelier an der Martinskirche«, erklärte ich. »Der Galerist erwähnte, dass ihr Lieblingsbild aus ihm unbekannten Gründen nicht angeliefert worden sei. Wir kennen jetzt die Ursache. Das müsste doch eine enorme Gefühlsbewegung auslösen, wenn der Exfreund das Herzblutgemälde vernichtet.«

»Reicht das als Mordmotiv?«, überlegte Tina.

»Vielleicht der letzte Tropfen, der das Fass zum Überlaufen bringt. Fest steht: Sie hat ihn immer noch geliebt, hat ihn finanziell und emotional unterstützt, und dann so was.«

Xenia:

Im La Paloma band ich mir schnell die Servierschürze um. Norbert kam, was Milan so freute, dass er über mein verspätetes Erscheinen großzügig hinwegsah. Er gesellte sich sogar eine Weile zu uns. Wir ließen die Foruminarte Revue passieren, insbesondere meine Rolle beim misslungenen Gänseliesel-Coup, als Norberts Handy die kleine Nachtmusik düdelte. Er wirkte immer ernster.

»Was ist los?«, wollte Milan wissen, als Norbert das Mobiltelefon in die Hosentasche steckte.

»Ich habe gerade die Nachricht bekommen, dass ein ehemaliger Patient von mir in der Psychiatrie gelandet ist. Armer Junge. Und so begabt. Er spielt fantastisch Theater. Vor drei Jahren war er wegen Ritzens in Behandlung. Er war ein schwerer Fall. Weil die Mutter ihn so stark dominiert hat. Sie wäre am liebsten mit in den Behandlungsraum gekommen.«

»Das hast du doch bestimmt nicht zugelassen.«

»Natürlich nicht. Ich bat sie, im Wartezimmer Platz zu nehmen, und schlug ihr vor, sie solle in Zukunft zu Hause bleiben. Meine Praxis sei mit öffentlichen Verkehrsmitteln gut erreichbar. Sie war nicht davon abzubringen, ihren Sohn zu begleiten. Der flüsterte, weil er befürchtete, seine Mutter könne alles mitbekommen. Ich schickte sie einmal mit einem sinnlosen Auftrag fort, setzte den Jungen ins Wartezimmer und brüllte selbst im Behandlungsraum herum. Da er nichts gehört hatte, traute er sich in der Folge, lauter zu sprechen. Nach und nach habe ich ihn erreichen können. Er war völlig unter Mamas Fuchtel. Was meiner Meinung nach auch das Hauptproblem für seine Störung war. Die Mutter war allgegenwärtig. Auf so eine charmante Art, dass es erst beim zweiten oder dritten Blick auf die Situation auffiel. Mein Patient wurde etwas eigenständiger, da meldete seine Mutter ihn ab. Das Problem sei gelöst, verkündete sie. Ich legte ihr nahe, die Stunden fortzusetzen, stieß aber auf taube Ohren. Ich fragte ihn, was er davon hielt. Er zog sich wieder in sich selbst zurück. Ich bot ihm an, jederzeit anzurufen und einen Termin zu vereinbaren. Er hat das nie wahrgenommen. Es war absehbar, wohin das führte. Es ist wirklich traurig, was manche Eltern mit ihren Kindern machen. Und dabei ist die Frau im pädagogischen Bereich tätig.«

Luise:

An Feierabend war heute nicht zu denken. Das Telefon klingelte schon wieder.

Krause: »Chefin, hier ist jemand für Sie am Apparat. Sagt, es ist dringend.«

»Danke. Stell das Gespräch durch.« Eisenhans' Putzfrau hatte von mir einen Spezialauftrag erhalten. Nachdem endlich eine Beobachtung an die Schwelle meiner Wahrnehmung gerückt war, die ich länger zu fassen versucht hatte.

»Ich stehe jetzt in der Küche. Ein Wildschwein, ein Fuchs und ein Reh. Da ist jeweils ein V und ein M in der rechten unteren Ecke.«

»Vielen Dank. Sie haben uns sehr geholfen.«

Rubisch machte ein ablehnendes Gesicht, als Eisenhans von zwei Streifenpolizisten hereingeführt wurde. Vermutlich trug er ihm den Angriff immer noch nach. Ich bedeutete dem Untersuchungshäftling mit einer Handbewegung, sich zu setzen. »Herr Eisenhans, in Ihrer Küche hängen drei Werke von Vera Macke. Kennen Sie die Dame persönlich?«

Eisenhans' joviale, leicht polternde Art hatte etwas gelitten, was womöglich daraus resultierte, dass er wahrscheinlich für beachtlich lange Zeit kein Jagdgewehr mehr führen durfte, wenn überhaupt jemals wieder. Mein Mitleid hielt sich in Grenzen.

»Ja. Eine bemerkenswerte Frau.«

»Inwiefern?«

»Sie ist nicht nur eine begabte Künstlerin, sondern interessiert sich auch für das Waidmannshandwerk.«

»Ernsthaft?«

»Ja, sicher. Ihr Großvater hat sie früher schon mit auf die Jagd genommen und ihr alles gezeigt. Ich habe sie stets eingeladen. Ihr von unseren Treibjagden erzählt. Letztes Jahr ist sie zwei Mal mitgekommen.«

»Sie treffen sich immer am selben Platz?«

»Ja.«

»War Frau Macke am zweiten September auch eingeladen?«

»Selbstverständlich. Sie war aber nicht da.«

»Wie ist Ihre Beziehung zu Frau Macke?«

»Ich verehre sie.«

Xenia:

Ich servierte Norbert noch einen Rioja. »Heißt dein Patient zufällig Dominique Macke?«

»Xenia, du weißt, dass ich dir das nicht sagen darf.«

Musste er auch nicht. Das Aufblitzen seiner Augen war deutlich genug.

Nachdem er aufgebrochen war, holte ich meinen Ausdruck vom Internetcafé hervor und wählte die Kontaktnummer.

Nach dem achten Klingeln sprang ein Anrufbeantworter an. Ein munterer Bariton teilte mit: »Willkommen bei Theater ohne Grenzen. Wenn du eine Probe besuchen oder bei uns vorsprechen möchtest, komm einfach zu unserem wöchentlichen Samstagstreffen ab zehn im Dock 4. Hier kannst du dich über unsere Arbeit informieren. Für unser neues Projekt- Goethes Faust - suchen wir noch Schauspieler und Musiker. - Aufführungstermine von Woyzeck sind …«

Ganz schön umtriebig. Die wagten sich an ziemlich bekannte Stücke heran.

Luise:

»Das heißt doch wohl, dass der verknallte Eisenhans Mackes Exfreund abgeballert und ihn im Wald versteckt hat«, befand Lewinsky, während er Milch in seinen Kaffee rührte. Rubisch gab die Kanne an Tina weiter, die zuerst mir und dann Huber einschenkte. Soko Ruheeiche bei der Arbeit.

»Es sieht zumindest so aus. Aber Beweise fehlen. Und warum sollte er das tun? Ritzelbeck ist die meiste Zeit in Berlin. Wenn er sich mit Frau Macke treffen will, hat er reichlich Gelegenheit, das ohne Nebenbuhler zu tun.«

»Vielleicht ist es ja ein Gefälligkeitsmord. Sie hat ihn dazu aufgefordert.«

»Dagegen spricht, dass Eisenhans so bereitwillig über Vera Macke geplaudert hat.«

»Er hat uns seine Freundin offenherzig auf dem Silbertablett serviert. Ihm muss doch auch die Tragweite seiner Aussage klar sein«, wunderte sich Tina. »Immerhin hat er uns erklärt, dass Frau Macke sich mit Waffen auskennt und in alle Details der Jagd eingeweiht war.«

»Im anderen Fall wäre er selbst stärker im Fokus der Ermittlungen. Das würde ihm sicher noch weniger gefallen.«

»Liebe Luise, ich verstehe nicht, warum du den Eisenhans nicht mehr gemangelt hast.« Lewinsky lehnte sich auf seinem Stuhl zurück, verschränkte die Arme hinter dem Kopf und versuchte, groß auszusehen. »Du bist eine viel zu sanfte Frau. Das ist jetzt nicht böse gemeint. Wissen Männer durchaus zu schätzen. Lass mich mal ran, Eisenhans zu vernehmen, da wird der Kerl sein blaues Wunder erleben und singen wie ein Vögelchen.«

»Du kannst ihn gern verhören, so oft du willst«, sagte ich ziemlich eisig. »Natürlich nur innerhalb der gesetzlichen Vorgaben, die Folter entschieden untersagen. Ich habe ihn übrigens nicht gemangelt, wie du es ausdrückst, weil er kooperiert hat und ich die starke Vermutung habe, dass er es nicht war.«

»Frauen und ihre Gefühlsduseleien.« Lewinsky grinste süffisant. »Die Theorie vom Gefälligkeitsmord gefällt mir ganz gut. Er ist verknallt in Vera und legt Ritzelbeck für sie um. Danach merkt er, dass die Frau ihn nur benutzt hat, er will sich distanzieren und setzt uns auf ihre Spur. Dazu müsste man ihm wirklich mal ein paar Fragen stellen.«

Tina merkte wohl, dass ich kurz vorm Explodieren war, und griff schnell ein. »Nach allem, was wir zusammengetragen haben, spricht vieles für Frau Macke als Täterin. Sie ist mir zwar sympathischer als der Eisenhans, aber ich fürchte trotzdem, dass sie es war.«

»Fehlt uns nur ein Motiv. Die Sache mit dem Luchsbild überzeugt mich nicht«, meinte Huber.

»Mich ebenfalls nicht«, musste Tina zugeben. »Der Sohn ist auch noch nicht aus dem Schneider.«

»Die Leute denken immer, es gäbe private Dinge. Das stimmt aber so nicht. In der heutigen Welt ist das meiste alles andere als privat.«
Daniel M. Ritzelbeck

22. September

Xenia:

Unsere Hauszeitung lag auf der Treppe, ordentlich zusammengefaltet von Familie Maier, die sich direkt nach der Zustellung, zu nachtschlafender Zeit, einen Überblick verschaffte. Die Schlagzeile war fett und unübersehbar.

»Krimi-Autorin verhindert Kunstraub.«

Meine Heldentaten lasen sich nicht schlecht in der lokalen Presse, und das Foto war gar nicht so übel. Ich griff zur Schere und schnitt den Artikel aus. Vielleicht wäre es ja auch eine Eins-A-Werbung für mich, wenn es mir gelänge, relativ zeitnah mein erstes Buch herauszubringen.

Was gab es Neues in Sachen Ritzelbeck? Luise hatte ich an keinem Telefon erreicht, und sie hatte mich nicht angerufen. Unmöglich angesichts der Tatsache, dass ich ihr so viel geholfen hatte. Auf Seite drei fand sich ein Bericht dazu.

> *Ritzelbeck-Mord aufgeklärt?*
> *Exfreundin und Sohn festgenommen.*
> Gestern wurden die mutmaßlichen Mörder des Foruminarte-Künstlers Ritzelbeck festgenommen. Es handelt sich um eine renommierte Kasseler Künstlerin und ihren Sohn. Kommissar S. Lewinsky, mit den Ermitt-

lungen im vorliegenden Fall betraut, schildert die dramatischen Ereignisse, die zur Ergreifung führten: »Ich veranlasste meine Kollegen zurückzutreten. Mir gelang es, das Springmesser, mit dem Vera M. uns massiv bedrohte, an mich zu bringen, so dass Frau Wiese und die anderen Kollegen gefahrlos nachrücken konnten und wir in die Lage versetzt wurden, die Tatverdächtigen festzunehmen.« Es ist noch unklar, welcher der zwei als Täter in Frage kommt. Vielleicht handelt es sich um eine gemeinschaftlich verübte Tat. Die Untersuchungen dauern an.

Begierig las ich die neuen Infos. Deshalb also hatte Luise nichts berichtet. Schließlich hatte sie bei der Verhaftung eine etwas unglückliche Figur abgegeben.

Luise:

»Ritzelbeck-Mord aufgeklärt?« Untertitel: »Exfreundin und Sohn festgenommen«. Woher wussten die denn davon? Ich hatte bisher keine Pressemitteilung vom Stapel gelassen. Das wollte ich frühestens heute machen. Mit viel moderateren Formulierungen. Noch war nichts bewiesen. Mit Irritation und zunehmender Wut las ich weiter. »... so dass Frau Wiese und die anderen Kollegen gefahrlos nachrücken konnten und wir in die Lage versetzt wurden, die beiden Tatverdächtigen festzunehmen.«

Sauerei. Das hätten Rubisch, Werners und ich sehr gut ohne Lewinsky hingekriegt. Jetzt stand ich mal wieder da wie eine Witzfigur. Wutentbrannt stürmte ich ins Präsidium.

Auf meinem Schreibtisch lag ein Zettel. Darauf in Lewinskys Schrift: »Liebe Luise, ich habe mir erlaubt, die Presse zu informieren. Schönen Tag noch! L.«

Verdammter Mistkerl. Natürlich war er nicht einmal in seinem Büro. Sonst hätte ich ihm mal so richtig die Meinung gesagt.

Das Telefon klingelte dauernd. Irgendwelche Pressefuzzis, die an Exklusivinformationen kommen wollten. Ich hatte mich schon mit einigen Exemplaren dieser Spezies herumgeschlagen und erwog, ab sofort nicht mehr dranzugehen, als es erneut schellte. Genervt hob ich den Hörer ab, eine gute Entscheidung, wie sich herausstellte.

»Doktor Christian Georg Jung. Ich rufe an wegen Dominique Macke.«

»Wie geht es ihm?«

»Das kann ich noch nicht sagen. Ich versuche, mir ein Bild zu machen. Können Sie mir einen Einblick geben in die Familienstruktur?«

»Ich kenne die nur aus Erzählungen verschiedener Leute. Der Vater hat sich in der Schwangerschaft abgesetzt. Tourte in der Welt herum. Hatte eine Wohnung in Berlin. Frau Macke hat Friedrich Macke geheiratet. Damit wurde Dominique nicht nur zivilrechtlich sein Sohn. Er war dem Jungen in den ersten sechs Lebensjahren wirklich ein liebevoller Vater oder Opa, wie der Nachbar von Frau Macke berichtet hat. Nach dem Tod Mackes tauchte Ritzelbeck wieder auf der Bildfläche auf und gewann erneut das Herz von Frau Macke. Irgendwann hat sie Dominique erzählt, wer sein leiblicher Vater ist. Der reagierte verstört. Im letzten Jahr soll Ritzelbeck nicht oft dagewesen sein. Fest steht, dass er während der Foruminarte wieder bei seiner Exfreundin und seinem Sohn wohnte. Und so hat Dominique mitbekommen, wie Ritzelbeck in der Garage überfahrene Tiere präparierte. Keine Ahnung, wie das alles auf ihn gewirkt hat. Und die Mutter? Nun, sie ist eine sehr engagierte Lehrerin für Kunst und Mathematik, malt selbst fantastische Bilder und scheint sich intensiv um ihren Sohn zu kümmern, manchmal vielleicht ein bisschen zu sehr.«

»Interessant, wie Sie das beschreiben. Ich habe schon mit ein paar Leuten telefoniert, die mit den Eltern zu tun hatten. Es ist überall Dasselbe. Über den Vater berichten sie objektiv bis ablehnend. Für die Mutter ergreifen alle mehr oder weniger offen Partei. Dominique war den Großteil der Zeit mit ihr zusammen. Also trägt sie wohl eine größere Verantwortung für seine Störungen.«

Ich machte einen ausgedehnten Spaziergang mit Fricko. Ich wusste nicht, wie ich weiter vorgehen sollte. Außerdem hoffte ich, ich bekäme die Wut auf Lewinsky so in den Griff. Wenn der mir heute in die Quere käme! Es war aber auch Zorn auf mich selbst. Dass ich Vera Macke auf den Leim gegangen war. Und Grimm auf diese Dame, dass sie es geschafft hatte, mich dermaßen zu manipulieren, dass mein Polizistinnenverstand nur noch eingeschränkt funktioniert hatte.

Xenia:

Um viertel nach zehn Uhr traf ich im Dock 4 ein. Für meine Verhältnisse ist das ganz schön früh. Ich hatte mir überlegt, dass ich nur etwas über Dominique Macke herausfinden konnte, wenn ich mit der nötigen Autorität auftrat. Luise würde das nicht gefallen. Aber sie musste es ja nicht erfahren.

Einige Jugendliche machten Aufwärmübungen, gingen zügig kreuz und quer durch den Raum, erstaunlicherweise ohne sich gegenseitig anzurempeln oder langsamer zu werden. Ein schwarz gekleideter Mann mit Halbglatze und Bauchansatz wies sie an, sich in einen Kreis zu stellen und gab einen Löffel herum, der von allen wortlos zu etwas anderem umdefiniert wurde. Der eine hielt ihn als Telefonhörer ans Ohr, die Nächste putzte sich damit die Zähne. Ganz schön kreativ. Als ich mich dazugesellte, wurde mir prompt das Besteck überreicht. Ich sprang in eine Waffenanschlagsposition wie im Tatortfinale und brach die Pantomime-Regel: »Luise Wiese, Kripo Kassel. Ich ermittle im Mordfall Daniel Ritzelbeck und möchte gern mehr erfahren über dessen Sohn Dominique Macke.«

Der Schwarzgekleidete meinte: »Dominique ist einer unserer begabtesten Schauspieler. Ihn des Mordes zu verdächtigen, wie es heute in der Zeitung stand, ist absurd.«

»So?«

»Domi ist schon etwas komisch«, wandte ein Junge mit schwarzen, steif gegelten Haaren ein. »Im normalen Leben ist er eher schüchtern, aber auf der Bühne dreht er total auf.«

»Das ist der Sinn der Schauspielerei. In seiner Rolle aufzugehen«, dozierte der Chef.

»Mag sein. Bei Domi geht das darüber hinaus. Der weiß dann nicht mehr, wo die Rolle anfängt und aufhört.«

»Das stimmt«, pflichtete ihm ein Mädchen mit hellbraunen Haaren bei. »Bei Woyzeck war das ganz schlimm. Da sind die Grenzen so richtig verschwommen. Bei der Mordszene ist mir angst und bange geworden.«

»Dir als Marie ging es ja auch an den Kragen.«

»Domi hat übertrieben. Wenn du abgewunken hast, weil du eine Regieanweisung geben wolltest, ist Domi immer in seiner Rolle geblieben. Und hat weiter mit dem Messer herumgefuchtelt. Bei der letzten Aufführung hat er ein echtes Messer genommen.« Das Mädchen schaute mich entrüstet an. »Wir haben eine Stoffpuppe, die die gleichen Sachen trägt wie ich. Ich muss mich dahinter aus dem Sichtbereich der Zuschauer rollen. Nach der Aufführung habe ich die Puppe weggeräumt. Da habe ich gesehen, dass ihre Klamotten ganz durchlöchert waren und die Füllung an manchen Stellen hervorquoll.«

Luise:

Als ich ins Präsidium zurückkehrte, saß auf einer Bank im Eingangsbereich eine Frau mit langen blonden Haaren. Der Pförtner winkte mir zu und kam gemächlich aus seiner Glaskabine. »Da sind Sie ja, Frau Wiese. Diese junge Dame möchte zu Ihnen.«

»Na, dann kommen Sie mal mit«, forderte ich sie einigermaßen überrascht auf. Sie sagte kein Wort und wirkte bedrückt. Auf dem Weg zu meinem Büro musterte ich sie verstohlen. Ich schätzte sie auf achtzehn, höchstens zwanzig. Sie war eine Naturschönheit mit ihrer goldblonden dichten Mähne, den großen blauen Augen, den langen Wimpern, die vermutlich von Haus aus eine dunkelbraune Farbe aufwiesen, dem frischen ungeschminkten Teint. Sie war schlank, aber wohl gerundet, mit Jeans und T-Shirt unspektakulär gekleidet und wirkte zupackend. Vor Fricko, der unter dem Schreibtisch die Stellung gehalten hatte, zeigte sie keine Berührungsängste. Sie streckte ihm gleich die Hand hin. Während sich die beiden anfreundeten, ging ich kurz raus und bat Rubisch hinzu.

»Ich bin Nathalie Römer aus Berlin und komme wegen Daniel Ritzelbeck.« In ihren Augen glitzerte es verdächtig. »Ich möchte mich um die Beerdigung kümmern. Ich bin, ich war seine Freundin.« Nun kullerten die Tränen ungeniert. »Aus kindischer Eifersucht bin ich abgehauen, verreist. Hätte ich das bloß nicht gemacht. Dann wäre Dani vielleicht noch am Leben.«

Ich war wie vom Donner gerührt. So ein Gör mit Ritzelbeck verbandelt? Und warum kam sie erst jetzt?

»Sie finden mich sicher zu jung für Dani«, sagte sie, als habe sie meine Gedanken gelesen. »Da sind Sie nicht die Einzige.« Trotz schlich sich ein. »Aber ich liebe ihn.« Wieder Tränen.

Normalerweise verteilt Rubisch die Taschentücher, aber der saß immer noch perplex da und regte sich nicht. Also übernahm ich das. »Wo haben Sie Herrn Ritzelbeck denn kennengelernt?«

»Ich habe bei der Eröffnung von Danis Ausstellung Auto-know-me in Berlin gekellnert. Ich muss mir mein Informatikstudium selbst verdienen, da nehme ich alle möglichen Jobs an. Wir haben uns sofort verliebt. Eine Seelenverwandtschaft, wie ich sie noch nie erlebt habe. Dani hat anfangs immer gesagt, er sei zu alt für mich, aber dann hat er auch gemerkt, dass wir füreinander geschaffen sind.« Das Taschentuch kam wieder zum Einsatz.

»Seit wann sind Sie mit Herrn Ritzelbeck enger befreundet?«

»Seit über einem Jahr. Dani sagte, die Ausstellung habe ihm Glück gebracht. Nicht nur, dass die Foruminarte-Leute auf ihn aufmerksam wurden, er hat mich gefunden.«

Schon so lange? Und warum wusste davon niemand? »Wie offiziell war denn Ihre Verbindung?«

»Da lag eben das Problem. Dani bestand auf Diskretion. Er wollte nicht, dass wir als Paar rüberkamen. Er sagte, er wolle uns die hämischen Kommentare der Außenwelt ersparen, so lange er hier im Rampenlicht stand, die Schöne und das Biest, wissen Sie?« Sie lächelte wehmütig. »Meine Schöne, so hat er mich oft genannt.«

»Sie hätten sich einen Partner gewünscht, der vor aller Welt zu Ihnen steht«, half ich ihr auf die Sprünge.

»Ja, genau. Aber ich habe das erst mal so mitgemacht. Hauptsache, ich war mit ihm zusammen. Damit war ich glücklich. Dani hatte viel zu tun. Seit er zur Foruminarte geladen war, interessierten sich einige Galerien für ihn. Und dann fing die Ausstellung in Kassel an, und er musste vor Ort sein, um sein Kunstwerk zu vollenden. Die alte Hexe, diese Vera Macke, hat ihn wieder in die Krallen bekommen, sie hat ihn garantiert umgebracht.«

»Wie kommen Sie darauf?«

»Dani ist für die Foruminarte-Zeit bei Vera eingezogen. Er wollte die Hotelkosten sparen, und er brauchte ja einen Platz, um die Tiere zu präparieren. Ich war von Anfang an skeptisch und eifersüchtig. Immerhin ist Vera lange mit ihm zusammen gewesen und hat ein Kind von ihm. Er ist ihr eine Zeit lang voll auf den Leim gegangen.«

»Inwiefern?«

»Die Frau ist irgendwie manipulativ. Sie kennt ihn ziemlich gut und hat das voll ausgespielt. Ich weiß nicht, wie sie das genau gemacht hat, aber die Folgen habe ich gespürt. Bis ungefähr Ende Juli hat Dani mir regelmäßig eine SMS gesendet. Weil mir mein Smartphone geklaut worden ist, musste ich mein altes Klapphandy benutzen. Mit dem kann man wirklich nichts außer telefonieren und SMS verschicken. Manchmal hat er auch angerufen, mir seine Liebe erklärt. Das hat mich immer besonders gefreut, denn Dani war kein Mensch, der sein Herz auf der Zunge trug. Oft hat er sich tagelang gar nicht gemeldet, weil er an seinem Projekt gearbeitet hat und total darin versunken ist. Aber ich wusste doch, dass er in Gedanken bei mir war. Dann wusste ich das nicht mehr. Er wurde immer verschlossener, die Nachrichten noch seltener. Wenn ich etwas von ihm hörte, fing er an, den Altersunterschied zwischen uns als Problem zu sehen, Loblieder auf Vera zu singen und zu behaupten, sein achtzehnjähriger Sohn würde ihn brauchen. Er kam mir vor wie ferngesteuert. Diese Flöhe hatte ihm bestimmt die Alte in den Kopf gesetzt. Ich war so sauer, dass ich mit einem Kumpel zu einer Motorradtour zur äußersten Nordostspitze in Norwegen aufgebrochen bin. Da hat Dani wohl gemerkt, wie viel ich ihm bedeute. Er hat mir wieder kleine Liebesbotschaften geschickt, die schönste am ersten September. Darin schrieb er, dass er ins Hotel umzieht, mit mir in Berlin eine Wohnung suchen möchte. Endlich wollte er zu mir stehen.«

Das war das perfekte Motiv für Vera. »Haben Sie die SMS gespeichert?«

»Selbstverständlich. Das war die letzte, die ich von ihm bekommen habe. Ist allerdings erst einen Tag später angekommen, weil der Handyempfang dort oben an der Küste so schlecht war.«

»Hat es Sie nicht beunruhigt, dass danach keine mehr kam?«

»Anfangs nicht sehr. Dani hatte mir alles gesagt, was nötig war. Und sich wieder in seine Arbeit gestürzt, wie ich annahm. Darin konnte er vollkommen versinken und alles um sich herum vergessen. Das habe ich schon mehrfach bei ihm erlebt. Da ist – war – er nur noch für seine Kunst da, am besten ließ man ihn dann in Ruhe, bis er von selbst wieder ansprechbar wurde. Ich habe mir auch gedacht, dass wegen des Funklochs SMS verloren gegangen sein könnten. Hin und wieder schrieb ich ihm, bekam aber nie Antwort. Das war extrem. Ich bekam Angst, dass die alte Hexe ihn wieder umgedreht hatte. Am liebsten hätte ich mich zu ihm gebeamt. Wir haben uns auf den Rückweg gemacht, aber es hat gedauert. Ich musste das Motorrad fahren, weil mein Kumpel sich an der Schulter verletzt hatte. Dann hatten wir eine größere Reparatur mit einigen Tagen Aufenthalt. Zwischendurch habe ich immer wieder vergeblich versucht, Dani auf seinem Handy zu erreichen. Als ich nach Hause gekommen bin, habe ich herausgefunden, was passiert ist.« Sie senkte den Kopf und schnäuzte erneut in das schon durchweichte Papiertaschentuch.

»Was für eine Powerfrau«, sagte Rubisch anerkennend, als sie wenig später mit wehenden Haaren hinausging. »Der Ritzelbeck war ein Glückspilz.«

»Wie man es nimmt. Immerhin hat er die junge Liebe nicht so lange genießen können, wie er vermutlich wollte. Vera Macke hatte in der Wohngemeinschaft mit Tassen geschmissen, als sie dachte, Ritzelbeck habe eine neue Liebe. Damals hat sie es sich aber nur eingebildet. Ziemlich wahrscheinlich, dass die

Dame bei ernsthafteren Abwanderungsgedanken ihres Freundes zu drastischeren Maßnahmen gegriffen hat, meinst du nicht auch?« Ich griff zum Telefon, um Meier-Lampe zu informieren, aber es ging noch nicht einmal die Sekretärin dran.

Xenia:

Nachdenklich ging ich zum La Paloma. Ich wollte Milan von meinen Ermittlungen erzählen. Es schien ihn nicht wirklich zu interessieren. Er war schon wieder im Turbo-Stress-Modus. Furchtbar. Und er war nicht der Einzige. Als ich in der Küche die nächsten Bestellungen abholen wollte, war dicke Luft. Enzo schimpfte mit Paolo. Er ist manchmal ganz schön biestig. Sein Cousin tat mir leid.

»Was ist denn los?«, fragte ich Paolo, als wir mit Tellern beladen Enzos Einzugsbereich entflohen.

»Er hat bezahlt die Autorechnung von die Fiat. Sechshundert Euro.«

»Doch kein Grund, dich anzuschnauzen, viel eher die Autowerkstatt.«

»Embè, ich habe kombiniert Beule in die Auto. Vor paar Woche. Auf die Parkplatz in die Wald da oben. Ich habe dir erzählt.«

»Beule kombiniert?«

»Dio mio, combinato …?«

»Vermutlich verursacht, reingefahren. Na ja, das kann jedem passieren. Hauptsache, der Unfallgegner ist kein Autofetischist und fährt einen nagelneuen metallic glänzenden Porsche oder so.«

»No, no, das war ganz alte braune Mercedes. Und ich habe gelassen Nummer von mein Handy an die Scheibenwisch. Aber nix. Keine Anruf.« Das bedeutete streng genommen nicht viel. Paolo war nämlich ein Meister darin, sein Mobiltelefon an den verschiedensten Orten liegen zu lassen, wo es im Zweifelsfall ungehört vor sich hin klingeln konnte, bis der Akku leer war.

Luise:

Während meiner Gassi-Runde mit Fricko waren mit der Hauspost neue Aktendeckel auf dem Schreibtisch gelandet. Ich sah sie schnell durch. Wie sollte ich einen solchen Fund interpretieren? Die Spurensicherer berichteten, dass sie im Bett von Dominique Macke ein Nachthemd seiner Mutter gefunden hatten. Ich ließ Vera aus ihrer Gewahrsamszelle holen und befragte sie dazu.

»Domi hatte Schlafstörungen. Schon als Kind. Das Einzige, was ihn beruhigen konnte, war meine Anwesenheit. Auch später. Immer, wenn er in einer Krise war, hat er in meinem Nachthemd geschlafen oder gar nicht.«

Ich gab diese Information an die Jugendpsychiatrie weiter. Dr. Christian G. Jung schwieg erst und seufzte dann. »Danke, dass Sie mich angerufen haben.«

Ich tippte gleich die nächste Nummer ins Telefon, nämlich die von Meier-Lampe. Er war immer noch nicht da, aber die Sekretärin notierte gewissenhaft mein Ansinnen, einen Haftbefehl gegen Vera Macke auszustellen.

»Frau Macke, wir müssen aufgrund der vorliegenden Indizien leider annehmen, dass Sie Herrn Ritzelbeck getötet haben.«

Sie riss erschreckt die Augen auf. »Muss ich mir einen Anwalt nehmen?«

»Würde ich Ihnen empfehlen. Wir haben mittlerweile herausgefunden, dass Daniel Ritzelbeck die Absicht hatte, bei Ihnen auszuziehen, in ein Hotel zu wechseln und nach der Foruminarte mit seiner jungen Freundin in Berlin eine Wohnung zu suchen. Was sagen Sie dazu?«

»Wer hat Ihnen das denn weisgemacht? Etwa dieses Mädel, mit dem Dani eine Affäre hatte? Das war doch längst vorbei. Er hat mir davon erzählt. Verstehen Sie, ich bin die Konstante in seinem Leben. Alle anderen Frauen kommen und gehen.«

»Also, wenn ich die Wahl hätte zwischen der Frau Macke und der blonden Schönheit Nathalie, wüsste ich aber, wofür ich mich entscheiden würde. Obwohl die Macke sich ganz gut gehalten hat«, fand Rubisch, nachdem Vera in ihre Arrestzelle im Präsidium zurückgebracht worden war. Ich schaute auf sein Hemd, dessen Knöpfe vom Bierbauch fast abgesprengt wurden, und auf seine lichten Haare und verkniff mir mit Mühe eine Bemerkung.

Staatsanwalt Meier-Lampe, den ich wenig später endlich in der Leitung hatte, erwies sich wieder einmal als ein ziemlicher Hasenfuß und reagierte übervorsichtig: »Frau Wiese, auf Basis des momentanen Ermittlungsstandes werde ich im Fall Ritzelbeck gegen Frau Macke keinen Haftbefehl beantragen. Bei Eisenhans konnten Sie wenigstens Fasern und Haare vorweisen. Darauf kann man etwas aufbauen. Aber hier: Außer dem vorgeblichen Angriff einer verzweifelten Mutter haben Sie gar nichts. Geringfügige Indizien und nicht den Hauch eines Beweises. Die zerreißt Ihnen ein guter Anwalt in der Luft. Außerdem bin ich der Meinung, dass keine Fluchtgefahr besteht. Schließlich hat die Frau einen Sohn in der Psychiatrie, da wird sie wohl kaum das Weite suchen.«

Soko-Sitzung. »Und weil er keinen hinreichenden Tatverdacht und keine Anhaltspunkte für eine Fluchtgefahr sieht, weigert sich Meier-Lampe, einen Haftbefehl zu beantragen, und wir müssen Vera Macke auf freien Fuß setzen«, schloss ich meinen langen Bericht über Nathalie Römers Informationen und die staatsanwaltliche Sturheit ab. Die übrigen Soko-Mitglieder teilten meinen Frust, bis auf Lewinsky, der sich wahrscheinlich einbildete, er hätte mit seinen angeblich ausgefeilten Verhörtechniken längst ein Geständnis erzielt. Außerdem freut er sich grundsätzlich immer, wenn mir etwas nicht gelingt.

»Schöner Mist«, fasste Rubisch die Stimmung zusammen.

Huber ergänzte: »Wir bräuchten einen unbescholtenen Waldspaziergänger, der Vera Macke mit Knarre in der Hand beobachtet hat, sonst sehe ich echt schwarz, dass wir sie hinter Gitter bekommen.«

»Das Einzige, was wir machen könnten, wäre ein Appell in der Zeitung an mögliche Zeugen, sich bei uns zu melden. Vielleicht ist sie ja doch im Habichtswald gesehen worden. Hat noch jemand irgendetwas rausgefunden?«

»Ich glaube, das ist nicht mehr relevant, aber der Vollständigkeit halber«, sagte Tina. »Ich habe mit Herrn Lens gesprochen. Die Rechnung über tausendvierhundertfünfzig Euro war für Werbefotos für Eisenhans' Firma. Er hat mir die Fotos auf CD gebrannt.« Sie zog ein entsprechendes Exemplar hervor.

Ich verkniff mir ein Stöhnen.

»Entschuldigt, wenn ich jetzt gehe.« Lewinsky stand auf. »Habe noch ein Date mit einer ganz schnuckeligen Blondine.«

Die Runde löste sich auf. Ich rief die HNA an, pfiff Fricko zum Abendspaziergang und ging danach frustriert ins La Paloma. Finden Sie es völlig abwegig, dass ich plötzlich das Bedürfnis hatte, meiner Zwillingsschwester alles zu erzählen?

Xenia:

Ich war nicht schlecht erstaunt, als ich neben den Wärmestrahlern auf dem Königsplatz Luise und Fricko sitzen sah.

»Eine Apfelsaftschorle und was zu essen.«

»Soll ich erkunden, was heute unser Ladenhüter ist, und dir den servieren?«

»Hör auf zu flapsen. Mir ist gerade nicht danach.«

Das klang ja echt ernst. Ich brachte meiner Schwester eine Lasagne, die Schorle und setzte mich mit einem Glas dazu. »Heißt die Laus, die dir über die Leber gelaufen ist, Lewinsky?«

»Das wäre direkt harmlos. Ist schon ein größeres Kaliber, im wahrsten Sinne des Wortes.«

Und Luise erzählte und erzählte.

»Ich wundere mich nicht, dass Dominique hinter den Sabotageakten steckt. Der Knabe muss ein wandelndes Pulverfass sein. Von der Mutter als Partnerersatz missbraucht. Vielleicht war es für den armen Kerl eine Fluchtmöglichkeit, sich als Frau zu verkleiden«, vermutete ich. »Und durch Ritzelbecks ständige Anwesenheit während der Foruminarte ist die ganze Scheiße so richtig hochgekocht. Dominique musste den Vater als Konkurrenz auffassen, dem er durch die Plüschlöwen eins auswischen konnte.« Ich dachte an Dominiques alias Woyzecks übertriebenen Wutanfall in der Mordszene und überlegte, ob ich Luise davon erzählen sollte. Gerade noch rechtzeitig fiel mir ein, dass ich in ihre Rolle geschlüpft war, wofür meine Schwester leider nie Verständnis hat.

»Das ist längst nicht alles.« Luise holte tief Luft und erzählte weiter.

»Du meinst also, Vera Macke habe Ritzelbeck umgelegt, und du hast keine Möglichkeit, ihr das nachzuweisen?«

»Exakt, obwohl … Wir haben auf dem Hochsitz schwarze Fasern sichergestellt. Die Spurensicherung gleicht das gerade mit Vera Mackes Garderobe ab, hat bisher jedoch nichts gefunden.«

»Wird sie wohl auch nicht.« Ich trank einen Schluck. »Die ist schlau, die hat die Klamotten garantiert weggeschmissen. Aber nicht in Kassel. Vielleicht in einen Altkleidercontainer in Wolfhagen, eine Mülltonne in Hofgeismar. Oder sie hat an unbeobachteter Stelle ein Feuer gemacht. Das kannst du echt vergessen.« Wenn Vera die Mörderin war, bräuchte meine Schwester von Dominiques alias Woyzecks Messerattacke sowieso nicht zu wissen.

»Wäre da noch das Auto. Der braune, alte Mercedes. Ist kein häufiger Wagen. Möglicherweise hat ihn ja jemand gesehen in Waldnähe. An dem Sonntag, wo Ritzelbeck umgebracht wurde.« In Luises Stimme schwang wenig Hoffnung mit.

»Was willst du jetzt tun?«

»Nichts. Außer ein bisschen Bürokram. Am Montag gibt es vielleicht ein Ergebnis des Klamottenvergleichs. Dann können wir mal weitersehen.«

»Versteh ich dich richtig? Du lässt Vera in Ruhe und machst Wochenende?«

Nachdem Luise verschwunden war, wog ich verschiedene Pläne ab. Jeder Mensch hat eine Achillesferse. Was war Veras verwundbare Stelle? Der Sohn? Wenn man ihr ein Foto zeigen würde, mit Dominique in Verkleidung? Schön groß und unübersehbar. Und anklingen ließe, man habe gute Kontakte zur Presse. Ich machte kurz Pause und rief bei Sven an.

»Hallo.« Eine Kinderstimme.

»Hallo. Wer bist du denn?«

»Lukas.«

»Kannst du mir mal deinen Papa geben?«

»Der ist nicht da. Nur Mama.«

Es tat weh, aber weniger, als ich gedacht hätte.

Luise:

Nach em Essen fuhr ich noch mal ins Büro im Präsidium und arbeitete einigen Aktenkram ab. Das ist der Teil meines Jobs, der mir am allerwenigsten Spaß macht, doch leider hin und wieder unvermeidlich ist. Es klopfte trotz der späten Stunde. Ritzelbecks Freundin betrat mit blitzenden Augen den Raum. »Haben Sie Vera endlich verhaftet?«

»Wir brauchen Beweise. Der Staatsanwalt ist mit unseren Ergebnissen nicht zufrieden.«

»Sie hat Dani ein Leben lang manipuliert und tyrannisiert, und jetzt kann sie ihn auch noch ungestraft ermorden.« Die junge Dame war ganz entschieden auf Krawall gebürstet.

»Erzählen Sie mir davon. Vielleicht hilft uns das weiter. Wollen Sie sich nicht setzen?«

Widerstrebend nahm Nathalie Römer Platz. »Dani hat gesagt, dass er seit Jahren von Vera weg wollte. Aber sie fand immer Mittel und Wege, ihn weiter an sich zu binden.«

»Wenn man sich wirklich trennen möchte, zieht man das doch durch.«

»Er wäre nicht einfach so abgehauen und hätte seine Familie komplett im Stich gelassen. Obwohl sie ihm das Kind angehängt hat. Dani wollte nie Kinder. Vera hat ihm weisgemacht, sie nähme die Pille. Stimmte gar nicht. Als er das gemerkt hat, hat er sich gleich sterilisieren lassen. Da war es allerdings schon zu spät.«

»Kein feiner Zug.«

»Nein. Aber Dani war zuverlässig, er hat die Vaterschaft ernst genommen.«

Ob sie ihren Dani da nicht idealisierte? Ich war mir ziemlich sicher, dass Ritzelbeck gegangen wäre, wenn Vera Macke ihn nicht gesponsert hätte. Für mich hat so ein Verhalten etwas von einem Söhnchen, das die Wäsche bei Mutti vorbeibringt. Vielleicht hatte sich der Typ deshalb eine so junge Freundin ausgesucht. Weil er Nachreifungsbedarf hatte.

»Veras Schwangerschaft hat bei Dani ein inneres Sträuben ausgelöst. Er hat es ihr nie so recht verziehen, dass sie ihm ein Kind angehängt hat, für das er Verantwortung tragen musste.«

Xenia:

Paolo und Enzo hatten sich schon wieder in der Wolle. Bloß wegen einer Beule, die er mit dem kleinen Fiat in einen großen Daimler gefahren hatte.

Ein brauner Mercedes? Moment mal! Was hatte Luise erzählt? »Hast du dir das Kennzeichen aufgeschrieben?«

»Warum? Ich habe doch gelassen Kontakt. Aber war Kassel. Und VM. Nummer weiß nicht.«

»Wo hast du das Auto denn angefahren?«

»Vorne an die Tür regs.«

»Hast du jemanden gesehen?«

»Wieso frags du? Che ne so – lange schon passiert.« Er begann zu überlegen. »Hab eine Frau gesehen in die Wald mit Haare, so rot.«

Ich dachte an die Schulklasse mit ihrer Lehrerin, die ich vor Wochen im Fridericianum beobachtet hatte. Damals wusste ich noch nicht, dass Vera Macke die Exfreundin von Ritzelbeck war, aber ich erinnerte mich deutlich an ihre extravagante Haarfarbe.

»Wann warst du da unterwegs, Paolo, es ist echt wichtig.«

»Am Abend, vielleicht sieben oder acht. Warum frags du?«

»Ich glaube, du bist ein entscheidender Zeuge in einem Mordfall.«

Paolo zuckte zusammen. Sein Gesicht verschloss sich, und mir fiel ein, dass er als Kind eine Liquidierungsaktion der Mafia mit- und überlebt hatte. Was ihn nachhaltig traumatisiert hatte. Er nahm ein breites Arsenal verschiedener Psychopharmaka.

Damit konnte er ein halbwegs geregeltes Leben führen. Trotzdem hatte er teilweise Aussetzer. Es gab Phasen, in denen er die zwölf Apostel für eine Räuberbande hielt. Zum Glück waren die sehr selten. In seinem Arbeitsverhältnis brauchte er mitunter Pausen und Freiräume, die ihm Milan großzügig zugestand. Ich liebte Milan unter anderem dafür, wie mir aufging.

Was für einen Zeugen würde Paolo abgeben? Der gegnerische Anwalt würde ihn in Stücke reißen, wenn er Wind von den Medikamenten bekäme.

»Paolo, könntest du dir vorstellen, eine Aussage bei der Polizei zu machen? Ich würde auch mitkommen.«

»No, no!« Er wirkte alarmiert.

»Schon gut. Keine Sorge. Da fällt mir bestimmt was ein«, beruhigte ich ihn.

Was tun? Luise informieren? Ihr erzählen, dass es jemanden gäbe, der möglicherweise Vera in der Nähe des Tatorts beobachtet hätte? Der allerdings nicht bereit wäre, mit den Ordnungshütern zu sprechen. Und außerdem gelegentlicher Psychiatriepatient war. Paolo dem ganzen Stress aussetzen, der mit einer Zeugenaussage verbunden war? Und das alles für ein kleines Indiz, das von einem Beweis meilenweit entfernt war. Langsam reifte in mir ein neuer Plan heran.

»Was soll ich tun, fragen mich manchmal Leute. Dann sage ich stets: Tut was.«
Daniel M. Ritzelbeck

23. September

Luise:

Als ich mit Fricko zum morgendlichen Gassi-Gehen aufbrach, lag das lokale, kostenfreie Blättchen auf der Treppe. Als Aufmacher fungierte natürlich der Ritzelbeck-Mord. Irgendwie waren eine Menge Details an die Öffentlichkeit gelangt. Bestimmt hatte Lewinsky gequasselt, dieser Idiot. Es wurde sogar vom Nachthemd in Dominiques Bett berichtet. In dem Artikel erschien Vera als ein machtbesessener Kontrollfreak, der seine Mitmenschen dominieren wollte.

Ich dehnte die Gassi-Runde bis zum Kiosk an der Willi-Allee aus und betrachtete den Blätterwald. Auch die überregionalen Zeitungen schlachteten die Story auf ihren Titelseiten aus. Gelegentlich wurde der Verdacht geäußert, dass der Sohn der Täter sei, oder beide. In jedem Fall wurde das Bild einer aufs Schwerste zerrütteten Familie gezeichnet, in der das sensible Kind unter die Räder geraten war, zerrieben zwischen egoistischen Erwachsenen. Veras Reputation war vernichtet. Vielleicht würde sie erkennen, dass ihre einzige Chance, wenigstens ein Stück davon zurückzugewinnen, ein mutiges Geständnis war. Morgen würde ich nachhaken, verschärft nachhaken. Zumal der Fall jetzt bundesweit beobachtet wurde. Ich wollte mich nicht vor der gesamten Republik blamieren.

Xenia:

Kasimir weckte mich früh am Morgen, indem er mit den Pfoten unter der Bettdecke meine Füße attackierte, ein Spiel, das ich nicht sehr mag, weil er dabei die Krallen ausfährt. Die Foruminarte endete heute. Schade, während der Ausstellung war was los in der Fuldametropole. Jetzt würde sie wieder bis zur nächsten Kunstschau in Halbschlaf fallen. Ich hatte Spätschicht und einen Plan. Gewissenhaft schminkte ich die Make-up-Reste ab, die ich gestern Nacht, als ich todmüde vom Tellerschleppen nach Hause gekommen war, nicht mehr entfernt hatte. Es kostete mich etwas Überwindung, dieses blässliche Aussehen nicht zu kaschieren, aber es diente ja schließlich einem guten Zweck. Ich flocht meine Haare sorgfältig zu einem Zopf. Dann durchforstete ich den Kleiderschrank. Eine marinefarbene Jeans mit einem dunkelblauen Blazer und einem mittelblauen T-Shirt erschienen mir angemessen.

Grete war mit ihrem Polo unterwegs. Es gelang mir, Pünktchen seine Rostlaube aus dem Kreuz zu leiern.

Vor Veras Haus herrschte akuter Parkplatzmangel. Lauter Presseheinis, die herumlungerten. Ich stellte mir vor, dass sie, vermutlich erfolglos, bereits bei der Tatverdächtigen geklingelt hatten. An die Paparazzi hatte ich gar nicht gedacht. Aber ich war nicht gewillt, meinen Plan deshalb zu ändern. Eine Querstraße weiter parkte ich den Wagen ordentlich ein und lief zurück. Der braune Mercedes stand am Straßenrand. Ich schlenderte langsam vorbei. Die Beifahrertür zierten keine Lackspuren von Enzos schwarzem Fiat, wäre auch zu schön gewesen. Ausgebeult wirkte sie hingegen schon. Allerdings nicht fachmännisch. Das war wohl eher das Werk einer Kunstlehrerin mit Gummihammer, Reiniger und Lackstift.

Direkt vor der Haustür hielt ein Audi mit laufendem Motor, ein beleibter Kerl kritzelte auf einem Block herum, der Typ daneben wischte die Linse seiner Kamera mit einem Feuchttuch ab.

Der Dicke schaute auf. »Ach, die Hauptkommissarin Wiese. Jetzt wird es interessant.«

»Nun machen Sie mal 'nen Abflug«, probierte ich.

»Keinesfalls. Die Hauptkommissarin bei der Tatverdächtigen am heiligen Sonntag. Da wird es doch spannend.« Er machte Anstalten, aus dem Fahrzeug zu steigen. Das hatte mir gerade noch gefehlt.

»Wenn Sie Ihren Hintern aus dem Auto hieven, kriegen Sie ein Problem«, behauptete ich und überlegte fieberhaft, worin das wohl bestehen könnte. »Für Pressevertreter, die sich nicht an die Regeln halten, gibt es keine Infos der Polizei, ganz einfach.«

»Nun bleiben Sie doch locker, Frau Wiese!« Er lehnte sich wieder zurück und grinste.

Ich marschierte zum Eingang, klingelte und fühlte mich wenig später durch den Spion beäugt. Die Tür öffnete sich einen Spalt.

»Frau Wiese, was wollen Sie?«

»Noch mal mit Ihnen reden. Lassen Sie mich rein!«

»Nein.«

»Gut, wenn es Ihnen im Präsidium lieber ist, würde ich vorschlagen ...«

Die Öffnung wurde breiter. »Schnell!«

Ich schob mich in den Flur. Hinter mir wurde die Haustür zugedonnert. Vera sah abgespannter aus als damals auf der Foruminarte. Als sie mit starker Hand ihre Schüler durch die Ausstellung geschleust hatte. Nun wirkte sie müde. Sie war ungeschminkt und nachlässig gekleidet.

»Ganz schön was los da draußen«, merkte ich an.

»Es ist die Hölle«, brach es aus Vera heraus. »Ich kann nicht aus dem Haus gehen. Die Reporter versuchen, Interviews mit den Nachbarn zu machen, weil ich nicht mit ihnen rede. Ich habe überall die Gardinen zugezogen, und trotzdem geben die Fotografen nicht auf, halten ihre Apparate schussbereit. Und sie haben mir ihre Zeitungen in den Briefkasten gestopft.« Sie wies anklagend auf einen Stapel Presseerzeugnisse.

»Skrupellos: Wie die begabte Malerin Vera Macke ihren Sohn missbrauchte«, las ich. Die Nerven lagen blank. Prima.

»Ich kann mir vorstellen, dass das sehr belastend für Sie ist, Frau Macke«, tat ich verständnisvoll und ging dann zum Angriff über. »Letztendlich ist die Pressereaktion aber doch verständlich. Immerhin sind Sie die Mörderin von Ritzelbeck.«

Vera zuckte zusammen.

»Wir haben einen Zeugen, der gesehen hat, wie Sie in den Wald gelaufen sind. Er hat übrigens auf dem Wanderparkplatz eine Beule in Ihr Auto gefahren und Ihnen einen Zettel unter den Scheibenwischer geklemmt. Sie werden sich erinnern. Nun, er hat außerdem beobachtet, wie Sie ein Gewehr an sich nahmen, das an einen Baumstamm gelehnt war.« Das hatte Paolo natürlich nicht, aber so musste es gewesen sein. Siedend heiß fiel mir auf, wie wackelig meine Story war. Er hat sie in den Wald hineinlaufen sehen und anschließend ihr Auto gerammt. Das hieß doch wohl, dass er weggefahren war. Wie hätte er also weiterhin etwas beobachten können? Oder war er etwa zeitgleich oder kurz nach ihr angekommen und hat die Kollision beim Einparken herbeigeführt. Hätte sie, die gerade erst auf dem Weg in den Wald gewesen war, das nicht mitbekommen müssen? Hoffentlich fiel das Vera Macke in ihrer Stresssituation nicht auf. »Für den Staatsanwalt reicht das aus. Zumal wir weitere Zeugen haben, die den Schuss gehört haben. Wir arbeiten daran, die Waffen der Jagdgesellschaft auf Fingerabdrücke zu überprüfen. Haben Sie eigentlich Handschuhe getragen?«

Vera starrte mich mit aufgerissenen Augen an.

»Ihr Verehrer Eisenhans hat zugegeben, dass Sie am Sonntag zur Jagd geladen waren, jedoch nicht erschienen sind. Sie seien schon öfter dabei gewesen und eine gute Schützin. Wissen Sie, was ich annehme?«, fabulierte ich weiter, »Sie haben

Ritzelbeck zum Hochsitz bestellt. Wahrscheinlich haben Sie ihm gesagt, dass sie Eisenhans gut kennen und es Ihnen gelingen würde, ihm ein paar Tiere für die Installation Ihres Freundes abzuschwatzen, die er sich dann am Ende, wenn die Strecke gelegt würde, aussuchen könne. Der Grillplatz sei schwer zu finden, Sie würden gern mit ihm gemeinsam dahingehen. Die Jagdkanzel vereinbarten Sie als Treffpunkt. Sie warteten schon, das Gewehr im Anschlag, und als Ritzelbeck kam, haben Sie ihn erschossen, die Knarre wieder an den Baum gestellt und sind nach Hause gefahren.«

Veras Puls beschleunigte sich, wie eine pochende Ader an ihrem Hals verriet. »Warum hätte ich Dani ermorden sollen?«, fragte sie schließlich.

»Weil Sie ihn lieben und ihn nicht an die junge Freundin verlieren wollten.«

Vera schluckte. Ich kam immer mehr in meine Rolle hinein. »Und ich bin hier, um Ihnen ein Angebot zu machen. Die entscheidende Zeugenaussage liegt bisher inoffiziell vor. Ich könnte die bis morgen zurückhalten. Wenn Sie sich stellen würden, sähe es für Sie viel besser aus und würde sich positiv auf das Strafmaß auswirken. Gleichzeitig nehmen Sie damit Dominique aus der Schusslinie. Die Presse wetzt schon die Messer und fragt sich, ob der Junge, der seinen Vater so sehr hasste, dass er Sabotageakte auf der Foruminarte beging, nicht auch fähig war, ihn zu töten.«

»Warum tun Sie das?«

»Ich mag Ihre Bilder, Sie haben großes Talent. Und irgendwie kann ich Sie verstehen. Es ist hart, wenn der Mann, den man liebt, sich einer anderen zuwendet.«

Vera fixierte einen Bilderrahmen an der gegenüberliegenden Wand.

»Morgen Mittag erzähle ich dem Staatsanwalt von dem neuen Zeugen«, erinnerte ich. »Na ja, den weiteren Ablauf können Sie sich denken.« Vera Macke war ein zäher Brocken. Wollte Sie nicht endlich gestehen? Sie stand nur da, ziemlich fassungslos, aber ohne Reaktion. »Sie sind eine Frau, die ihr Leben gern selbst in die Hand nimmt«, probierte ich es noch einmal. »Überlegen Sie sich, ob Sie diese Chance nicht nutzen wollen.«

Ich verabschiedete mich etwas frustriert. Hatte das jetzt irgendwas gebracht? Oder hatte ich mir damit den größten Ärger eingehandelt, den ich jemals mit meiner Schwester, Hauptkommissarin Luise Wiese, austragen müsste?

»Verstörung ist das große Ziel. Das ist der Antrieb, etwas zu ändern.«
Daniel M. Ritzelbeck

24. September

Luise:

Morgens um acht - ich schlürfte gerade einen Cappuccino aus dem Haus-Restaurant - klopfte es an meiner Bürotür. Fricko, der unter dem Schreibtisch lag, hob den Kopf und wackelte mit den Ohren.

»Herein.«

Ich war aufs Höchste überrascht, Vera Macke zu sehen. Das Blau ihres Hosenanzugs entsprach genau der Farbe ihrer Augen. Vera machte einen beherrschten und irgendwie entschlossenen Eindruck.

»Frau Wiese, ich möchte ein Geständnis ablegen. Ich habe Daniel Ritzelbeck erschossen.«

Fast hätte ich meinen Kaffee verschüttet, fasste mich aber ziemlich schnell. »Bitte setzen Sie sich. Etwas zu trinken? Ich werde unser Gespräch aufnehmen, wenn Sie dem zustimmen.«

Ich stand kurz auf, holte ein Wasser und Tina, die sich still hinten ins Büro setzte. »Erzählen Sie mir bitte genau, was am zweiten September passiert ist.«

»Es war genauso, wie Sie vermutet haben.« Wie ich vermutet hatte? »Ich war, wie schon öfter, zur Jagd bei Herrn Eisenhans eingeladen. Ich habe Herbert überredet, Dani Tiere für seine Installation zu überlassen. Ich wollte ihm dafür ein Bild malen. Aber das interessiert Sie sicher nicht.«

»Doch, doch.«

»Diese Planung stand länger, und dann kam etwas dazwischen.« Vera stockte.

»Was?«

»Als Dani zu Beginn der Foruminarte bei mir einzog, war alles wie früher. Nur mit Domi gab es Probleme. Der war störrisch und widerspenstig, nahm es Dani übel, wenn er ihn kritisierte, und sagte ihm dauernd, er solle ihn in Ruhe lassen. Er würde sich doch sonst auch nicht um ihn kümmern. Ich glaube, er war eifersüchtig auf Dani. Weil ich so glücklich war, anfangs. Dann wurde das Zusammenleben schwieriger. Nicht nur wegen Domi. Dani zog nur noch seine Foruminarte-Sache durch, redete kaum mit mir. Als er sein Handy herumliegen ließ, schaute ich nach den SMS. Ich weiß, das hätte ich nicht tun dürfen, aber er hielt sich so bedeckt, was seinen Berliner Alltag betraf, ich war einfach neugierig. Und fand mehrere Kurzmitteilungen von einer Nathalie. Triefend vor Liebe. Und was viel schlimmer war, Dani antwortete im selben Stil.«

Sie räusperte sich. »Ich war eifersüchtig und stellte ihn zur Rede. Er war natürlich stinksauer, dass ich seine SMS gelesen hatte. Er sagte, dass er zu dem Schluss gelangt sei, dass es das Beste sei, sich von mir und von Domi zu trennen und ein neues Leben anzufangen. Wir könnten ja eine lockere Beziehung haben, wenn er in Kassel sei, würde er bei mir reinschauen. Wir wären doch wohl erwachsen genug, einen solchen Schnitt zu verkraften. Wir hätten uns auseinanderbewegt. Er wolle mit Nathalie glücklich werden. Natürlich hielt ich dagegen, erinnerte ihn daran, was wir schon alles zusammen erlebt hatten. Ich spürte, dass ich ihn noch erreichen konnte, manchmal jedenfalls. Aber er entglitt mir vollends. Das wurde deutlich, als er mein Luchsbild übermalte. Als wolle er mich auslöschen aus seinem Leben. Das hat mich sehr verletzt.«

Einen Moment lang hatte es den Anschein, sie würde die Fassung verlieren, dann richtete sie sich auf. »Nach außen hin gab ich mich souverän – wir lebten weiterhin zu dritt im Haus, er werkelte in der Garage – in mir rumorte es. Dani ging zur Tagesordnung über. Er dachte tatsächlich, ich könne alle Gefühle für ihn von einem Tag auf den anderen abstellen. Das kann ich nicht, werde ich niemals können. Dani war für mich wohl das, was man die große Liebe nennt.«

Sie schluckte und zwinkerte. »Dann kam der zweite September. Zum Abschluss der Jagd werden immer Würstchen gegrillt. Es geht feuchtfröhlich zu. Sämtliche Gewehre werden um einen Baum herum angelehnt und kein Mensch achtet darauf. Ich wusste, dass man einfach eins wegnehmen kann, ohne dass es jemand merkt. Das habe ich gemacht. Ich hatte mich mit Dani am Ansitz verabredet, um mit ihm zusammen zum versteckt gelegenen Grillplatz zu gehen. Ich kletterte auf den Hochstand, lud die Flinte durch und wartete auf Dani, war mir aber nicht sicher, ob ich es schaffen würde zu schießen. Ich beobachtete ihn durch das Zielfernrohr, sah, wie er im Näherkommen mit fröhlichem Blick an seinem Handy hantierte. Da wusste ich, er schreibt ihr wieder eine SMS. Nichts würde mehr so werden wie früher. Ich schoss.«

»Wir haben bei Herrn Ritzelbeck kein Handy gefunden.«

Wortlos griff sie in ihre Handtasche und legte ein Mobiltelefon auf den Schreibtisch.

»Das Gewehr habe ich zurückgestellt und dann völlig leer im Kopf den Wagen nach Hause gesteuert. Mir hatte noch jemand eine Beule ins Auto gefahren und einen Zettel hinterlassen, aber das wissen Sie ja schon.«

Wie bitte? Da gab es einen Zeugen? »Haben Sie den Zettel noch?«

»Nein, den habe ich weggeworfen.«

Meine Verlegenheit überspielend meinte ich: »Der Staatsanwalt wird es sicher strafmildernd berücksichtigen, dass Sie ein Geständnis abgelegt haben.«

»Das sagten Sie bereits.«

Die nächsten Stunden waren hektisch. Staatsanwalt, Presseerklärung. Dann rief mich noch mein direkter Chef Möllkamp in sein Büro, aufgeräumt, fröhlich.

»Immer herein, Frau Wiese. Ich gratuliere Ihnen. Sie haben da wirklich gute Arbeit geleistet.«

»Danke, vielmals.« Er muss den Zweifel in meiner Stimme wohl gehört haben.

»Stellen Sie Ihr Licht nicht dauernd unter den Scheffel, Frau Wiese.« Er lächelte väterlich. »Sie sind eine überaus kreative Ermittlerin und eine gewiefte Gesprächsführerin. Ich würde ja gern wissen, was Sie Frau Macke gestern erzählt haben, damit Sie heute freiwillig gesteht.«

»Gestern erzählt?«

»Alles dokumentiert, Frau Wiese.« Er klopfte mit dem Zeigefinger auf die Titelseite der Bildzeitung. Ein Foto war dort zu sehen. Untertitel: »Kriminalhauptkommissarin Luise Wiese besucht die Tatverdächtige.« Im Türspalt konnte man Vera Mackes Züge erkennen, die Frau im dunkelblauen Outfit war im Profil abgelichtet. Und sie war nicht ich.

»Welchen Kollegen hatten Sie eigentlich mitgenommen, Frau Wiese? Na ja, ist ja jetzt egal. Erholen Sie sich gut und nehmen Sie sich einen Tag frei, wenn Sie die Presse zufriedengestellt haben.« Damit war ich entlassen.

Ich schloss mich auf dem Klo ein. Wellenartig wurde ich von Panik und grenzenloser Wut überfallen. Was, zum Teufel, hatte Xenia nun schon wieder angestellt?

Xenia:

Luise brüllte in meiner Küche herum. Kasimir flüchtete erschreckt unter das Sofa. Fricko ließ das kalt. War vielleicht im

Training. Natürlich war er mitgekommen, ich konnte es meiner Schwester nicht verbieten.

»Bist du von allen guten Geistern verlassen, einfach bei Vera Macke hereinzuspazieren und dich als mich auszugeben? Das ist eine strafbare Handlung, wie du genau weißt.«

»Willst du mich etwa verpfeifen?«

»Natürlich nicht.«

»Na, also.«

Luise explodierte noch einmal. »Durch dein laienhaftes Herumstolpern in einem Kriminalfall ruinierst du meinen guten Ruf. Ich kann als Kriminalhauptkommissarin nicht einfach allein bei einer dringend Tatverdächtigen reinschneien, da muss immer ein Kollege mit. Nie wieder werde ich dir etwas von einem Fall erzählen.«

»Ich weiß gar nicht, warum du dich so aufregst«, erklärte ich ungerührt. »Der Zweck heiligt die Mittel, wie man so schön sagt. Du hast dein Geständnis und bekommst wahrscheinlich dafür demnächst vom Polizeipräsidenten die Ehrennadel in Gold. Vergiss nicht, die an mich weiterzugeben.«

»Du bist einfach unmöglich. Skrupellos und mit einer Veranlagung zur Hochstapelei. Ich fasse es nicht. Was hast du Vera überhaupt erzählt?«

»Setz dich erst mal hin. Was zu trinken? Einen Tee? Das ist eine Gute-Laune-Mischung. Die können wir beide wohl gerade gebrauchen.«

Luise blieb unerbittlich, aber immerhin griff sie zu ihrem Becher. Hoffentlich würde das Gebräu schnell seine segensreiche Wirkung entfalten. Weiß gar nicht, warum meine Schwester sich immer so aufregt. Ich habe doch nur das gemacht, was sie längst hätte machen sollen, nämlich Vera ein bisschen eingeheizt. So sauer wie Luise war, würde ich mich von heute an auf drei bis vier Wochen Funkstille einstellen müssen.

»Diese Foruminarte stellt den Betrachter in den Mittelpunkt. Der muss sich etwas einbilden und sich herantrauen an das Unvertraute.«
Daniel M. Ritzelbeck

25. September

Xenia:

Im La Paloma war die Mittagshektik weitgehend vorbei, als ich eintraf. Milan stand an einem Tisch und redete mit einem Geschäftsmann, der öfter kam und wohl das Essen lobte. Trotzdem wirkte mein Freund etwas gestresst, als er mir zunickte. Am Nebentisch hatte ein Pärchen Platz genommen, das offenbar noch eine Bestellung aufgeben wollte. Ich ging zu ihnen. »Was darf es denn sein?«

Mir fiel auf, wie ähnlich die zwei sich waren. Kurze graue Haare. Fleecepullis im selben Blauton über den Stuhllehnen der beiden. Identische dunkelblaue T-Shirts. Jeans mit umgeschlagenen Hosenbeinen. Unter dem Tisch schauten die gleichen bequemen Wanderhalbschuhe hervor.

»Können Sie mir ein Schinkenbrot bringen?« Er tippte mit dem Finger auf die entsprechende Seite der Karte.

»Mir auch«, echote sie.

»Man kann doch statt diesem Schiabatta bestimmt richtiges Graubrot bekommen«, erkundigte er sich.

»Nein, es muss nicht Schabatta sein.« Ich konnte es nicht lassen, ihre Aussprache zu korrigieren, machte aber versöhnlich weiter. »Selbstverständlich können Sie etwas anderes bekommen. Frisches selbstgebackenes Vollkornbrot?«

»Gern. Wir backen unser Brot auch selber«, freute sie sich.

»Zwei Apfelsaftschorlen, groß«, ergänzte er. Sie nickte dazu.

Ich warf Milan einen amüsierten Blick zu. Er betrachtete das Paar, während er den Geschäftsmann verabschiedete. Und stand immer noch da, als ich die Apfelsaftschorlen und kurz darauf die Brote servierte.

»Komm«, forderte ich ihn auf. »Lass uns eine Pause einlegen, auf's Dach setzen!« Zu meiner Überraschung protestierte er nicht.

Enzo ermutigte uns: »Geht nur, wir schaffen das schon. Ist ja jetzt nicht mehr so viel los, die Foruminarte-Gäste sind abgereist.«

Wir liefen die Treppen hinauf, Hand in Hand. Im Dachgarten begrüßte uns Esmaralda, indem sie uns um die Beine strich. Heute war es richtig warm. Vierundzwanzig Grad. Milan klappte den Sonnenschirm auf. Wir legten uns auf eine Decke. Gedämpft erreichten uns die Geräusche vom Königsplatz. Eine Straßenbahn klingelte.

»Weißt du, worüber sich das Pärchen an Tisch fünf unterhalten hat? Er sagte, ihr Glas sei voller als seins, woraufhin sie ihm einen Schluck anbot. Dann haben sie geschwiegen.« Ich prustete los. Milan auch. Dann fragte er: »Ist das nicht gruselig, wenn man sich nichts mehr zu sagen hat?«

»Total, aber was will man machen, wenn man nichts Eigenes erlebt, was man berichten könnte?«

Milan nickte nachdenklich.

Ich fuhr fort: »Wenn ich jeden Tag von morgens bis abends im La Paloma kellnern würde, was könnte ich dir dann noch erzählen, was du noch nicht wüsstest? Und was noch viel schlimmer wäre: Ich würde von meinem persönlichen Kurs abkommen. Du hast dich doch in mich verliebt, weil ich so bin, wie ich bin, etwas chaotisch und voller Überraschungen, aber Xenia eben.« Mein Freund lächelte mich liebevoll an, schon fast überzeugt. »Siehst du das immer noch so?«

»Was?«

Ich räusperte mich und versuchte, meine Stimme tiefer klingen zu lassen, wenngleich ich Milans volltönende Baritonlage nicht erreichen konnte. »Ich meine, dass es eine optimale Partnerschaft ist, wenn beide dieselben Ideale teilen, an einem Strang ziehen. Die Kraft wird dann verdoppelt.«

»Willst du demnächst im La Paloma eine Krimilesung machen. Ich stell mir das toll vor. Mit einem thematisch passenden Dinner dazu. Vielleicht nicht unbedingt Gänsebraten, oder doch?"

„Wenn wir eine Kopie vom Gänseliesel-Bild aufhängen, hat sicher keiner mehr Lust auf Gänsefleisch, und du kannst mit geringeren Kosten vegetarisch kochen. Da bleibt mehr hängen. Sag du noch mal, dass ich mich nicht ums Restaurant sorge!«

Milan lachte. »Wir haben eben eine optimale Partnerschaft und ziehen an einem Strang.« Er beugte sich über mich und fing an, mein Kleid aufzuknöpfen.

»Was hast du denn vor?«

»Dies ist das höchste Haus der Umgebung, und Hubschrauber kommen höchst selten vorbei.«

Luise:

Es war später Abend, als ich endlich nach Hause fahren konnte. Meier-Lampe hatte mich angerufen. »Sie haben gute Arbeit geleistet, Frau Wiese. Nicht jeder Ermittler hätte es geschafft, der Tatverdächtigen ein Geständnis zu entlocken. Der Fall ist klar. Frau Mackes Aussage wird sich strafmildernd auswirken, und mit Rücksicht auf den labilen Sohn ist es ein Gebot der Menschlichkeit, jetzt möglichst zügig zur Normalität überzugehen.« Der hatte gut reden. Welche Art von Normalität konnte Dominique erwarten, wo seine Mutter den Vater getötet und sich selbst ins Gefängnis befördert hatte? Aber vielleicht würde er irgendwann in eine therapeutische Wohngruppe einziehen und der Vergangenheit Stück für Stück entkommen können.

Ich konnte den Fall nicht so schnell loslassen. Immer wieder sah ich Vera Macke vor meinem inneren Auge und bedauerte es zutiefst, dass diese talentierte und irgendwie auch sympathische Frau eine solche Wahl getroffen hatte. Und ich war immer noch stinksauer auf Xenia.

Gerade wollte ich zu einer letzten Gassi-Runde aufbrechen, da klingelte es. Fricko, schon erwartungsvoll an der Wohnungstür positioniert, fing aufgeregt-freudig an zu bellen und heftigst mit dem Schwanz zu wedeln. Ich öffnete. Ferdi stand da. Die Haare zerzaust, Bartstoppeln im Gesicht, die grünen Augen ernst und strahlend. Er knuddelte seinen Hund, während mein Herzschlag einen flotten Sprint hinlegte.

Ferdi schaute mich an. »Das war eine brandgefährliche Aktion. Beinahe wäre es schiefgegangen. Die haben mich enttarnt. Als alles schon fast ausgestanden war. Da läuft dein ganzes Leben wie ein Film ab, und dann weißt du plötzlich, was du willst.«

Ich traute mich nicht, die Frage laut zu stellen, aber sie hallte in meinem Kopf wider: »Was denn?«

ENDE

Danke

Viele liebe Menschen haben mich beim Schreiben dieses Buches unterstützt. Ohne alle namentlich zu nennen, ist mir die Hilfe eines jeden von Euch sehr wertvoll gewesen, und ich möchte mich dafür herzlich bedanken.

Klara G. Mini

Weitere Bücher von Klara G. Mini

Trau deinem Zwilling nicht
Kassel-Krimi
ISBN: 978-3-935263-54-2, Paperback

Badezeiten
Langeoog-Krimi
ISBN: 978-3-935263-64-1, Paperback

Jenseits der Dünen
Nordsee-Krimi
ISBN: 978-3-95475-116-7, Paperback

Süßer die Mörder nie singen
Weihnachtskrimi-Anthologie
ISBN: 978-3-95475-125-9, Paperback